迟到的火车

梁弓 著

中国书籍出版社
China Book Press

图书在版编目（CIP）数据

迟到的火车 / 梁弓著 . — 北京 : 中国书籍出版社，2018.8
ISBN 978-7-5068-6953-9

Ⅰ . ①迟… Ⅱ . ①梁… Ⅲ . ①中篇小说－小说集－中国－当代②短篇小说－小说集－中国－当代 Ⅳ . ① I247.7

中国版本图书馆 CIP 数据核字 (2018) 第 167728 号

迟到的火车

梁　弓　著

图书策划　牛　超　崔付建
责任编辑　尹　浩
责任印制　孙马飞　马　芝
出版发行　中国书籍出版社
地　　址　北京市丰台区三路居路 97 号（邮编：100073）
电　　话　（010）52257143（总编室）（010）52257140（发行部）
电子邮箱　eo@chinabp.com.cn
经　　销　全国新华书店
印　　刷　三河市华东印刷有限公司
开　　本　650 毫米 ×940 毫米　1/16
字　　数　340 千字
印　　张　19.75
版　　次　2018 年 8 月第 1 版　　2018 年 8 月第 1 次印刷
书　　号　ISBN 978-7-5068-6953-9
定　　价　58.00 元

目录

迟到的火车

老莫出来撒尿时，看到水福正一摇一晃地向站台走来。

正是傍晚，夕阳斜挂在天边，仿佛长了胳臂一般，将老莫的影子拉得很长。瘦长瘦长的。老莫一边撒尿，一边四下里张望。这是在警惕来人。其实内心里，他更希望有人过来，然而在这样孤寂的午后，又有谁肯光临呢？真让人沮丧！老莫感觉上别别扭扭的，尽管在意料之中。这时他看到了水福。老莫竟有些兴奋，扭着头大叫道，水福，水福……叫着叫着又不叫了。老莫想，他是个聋子，根本听不到，何必白费力气？于是老莫就挥挥手，水福便也挥挥手。

在这个世上，老莫是没有朋友的。老莫是个扳道工。没有人愿意跟一个扳道工做朋友。平日里老莫死气沉沉的，只有清晨和夜里，需要扳道了，老莫才有些生气。傍晚时分，极少有火车经过。那列上海开往徐州的火车倒是路过这个叫谷安的小站，但根本就不停，也不用老莫扳道。所以说，老莫的傍晚是寂寞的，直到有一天水福出现了，才改变这种状况。

第一次看到水福，也是傍晚。凑巧的是，当时老莫也在撒尿。老莫扭过头，看到枕木上站着一个小男孩，心里猛地“咯噔”一下。这时候没车经过。老莫仍是不安，也顾不得提裤子，冲着小男孩嚷，快点走，快点走！小男孩低着头打量枕木，理也不理他。老莫恼了，胡乱地系上裤带，冲过去，把小男孩举了起来。

快说，你来这儿干什么？老莫问道。

小男孩莫名其妙地瞧着他。

说话呀，你是聋子还是哑巴？老莫继续嚷道。

真让老莫说对了，这个叫水福的小男孩的确有点聋。当然，如果确切些，还不能叫聋子。水福有严重的听力障碍。弄明白这些，老莫花了好长时间。老莫还知道，水福是来看火车的。老莫骂道，火车有个屁看头，还不如大街上看女人呢。老莫不理他，自个儿摆弄棋局玩。

直至这时候，老莫仍没意识到水福的价值。

老莫没别的爱好，就喜欢象棋，没人陪他玩，自己一个人照着棋谱走。摆个古代的迷局，再设法解开。俨然成了一代宗师。事实上，老莫的棋下得很臭。水福最终能留下来，也得益于这一点。

阳光这么好，老莫就在门口摆棋。水福的眼睛一亮。水福说，这副棋真漂亮。老莫说，你也懂象棋？样子神气得很。水福迷惑地望着他。老莫声音抬高些，还用手比画着。见他仍不懂，恨不得把脚都用上。终于，水福嗯了一声。老莫常以国手自比，本不屑与水福对弈，但他实在太无聊，犹豫一下，朝水福瞧瞧，又朝象棋努努嘴。水福没有立即回应，而是向屋里望去。老莫被搞得有些不自在，便问他看啥，猜来猜去，明白是在看墙上的挂钟。时针指向四点钟。水福想了想，坐在老莫的对面。

一局棋结束，老莫立刻对水福刮目相看了。

老莫不服输，想扳回来，水福摇摇头，又望了一眼挂钟，将目光郑重地转向东方。傍晚唯一的列车就从那儿驶来的。不久之后，那列火车准时地驶入了视野。水福站起身，神情专注地望着。甚至还追着跑几步。列车渐走渐远，水福的目光始终追随着，直至无影无踪了，这才作罢。

你喜欢看火车？老莫边码棋边问。

水福不作声。火车远走，水福祛除掉杂念，安心下棋。几局棋下来，互有胜负。然后水福起身回家。

似乎成了惯例，以后每天傍晚放学，水福都过来，下棋，看火车，再跟老莫下棋。老莫很有心，水福经常来，自己虽然是临时工，收入不高，但还是准备些糖果、蜜枣之类的零食。起初水福不动手。后来也吃了。老莫自己不爱吃，看着水福吃很开心。但让他不满的是，水福有个规矩，火车到来前顶多下一局。有时还在战斗着，火车进站了，无论水福如何投入，都要停下来。这时老莫很恼火。然而任凭老莫咬牙切齿，水福都无动于衷。久而久之，老莫也就习惯了。

老莫看不到挂钟，粗略一算，恐怕还不到三点半。怎么来得这么早？只有周五，水福下午上两节课，才会提前来。今天……老莫分不清，到底周三还是周五。管它呢，只要水福来，又可以下棋了。想到下棋，老莫就有些激动，一激动尿到手上了。老莫不在乎，在裤子上蹭了蹭，向水福跑去。

让老莫失望的是，水福没有跟他下棋。水福搬了张凳子，就像搬自己家凳子那样，坐在夕阳里，怔怔地望着火车驶来的方向。

早着呢，你别瞎激动了，火车来，至少还得一个小时。老莫说。

水福望望他，然后把目光移开。

老莫不说话了。说了也白搭。老莫进屋，捧出来一把蜜枣。水福仍保持原来的姿势，动也不动，仿佛着了魔似的，又像是正在修行的大师。

老莫站在他身后，突然觉得鼻子有点发酸。

水福十岁了。在附近的谷安小学读书。像许多幸福的孩子一样，本来他也很幸福，突然有一天，这一切都不在了。父母的离婚彻底改变了水福的生活。

不幸像燃烧的干柴，一旦开了头，很容易蔓延开来。没多久，爸爸娶了新老婆，妈妈也嫁了新丈夫。离婚时，水福被判给爸爸，但水福一点不喜欢后妈，硬是不叫她。一次发生争执，惹恼了爸爸，一巴掌狠狠打过来，听力就出了问题。水福是个倔孩子，生气跑出来。他想去找妈妈。可他不知道妈妈住哪儿。在外面流浪一夜，水福从县城来到了乡下外婆家。

虽然判给了男方，但总归是自己的外孙，外公外婆稀罕得不得了。得知水福的遭遇，他们异常愤怒。很快愤怒又升级了。外婆准备一大堆恶毒的言语，外公则握紧棍子，只待这个前任女婿上门，好好教训他一顿。可惜他们失算了。那个人根本没来。甚至连电话都没打。好像什么事都没发生过。这对老夫妇只得暂时抛开报复的念头，带着水福去医院，希望能恢复外孙的听力，遗憾的是，他们的努力白费了。

老太太哭红了眼睛，搂着外孙说，不走了，小水福就住外婆这，看谁还敢欺负你。

除了外婆家，水福还有个去处，就是城里妈妈那儿。水福曾去过一次。在那儿，水福看到一个小孩，很好玩，于是便逗着她玩。当妈妈说，那是他的小妹妹时，水福就不吭声了。

水福想，自己是个多余的吧？

水福是晚饭之前萌发去意的。其实这念头早有了，只是此时最明确。为了不给妈妈添乱，水福想过第二天走。当天晚上，水福睡客厅的沙发，翻来覆去的，怎么也睡不着。水福想，还是走吧，一个人悄悄走。怕是怕的，拿根棍子就好了。路也不认识，但只要找到火车站，沿着铁轨走，就能走到谷安站。到了谷安站，离外婆家不远了。

水福不想惊动妈妈，轻手轻脚爬起来。门是防盗门，专门用来防小偷的，水福一个小孩子，如何打得开？水福捣鼓半个小时，身子倚着门，滑了下去。

水福没学过“心力交瘁”这个词，否则用在这儿正合适。

待妈妈听到动静出来时，水福哭成了一团。

明天吧，明天妈妈送你回去。

不行，我非得回去，我现在就回去。水福哭着说。水福本来就很任性。妈妈没办法，骑上摩托车送他走。

从此以后，水福再也没去过城里妈妈家。妈妈工作忙，很多时间都是在车上度过的，不上班时，还要照顾城里的家，根本没时间来看水福。后来，水福听说妈妈跑上海、徐州这条线，要经过谷安站，就过来等她。列车经过站台一闪而过，从下往上看，说句实话，其实什么也看不清。水福甚至不能确定，妈妈是否在车上。

水福想，或许妈妈能看到他。

这孩子是怎么啦？往常可不是这样嘛？老莫找他下棋，他不理，给他蜜枣也不吃。老莫想，用什么话逗逗他呢？

水福，你的钱攒够了吗？老莫想到钱，掏出一张人民币搓搓说。

水福不能跟妈妈在一起，心里不舒服，老莫便给他出主意，攒些钱，买张徐州到上海的车票，这样就可以坐上妈妈那节列车了。水福想，这倒是个办法。就问老莫要多少钱。老莫是扳道工，天天跟火车打交道，自己却从来没坐过火车，对这个也没概念。老莫挠了挠头。后来老莫问领导，说是四十五块。对于水福来说，这不是个小数目。老莫也不怎么宽裕，没办法帮他。水福失踪了两天，以后再来，就没先前那么勤了，隔一天来一次。其他时间捡破烂。攒钱。水福谁也不告诉。也不给妈妈说。水福要给妈妈一个惊喜。

看到自己在火车上，妈妈会有什么表情？水福常常想。想着想着就笑了。

攒到二十块钱时，水福感觉目标近了，不料老莫一句话，给他如火的热情浇了一桶水。老莫说，四十五块不够，得九十块。

为什么？水福愣愣地问。

你去上海要四十五，还回不回来？你得回来吧？你回来还得四十五，这不九十吗？老莫为自己严密的思维得意不已。水福还没醒过神，老莫又说，这是最便宜的，一般车都有空调，你妈妈的车也装上空调，车价还得往上翻。其实空调怎么回事，老莫也不懂，反正别人怎么说，他跟着怎么说。

说这些话，老莫倒也无所谓，对水福却是严重的打击。有半个多月，水福都无精打采的。现在老莫重提旧话，以为水福会搭讪，水福却没有。老莫想可能水福没听清，就找来纸笔。老莫跟水福文凭差不多，就小学三四年级，成绩还不如水福好。老莫写在纸上递给水福，水福推开它，说，几点钟了？火车怎么还没来？

老莫回头看看挂钟，时间是到了。

看来火车今天又晚点了。

晚点就晚点，这很正常，哪天不晚点才怪呢。老莫说，要不去街上吧，给外公打个电话，今晚住老莫爷爷这儿了。按照老莫的推测，水福会感动得泪流满面。至少也得抽泣两声。但水福只微微摇头，今天是我十岁生日，本来妈妈说过来看我的，又要跑车，让我在这儿等她。水福还说，妈妈会把礼物从车上扔下来。

老莫愣了一下，搬出旧躺椅，和水福坐成了邻居。

一老一少并排而坐，远远望去，像两尊佛像。

直至五点钟，火车都没有过来。这是趟慢车。老莫清楚地记得，去年过年，由于人多上车不便，晚点五个多小时。

老莫爷爷，火车多久才能来？水福问道。

老莫也说不准。但老莫不想这么说。老莫想想说，你会数数吧？你数吧，你从1数到5000，火车就来了。水福说，从1数到5000，妈妈就来了，是真的吗？老莫说，真的，爷爷啥时骗过你？水福眨了眨眼睛，开始数数。水福数，1，2，3……数到119，接着数200，201，202……数着数着发觉错了。老莫安慰他说，没关系，没关系的，再从头来。水福就又从头数起，1，2，3……数到149，接着数200，201，202……数着数着发觉错了。老莫安慰他说，没关系，没关系的，再从头来。水福就又从头数起，1,2，3……如此反复几次，水福总也数不对。

你先数着，我进屋倒杯水。老莫说。老莫去里间倒水，出来时，凳子上已经没人了。

水福走在铁轨上，一根根仔细地数着枕木。

老莫心里一惊。

水福，水福……老莫大叫着，冲到水福跟前，将他抱到铁轨之外。老莫说，水福，你怎么跑到铁轨上来了？水福说，我数数老数错，数枕木就不会错了。

水福说，这样数着往前走，还能早点见到妈妈。

数着枕木朝前走，很容易出事的。老莫有一种不祥的预感，沉吟一下说，这样太危险了，再说你过去，你妈妈怎么扔礼物？水福说，火车过来我招手，妈妈看到我，就会把东西扔下来。老莫还是觉得不妥。老莫说，火车那么多腿呢，跑得多快，等妈妈看到你，两人早就错过了。

那……如果东西扔在这儿，你帮我先收着。水福说。

妈妈看不到你，可能就不会扔了。老莫说，你不要乱跑了，老老实实等在这儿。

可是……我总也数不对。水福想了想，突然笑了。这是老莫头一回见他笑。水福说，老莫爷爷，你不是说得数到5000吗？刚才数了那么久，大概有500，沿着枕木数2000，再回来数2000，这样就是……水福算了一下，4500，然后我们一起数，数到500，妈妈的火车就来了。

老莫不是水福，当然不会这么想。老莫说，在枕木上数也行，但只能数到100，数到100就回来，再数过去……

这样水福就逃脱不了老莫的视线了。

水福说，那就数到100。水福还抓了一把小石子，每数到一个100，就放一颗石子在凳子上。

老莫躺在椅子里，端着茶杯，看着水福幼小的身影来回穿梭着。

老莫想到了孤单的鸟儿。

夏天是个慵懒的季节，老是让人打瞌睡。老莫的躺椅旧了点，但躺上去很舒服，老莫躺着躺着，逐渐睡着了。在梦里，谷安小站变成了交通要道，许多车都经过这儿，都要停靠，喧闹得很，气派得很。老莫则成了站长，神气得不得了。不一会儿，水福的妈妈乘火车来了，水福欢快地跳上车。火车载着母子俩，"轰隆"着向徐州驰去。

一觉醒来，喧闹没有了，气派也不在了。空寂的铁道边，还是老莫一个人。陪伴他的还是那张躺椅。夕阳也还没有落，只是看上去更加凄美了。老莫突然想到什么，向铁轨望去。

铁轨上什么都没有。

老莫站起身，杯子"咣"地掉在地上，摔得粉碎。水溅湿了他的裤子。

水福，水福……老莫手拢成喇叭状，喊破嗓子，还是没一点回应。

老莫的心悬了起来，不知所措地望着四周。

渐渐地，一个小黑点出现在东面拐弯处，越来越近，越来越大。老莫知道那是水福。

老莫长长地舒了一口气。

水福低着头，认真地数着枕木。

还有几百根枕木，水福就抵达站台了。老莫伸了个懒腰。老莫想，刚才那个梦真不错……还没等放下胳臂，就听到一声“轰隆”的声响。接着老莫看到天空中布满了烟雾，看到一个庞大的怪物向自己疾驰而来。老莫朝水福大叫大嚷，但水福听不到。水福是聋子。水福什么都听不到。老莫拼命地朝他跑。他想抱住水福，想把他抱在怀里。但是，已经太迟了。

一声尖叫，整个世界定了格。

老莫身子突然一软，跌倒在地，恍惚间，看到一朵娇艳的鲜花盛开在枕木上。

老莫不自觉地抹抹眼睛，有种潮潮的感觉。

兄弟俩

不知不觉间，我离开家乡已经八年了。这八年间，虽然也曾回来过，但每次都行色匆匆，从未在家过过夜。更别说跟家里人一起过年了。这次不同，不仅在家把年过完，还要把元宵节过完，一直到过完正月。之所以如此悠闲，是因为我辞掉了讨厌的工作。这些年在外打拼，多少赚些钱，我想回来办个书院，传授中国古代文化。

看到我回来，母亲高兴得不得了。父亲则显得不冷不热的。奶奶呢，似乎没什么反应，闭着眼睛，嘴里念念有词的。

我没有打扰她念佛。

约莫过了一刻钟，奶奶睁开眼，也不看我，只是淡淡地说，回来好，有空去看看毛毛吧。我点了点头。奶奶说完这话又闭上眼，继续念她的佛。

其实不用奶奶说，我也要去看毛毛的。

我跟毛毛交往有十几年。说是十几年，但因为那时年龄小，经历的事，几乎忘得差不多了。现在再想想，能记住的好像也就几个画面。还有一种牢牢印在脑海深处的感觉。

关于毛毛的故事，其实基本都是听奶奶说的。

毛毛命不好，刚出生还没几天呢，就被家人遗弃了，丢在村口老树底下。幸亏一傅姓人家将他抱回家。那家男主人叫傅贵。女主人叫孙春梅。两人结婚好几年了，一直没孩子。正想托关系抱一个，不想毛毛就来了。本来一家人挺高兴的，只是毛毛一直哭，傅家人便有些怀疑，孩子是不是有毛病？要不是有病，哪家肯把男孩丢了？去医院检查果然如此。孩子心脏发育不全，眼睛也有点问题。这个孩子恐怕很难养大。傅家想把他丢掉，终究不忍心，带去医院挂几天水，再没钱看病，便自己配了几副药吃吃，想不到小孩子竟然好了起来。一家人欢天喜地的，给他起名叫毛毛。

应当说，毛毛还是很幸运的。傅家虽然穷，但对毛毛非常疼爱，那份关心之细致，绝不亚于对待亲生孩子。想要什么吃的玩的都会尽量满足他。他们还早早地送他上学，想把他培养成才。毛毛很聪明，反应特别灵敏，有老师断言，日后此子必成大器。

然而就在毛毛六岁那年，傅家发生件大事。孙春梅怀孕了。两人婚后多年没有孩子，没少去医院检查，药也没少吃过，可一直没什么效果。渐渐就不报什么希望了。几年间不闻不问，竟又奇迹般怀上了。这本来是件好事，傅贵却整天阴沉着脸，傅贵的老母亲呢，更是一副要吃人的表情。好像孙春梅犯了什么不可饶恕的罪孽。毛毛早就懂事了，说话做事也都非常小心。十个月后，孙春梅生了个男孩。孙春梅找到婆婆，说，娘，您老念的书多，要不，您给孩子起个名？婆婆说，你自个起好了。喜欢起什么起什么。孙春梅就显得有些尴尬。后来孙春梅说，老大叫毛毛，顺着起，老二就叫蛋蛋。

傅家本来家境就不太好，供毛毛上学很吃力，再添个蛋蛋，日子过得更加艰难。孙春梅便提议，别让毛毛上学了。婆婆不同意。婆婆说，我毛毛这么聪明，为什么不让他上学？孙春梅说，以后蛋蛋也要上学，两个小孩，我们家哪供得起？能供一个上好就不错了。婆婆说，那就让毛毛上。孙春梅说，蛋蛋不是您的亲孙子吗？婆婆瞪了她一眼，说，亲孙子？哼！孙春梅便不说什么了。

在奶奶的坚持下，毛毛没有辍学，但自从蛋蛋出生后，孙春梅对他的态度明显不如以前了。有什么活都让他干。毛毛恍惚意识到，好像哪儿跟以前不同了。

在这件事上，傅贵保持着中立的态度，既没有偏袒蛋蛋，也没有偏袒毛毛。

一晃又是几年，蛋蛋也到了上学的年龄。这时毛毛读初一了。家里实在供不起两个人上学，孙春梅旧话重提，蛋蛋要上学，毛毛就不要再上了。毕竟蛋蛋是亲生的。奶奶还是不同意。但奶奶已经老了，说话分量越来越轻。儿子傅贵又不吱声。这时家里是儿媳妇当家，孙春梅态度强硬，毛毛只得辍学回家，让蛋蛋上学。奶奶搂着毛毛骂了几句，但于事无补。

毛毛离开学校那天，哭得眼睛都红了。毛毛拉着孙春梅说，妈，为什么让弟弟上学，不让我上学呢？孙春梅根本不理他。

回家跟你爸干活。孙春梅推开毛毛说。

关于毛毛捡来的这件事，他自己并不知道，但别的小孩子知道，他们便围着毛毛叫，你不是你妈亲生的，你是捡来的。你就是个野孩子！毛毛当然不答应，还击道，你们才是野孩子呢。双方骂着骂着很快打了起来。对方好几个小孩，毛毛就一个人，自然打不过他们。结果脸都被打青了。几个小孩摁住毛毛，骑在他身上，边打边叫，你说呀，只要承认自己是野孩子，我们就放了你。毛毛骂道，你们才是野孩子呢！他们便更狠劲地打毛毛。打得毛毛满脸是血。直到有大人过来，他们才跑开。

回到家里，孙春梅看到毛毛那样子，嘀咕道，没事出去打什么架？傅贵二话不说拉过毛毛又是一顿暴打。奶奶跑出来叫道，你怎么还打他？在外面被人打还不够吗？

奶奶把满脸泪痕的毛毛拉进自己屋里。

无缘无故被人打了一顿，毛毛心里记恨呢。打几下倒没什么，毛毛不能容忍的是，他们骂他野孩子，说他是从外面捡回来的。毛毛问奶奶是不是真的。奶奶说，别听他们瞎说，你不是捡来的，你是奶奶的亲孙子。这下毛毛放心了。那些人冤枉他，太可恨了。他们还说自己和蛋蛋不是亲兄弟。毛毛最疼蛋蛋了，他们俩怎么会不是亲兄弟呢？毛毛要报复那几个家伙。几个人一块打他打不过，但可以分而攻之。他们几个读初中，平时住镇上，毛毛要在家里干活，不可能找到学校去，但等到周末他们回家来，毛毛的机会也来了。几个小孩一起玩，天黑时分各自回家，毛毛就跟着其中的一个，走到没人的地方，把他拦下来，一对一地较量。那些小孩子哪一个都不是他的对手，都被打得跪地求饶。他们要联合起来打毛毛，毛毛老远看到就跑。

几个小孩挨了打，回家告状，家长们都来找傅贵，傅贵就又打了毛毛一顿。孙春梅在一旁幸灾乐祸地笑。蛋蛋虽然心疼哥哥，也不敢吱声。

除了奶奶，没有人帮助毛毛。

与毛毛同龄的人，都去镇上读初中了，比他小点的，倒是在村子里读书，但也不跟毛毛玩，毛毛显得特别孤单。毛毛只能跟蛋蛋玩。毛毛对蛋蛋可好了，有好吃的都给蛋蛋。有好玩的也先想着他。有时候奶奶看到了不让他给，毛毛嘴里答应着，可是奶奶一离开，毛毛就又给蛋蛋了。蛋蛋也喜欢跟毛毛玩。但蛋蛋还太小了，不怎么懂事，听到别人喊毛毛野孩子，他也跟着喊了一声。毛毛的脸色立马就变了。紧接着又流露出愤怒的表情。蛋蛋见状吓坏了，咧咧嘴想哭。毛毛哭得比他还快，一把将他搂进怀里，蛋蛋很害怕，挣脱出来往外跑。毛毛说，蛋蛋！蛋蛋便停了下来。见毛毛仍然在哭，蛋蛋跑回来，用小手帮他抹着眼泪说，哥哥不哭，哥哥不哭，蛋蛋以后再也不这样喊你了。毛毛便又破涕为笑，带着蛋蛋玩。

毛毛上学时，也没起个正规大名，奶奶做主，就叫他傅毛毛。奶奶说这名字大俗大雅。孙春梅说，蛋蛋上学得起名字。又征求奶奶意见。奶奶说，就叫傅蛋蛋吧。孙春梅坚决不同意。孙春梅说，蛋蛋？怎么叫啊？上小学还无所谓，以后上中学大学呢？娶了媳妇生了孩子呢？要是再当上领导呢？也叫他蛋蛋？还不被人笑话死！孙春梅跟傅贵说，奶奶真是老糊涂了。孙春梅请出村里的先生，给他起了名字叫傅志远。志向远大的意思。毛毛觉得这名字真好听，老是“志远志远”地叫着。但毛毛知道，奶奶还是喜欢将弟弟叫蛋蛋，所以只要奶奶在场，毛毛只叫他“蛋蛋”。奶奶了解到这个情况后，没有怪毛毛，反而说毛毛聪明。

蛋蛋上学了，难免会跟同学发生摩擦。打架的事也时有发生。班里面有个同学，比蛋蛋大一岁，胖胖的，经常喜欢欺负蛋蛋。有一回因为点小事，对蛋蛋大打出手。蛋蛋哭着去找哥哥。毛毛那个心疼啊。毛毛跟着蛋蛋拦住了小胖子。毛毛比小胖子大几岁，不想让人说他以大欺小。但也不能让他这样欺负弟弟。毛毛说，小胖子，我警告你啊，以后不要欺负傅志远了，你要是再敢欺负他，别怪我对你不客气。小胖子根本不屑一顾。小胖子轻蔑地说，我欺负他又怎么样？你还敢打我？我也警告你，我有两个哥哥，等他们回来，让他们好好收拾你。这下把毛毛惹火了。毛毛把小胖子揍了一顿。小胖子哭哭啼啼地走了。小胖子说，我哥回来就揍你。

打了小胖子几下，毛毛很快把这事忘掉了。哪知道几天后小胖子真的喊两个哥哥来了。那是周六的傍晚，毛毛带着蛋蛋去田里玩，回来走到石桥边，就见小胖子跟两个哥哥叉着腰拦在路中间。活脱脱的三座肉墩。蛋蛋赶忙往毛毛身后躲。毛毛说，别怕！有哥哥在这呢。小胖子说，你有个屁用？三个人一拥而上，围着毛毛又踢又咬。说是三个人，小胖子基本上不起作用，他的两个哥哥也是胖子，行动不方便，而毛毛经常干活力气大，身子也灵活。小胖子的两个哥哥根本不是毛毛的对手。毛毛露出了胜利的笑容。

蛋蛋则在一旁笑着鼓掌。

我让你鼓掌，我让你鼓掌！小胖子的二哥不知从哪儿弄来一块砖头，猛地向蛋蛋砸去。蛋蛋看到砖头“啊”了一声。毛毛一愣，一把将蛋蛋推开，挡在他前面，砖头不偏不斜砸到了他头上。

小胖子兄弟三个得意地笑了起来。

毛毛被砖头砸中后，倒在了地上，爬起来看了小胖子一眼，又倒了下去。蛋蛋跑到毛毛身边，使劲摇晃他。毛毛则一动不动。蛋蛋呜呜地哭着，哥哥！哥哥！小胖子兄弟三人互相瞧了瞧，见毛毛不动弹，不知道怎么回事，走到跟前，见他额头上都是血，吓得转身就跑。蛋蛋搂着哥哥喊道，来人啊，来人啊！幸好有大人干活回来，看到毛毛，赶忙把他送到医院，清洗血迹包扎伤口。血是止住了，但毛毛一直没醒。医生说是暂时昏迷。

晚上回到家，毛毛一直昏迷不醒。奶奶看护他。蛋蛋要陪奶奶看着。孙春梅说，你这么小，哪要你看呀，快点上床睡觉去。蛋蛋不肯走。孙春梅伸手要打他。蛋蛋说，我要哥哥醒来就看到我。孙春梅说，你这个小孩……奶奶说，他在这看着怎么啦？要不是他，毛毛能跟人打架吗？孙春梅说，可是……傅贵把她拉走了。

毛毛被抱到奶奶屋里，蛋蛋一直陪着他。奶奶倚着墙，迷迷糊糊睡着了，蛋蛋也很困，趴在毛毛床头睡觉。半夜里，毛毛慢慢坐了起来。蛋蛋一下子醒了。蛋蛋抱住毛毛，兴奋地叫道，哥哥，哥哥！突然间吓了一跳。原来毛毛的目光直直的，在夜里看来特别恐怖。蛋蛋吓得往奶奶身上靠。这时奶奶也醒了，看到毛毛的神情，一把搂住他说，毛毛，毛毛，你这是怎么啦？你别吓唬奶奶呀。毛毛还是没有反应。无论奶奶怎么叫，毛毛的目光始终都是直直的。

奶奶几乎可以断定，毛毛傻了。

那一砖头打坏了他的脑子。

奶奶心疼得要命，逼着傅贵带毛毛去看病。看几个地方都不行。奶奶不甘心，又自己写个方子，让傅贵抓药煎给毛毛吃，但吃了还是不管用。

毛毛这辈子是完了。奶奶叹息道。

毛毛目前这种状况，完全成了家里的负担。蛋蛋看到他都害怕。依着孙春梅的意思，毛毛不是亲生的，与其让他待在家里受罪，不如送走算了。送走是好听的说法，实际上就是把他给扔了。扔到哪个荒山野岭去，任由他自生自灭。孙春梅说，你看看，他待在家里面，把蛋蛋吓成什么样子了。奶奶敲着床说，作孽呀，作孽，这种话都能说得出来？你们不要他，让毛毛跟我过。

毛毛变成这样子，小胖子家赔了万把块钱。当时还是八十年代初期，万把块钱确实不少，但对于毛毛来说，那可是一辈子都毁掉了。给毛毛看病花了不少钱，总不见好转，索性不去医院了，奶奶自己给他配几副药，也不见什么效果，只得作罢。看病剩的钱还在孙春梅那儿。奶奶把钱要过来，要去外面盖间小屋，带毛毛单住。傅贵不同意。自己年轻力壮的，让老人出去住，会让人骂不孝顺的，但奶奶心意已决，说什么都没有用。

就这样，蛋蛋和毛毛分开了。搬家那天，毛毛意识到什么，怎么也不肯走，嘴里不停地叫着“蛋蛋”。但蛋蛋自始至终没露面。

搬走之后，毛毛过来找过几回蛋蛋，孙春梅怕他吓着儿子，不让他进门。毛毛只能在周围转悠着。

跟着奶奶住，毛毛几乎见不到什么人。奶奶养了几只鸡，一只狗，家里养的一头老驴，也被她牵了过去。它们是毛毛的全部玩伴。毛毛没有人说话，就趴着跟它们说话，学它们叫，“咯咯”“汪汪”，甚至还学驴叫。驴叫学得尤其像。有时奶奶没看住，毛毛就跑到外面去。高兴了愤怒了学声驴叫。后来大家都知道了，毛毛会学驴叫，开始小孩子逗他学驴叫，后来大人也跟着逗。毛毛看到这么多人，叫得也欢快。他以为大家都喜欢他呢。因为毛毛是捡来的，在村里没有亲人，人人都敢欺负他，还有小孩子叫他喊“爸爸”。不喊就拿糖逗他。毛毛也不懂得这些，把糖收起来，或者是学驴叫，或者是喊“爸爸”。

回到家，毛毛把糖果拿出来摆在桌上。他自己是不吃的。他把糖果捋平了，分成四份，每份放一颗，放完一遍再放一遍。等糖果全都分完了，毛毛自己念叨着，这是蛋蛋的，这是奶奶的，这是爸爸的，这是妈妈的。奶奶在一旁看得心酸，偷偷掉眼泪。奶奶说，还有毛毛的呢。毛毛说，毛毛不吃。呵呵。奶奶说，毛毛，以后别再出去了。毛毛就呵呵地笑着。

毛毛来到孙春梅家，在门前将糖果堆成三堆，孙春梅不让他进，还朝糖果踢了一脚。糖果飞得到处都是。毛毛呜呜地哭着，重新将糖果捡起来。

孙春梅不让他进，他就坐在门口守着。

孙春梅害怕毛毛老来找蛋蛋，产生了搬家的念头。毛毛住在村子北面，孙春梅攒够了钱，在村子南面盖了两间屋，很快搬了过去。毛毛不知道他们搬走了，还经常来老屋转悠。

毛毛被人欺负，最心疼的是奶奶。有几次，奶奶见毛毛不在家，又听到外面有驴叫，就赶过去，骂那些围观的人。奶奶说，你们就忍心欺负一个傻子吗？你们不觉得丧良心？那些人一哄而散了。但毛毛下回再出去，他们还要作弄他。奶奶想，都是毛驴惹的祸，一气之下，把毛驴给卖了。

毛毛在外面学驴叫，蛋蛋自然也知道。还有人拉着蛋蛋去观看。刚开始，蛋蛋心里害怕，渐渐地也去看了，还跟着别人一起笑。毛毛看到蛋蛋，含糊地叫着“弟弟”。起身向蛋蛋跑过去。蛋蛋又害怕了，赶快跑开。再长大一些，蛋蛋渐渐明白事理，不再去围观，心里却隐隐地有些恨他。恨他让自己丢了面子。有时候蛋蛋甚至想，如果毛毛突然间死掉就好了。他活着有什么意思？毛毛也命大，经常吃些不干净的东西，还会喝沟里的污水，但一直没什么大病。

很快，蛋蛋也读了初中了。这年暑假，蛋蛋生了场大病，不想吃饭，身子越来越瘦。孙春梅急得都哭了。她带着蛋蛋去城里检查，医院说是肝病，治也能治，但要花几万块钱。孙春梅拿不出来。到处去借也借不到。给人下跪也没用。实在没办法，孙春梅就央求傅贵，能不能由他出面，向奶奶借钱。孙春梅知道，奶奶手里肯定有钱。

娘不喜欢蛋蛋，你又不是不知道。傅贵为难地说。

在蛋蛋的记忆中，奶奶从来都没对他笑过。蛋蛋一直很纳闷。长大之后，蛋蛋才渐渐明白，原来奶奶一直都在怀疑，他不是傅贵的儿子。

这是人命关天的大事，行不行都要试试。孙春梅说。好说歹说，傅贵答应陪她去，至于奶奶肯不肯借，他也不敢保证。孙春梅带着蛋蛋找奶奶，奶奶根本不理她。最后，孙春梅跪在了奶奶面前。

起来吧，我受不起你的大礼。奶奶淡淡地说。

孙春梅无功而返，第二天又来了。孙春梅这回找的是毛毛，把他搂在怀里说，蛋蛋，快叫哥哥。蛋蛋虽然不怕毛毛了，但也没叫他。倒是毛毛异常兴奋地喊着“弟弟、弟弟”。好长时间不见，他对弟弟的印象还是那么深。孙春梅说，毛毛，弟弟快要死了，你让奶奶救救弟弟。毛毛不明白怎么回事，疑惑地望着奶奶。孙春梅就一遍遍地说，让奶奶救救弟弟。终于毛毛明白了，拉着奶奶的手，说，奶奶，救弟弟，救弟弟！奶奶搂着毛毛哭了。

奶奶其实也没有多少钱，不过她有些首饰，拿出来变卖，暂时够蛋蛋治疗一段时间的。

蛋蛋病情有所好转，但钱很快用完了，没有钱，孙春梅把蛋蛋带回了家。

再去找找娘吧，傅贵说，说不定她有办法。孙春梅说，娘……她好久没喊娘了，喊着有些生硬，娘……能行？傅贵说，你忘了，当年毛毛生病，到处看都没看好，还不是娘配的中药？孙春梅犹豫不决。傅贵说，我外公以前是中医，娘多少也懂一点，只是没怎么给别人看过。孙春梅说，娘要是真能看病，怎么没把毛毛治好？傅贵说，那是精神上的病，娘治不了，蛋蛋的情况不一样。

既然没有别的办法，试一试也是好的。

两人又去求奶奶，奶奶半天没有吱声。傅贵说，娘……奶奶叹口气说，不是我不想救他，除了毛毛小时候给他配过药，从来没给人看过病。我怕反而误了孩子。孙春梅说，娘你就大胆看吧。反正蛋蛋这样子也……奶奶说，那好吧，万一有什么事，你们俩也别怪我。你们先回去吧，把孩子留在这儿。孙春梅瞧了瞧傅贵。傅贵说，走吧。奶奶又说，傅贵每天过来一趟，其他的人，就不要来了。孙春梅知道说她的，也不吱声。

孙春梅夫妇走后，奶奶念了一会儿佛，又从箱子底翻出个破烂本子，一页一页翻看着。第二天开了个方子，让傅贵去抓药。以后蛋蛋每天都要喝那苦得让人恶心的中药。

关于那一段日子，许多年后蛋蛋仍记得很清楚。那时候蛋蛋想到了死亡。白天还好，每天夜里，蛋蛋一想到死，就觉得特别恐惧。幸亏毛毛时时为他祈祷。这也是蛋蛋最大的精神支柱。有时候半夜做噩梦醒来，看到毛毛在旁边也不觉得多害怕了。这样过了一个多月，不知道是中药的作用，还是毛毛祈祷起的作用，蛋蛋渐渐地恢复了健康。去医院检查也没什么问题了。

病好了之后，蛋蛋跟妈妈提议，让奶奶和哥哥跟他们一起住，但奶奶没有答应。

蛋蛋依然去镇上读初中，奶奶也依然与毛毛住在老地方。

经历这一场大病，蛋蛋与毛毛感情更加深厚了。有时间两人就在一块玩。毛毛知道蛋蛋周末回来，就去村口等着他。如果谁敢作弄毛毛，蛋蛋就跟他拼命，久而久之，没有人再敢欺负毛毛了。蛋蛋还攒钱买了些糖果。蛋蛋剥给毛毛吃，毛毛让他吃，兄弟俩推来推去的，谁也不肯吃，最后两兄弟一块吃，都呵呵呵地笑着。

这一年，蛋蛋觉得特别开心。

毛毛也都整天笑呵呵的。

第二年暑假，毛毛不知怎么回事，病得很厉害，奶奶给他吃中药也不行。去医院检查，医生们都摇摇头。说是很多器官都有严重问题。奶奶一看这情形，直接把他带回家了。蛋蛋天天陪着他。夜里睡觉也不回去。待几个晚上，精神明显不行了，孙春梅叫他回去睡，第二天再来。奶奶也劝他回去。蛋蛋依依不舍地离开了。回去的当天夜里，奶奶拄着拐杖过来，焦急地说，毛毛不见了。蛋蛋、傅贵和孙春梅赶忙去找。找了几个地方都没找到。当年他们和小胖子兄弟三个打架的石桥边也去了，仍然没找到。

这个小东西会去哪儿呢？奶奶心急如焚。

会不会……蛋蛋“啊”了一声，转身就跑。孙春梅在后面叫道，你去哪儿啊？蛋蛋说，老屋！

老屋的门上靠着一个人，蛋蛋有种预感，是毛毛，上前一看果然是他。毛毛手里还握了把糖果，那是蛋蛋买给他的。蛋蛋叫了声“哥哥”。没有反应。蛋蛋试试他的鼻子，已经没有呼吸了。

蛋蛋抱着毛毛号啕大哭。

毛毛走了。对于他来说，未曾不是一个解脱。奶奶感慨道，但愿毛毛再托生，能去个好人家，有爹有妈地好好疼疼他。孙春梅和傅贵同时低下了头。孙春梅说，娘，毛毛已经走了，您别伤心了。奶奶痛苦地摇摇头。孙春梅说，毛毛没结婚，还是孩子，悄悄地把他葬掉吧。奶奶不同意。奶奶说，毛毛都二十岁了，是大人了，大人怎么送他就怎么送。蛋蛋也说应当如此。

送葬那天，村里好多人都来了，那些平时欺负他作弄过他的，都显得特别愧疚。

也怪我，毛毛虽然上过学，但一直没个大名，你给他起个名字吧。奶奶说。蛋蛋想了想说，就叫他傅怀远吧。傅怀远。胸中怀有远大理想。

傅怀远，好，就叫傅怀远吧。奶奶说。

毛毛一辈子没拍过照片，送葬前拍了一张。

把毛毛傅怀远送下地后，蛋蛋回学校继续读书，读了初中，读了高中，又在本地读完大学，然后去外地工作，这一去就是八年。这八年间，他一直带着哥哥的照片，心情不好的时候，就拿出照片来看看。这一年春节，蛋蛋觉得该回来了。于是回到了家乡。他先看望了活着的奶奶，再去看望已经死去了的哥哥。

这时候，也许你已经猜到了我的身份，没错，我就是那个蛋蛋，傅志远，毛毛傅怀远的弟弟。

夏日绝句

水福是处理完讲义去吃饭的，那时候食堂里空空荡荡，已经没几个人了。水福赶紧买了二两米饭，又买了一份青菜豆腐。

今天是星期天。像往常一样，水福把饭菜带回宿舍，几口扒进肚里，匆匆去洗碗。水龙头前挤得很，围了十几个人，一旁刷碗的，洗头的，还有哼着流行歌曲搓衣服的，搞得地面一片狼藉。平时都很忙，好不容易熬到周末，该放松放松了，于是有人扯着花花绿绿的线子将小收录机拖到屋檐下制造气氛。

收录机里放的是《九百九十九朵玫瑰》，台湾的，水福听过。

这是前不久刚流行起来的一首歌，据说背后有个悲剧故事。好像是关于医生和病人的。男医生，女病人，或者……男人与病入膏肓的女友？总之是个纤弱女子，让人觉得很怜惜。水福想，是不是真的？哪有这么多悲伤事？不过说实话，他挺喜欢这首歌的，听上去非常凄美。

几下子洗好碗，回屋喝水休息一下，正准备出去，上铺老乡探身子说，水福，你不睡觉了？从周一到周六，每天忙得连轴转，周日下午正好大睡一觉。很多人想，睡觉最重要。没有什么是比睡觉更让人动心的。当然，也有怕浪费时间的，那就去教室看书，毕竟高考不远了。

水福笑了一下，微微一摇头，出去了。

水福没说干什么。他是不会说的。这是秘密。水福一个人的秘密。其实水福是出去看书的。最近一段时间他对武侠小说特别着迷。

很小的时候，大概七八岁吧，水福就迷上武侠了。那时候水福还不认识多少字，偶然地从邻居家拿到一本武侠小说，就津津有味地看了。以后水福看过许多武侠小说。电视普及后，播放香港武侠片，水福更是大饱眼福，只要知道，绝不放过。那种做大侠的感觉水福说不上来，但是他喜欢。

水福后来渐渐远离武侠，是因为读了初中，读了高中，功课太紧，实在没时间。

水福现在读高三，高考就在眼前。高考对水福来说至关重要，这是个机会，考得好就能进城上大学，否则一辈子待在农村，跟泥土打交道。农村也不错，风景秀丽，但水福还是想进城，感受一下现代城市的文明。水福拼命地学，只有学习好才行。

水福成绩很好，这是众所周知的。从小到大，水福给人的感觉就是聪明，有灵气。

考大学对水福来说应当很容易，然而就在这时候，水福突然又迷上了武侠。没有特别原因，或许目前的生活太紧张了，或许……

不管怎样，水福又喜欢上武侠了，豪壮，大气，还有始终挥之不去的神秘。

在这件事上，同宿舍两个同学起了一定作用。那两人成绩一般，相貌平平，唯一突出表现就是钟情于武侠小说。他们每周末都去外面租武侠书，晚上点着蜡烛看。大家聊天，水福睡不着，有时也跟着看看，将《天龙八部》《笑傲江湖》重新温习一遍。有一次，水福为看《七杀手》，蜡烛燃得没了，就半夜去宿舍楼东侧的灯下看。昏黄的灯光里，楼道静静的，就水福一个人还在认真地用功。

水福看书，起初是绝对不租的。不是怕花钱，水福有钱，只是感觉不舒服。租书，水福就有种负担，老想着它，而看别人的不同，看过就算了，不会时刻记在心上。在同学和老师眼中，水福是好学生，而好学生是不能租书的。尤其这种武侠书。水福被这个念头束缚些日子，后来也租了。水福租书还是不同于别人，那就是不带回宿舍，在外面看完立刻还掉。

水福一身轻松地出去，再一身轻松地回来。水福定的时间就是周日下午。

连续长时间看书，水福觉得头昏脑涨，回去得睡一觉。通常情况是，他醒来天都是黑的，同学一个都不在，以至于水福糊涂了，到底是白天还是晚上呢？不管怎样，同学不在宿舍，他也不该在宿舍。水福洗把脸就往教室跑。老师早就到了，看他一眼，又转过脸去。

老师也就看看而已，不会批评的。大家都知道，水福是好学生，对于好学生，老师总有些偏向，不会为难的。换成别人，早就瞪眼了。

文博书堂是镇上唯一的租书处，在学校南面一条东西街上，离火车站近。水福过去，时常能听到火车轰隆隆地叫。随着火车的远去，水福思绪飞扬，浮想联翩，再翻翻书，觉得很有趣。那里的书多，至少在水福眼里是多的。杂志，书籍，一排一排的，封面五颜六色，看得水福眼花缭乱。水福想哪天自己也有这么多书就好了。

近两个月，水福每个周末去文博书堂看书，老板娘都认识他了。

老板娘很丑，四十来岁，身子肥硕，两颗门牙露在外面，还有些黄。水福搞不懂，老板看起来挺好的，怎么会看中这种女人？难道她家里有钱？或者别的什么难以启齿的原因？这女人生的女儿也难看，十四五岁，那模样神态，简直跟老板娘一个模子出来的。相较而言，管大姐要好看多了。

管大姐是邮局书店的，在学校旁边，水福有些杂志在那儿订。因为经常去，混得挺熟。管大姐大他七八岁，眼睛特别亮，丰满，胸脯耸得很高。漂亮也说不上，但管大姐白，脸白，身子也白，每次都对水福笑眯眯的。水福不太好意思，不敢看她。只有对方不留心时，才敢偷偷看。管大姐不租书，否则的话，肯定三天两头跑。水福暗暗地想。这种时候，他通常都到街上了。

文博书堂斜对面有座院子，水福走过林荫道，越过西瓜堆，再绕过修鞋匠，拐弯就到了。门是铁门，已经很破了。红门漆也已脱落。院子不大，但因为偏僻，没人，空旷得很。进了院子可以看到一个小棚子，里面堆满了木料，还有料渣，似乎很潮湿。水福猜测它们是昨晚或今早干活留下的。这种天气，中午根本没法干，太热，只能一早一晚干干。水福喜欢这地方，幽静，没人打扰。穿过院子，后面还有一片空地。这里显得更荒凉，还有杂草。不远处有几间房子，孤单单的，从来没见打开过。水福喜欢门前的那片池塘，零星地飘着些荷叶。

水福扫了那儿一眼，向左转，来到一棵树下。那树水福叫不出名，只是觉得很古老，枝繁叶茂，笼罩着一片阴影。树下有块石槽，青石做的，可能以前喂过牲口。水福坐在石槽上，倚着树看书。蝉在头顶不停地叫，虽有些响，却不让人感到烦。

在这种地方，将头埋进小说里，可以让人忘记一切。

一般来说，水福都看得很专注。累了，抬起头，向远处瞧一瞧，或者在院子里溜达溜达。水福将自己想象成大侠，独攀高崖，或者奔驰在大漠，顿时涌起一股豪壮之情，同时又有些许寂寞。街上行人虽然不多，也有一些，可他们从来都不来。难道没人发现？不太可能，恐怕是兴趣不大。水福想，如果有个女的……管大姐，或者其他什么人，即使不说话，相视一笑也好。水福默默地想着，想象各种可能情形，想着想着不知不觉就笑了。

然而遗憾的是，自从水福来这儿，不要说管大姐，就是老板娘女儿般的女子都没出现过。

唯一的一次，进来一个老太婆。老太婆脸上都是皱纹，水福看着她，立刻想到了核桃。老太婆衣衫褴褛，拎着一条鱼皮口袋，探头看看，大概以为没什么好捡的，摇摇头，走了。

想不到的是，空房子居然住人了。水福起初没留意，偶尔抬头，突然见一女子洗头。他似乎不太相信，揉揉眼睛，房子的门确实开着，也确实有个女人。那女人看上去身材不错，头发不长不短，腰很细，屁股很翘，透着一股青春气息。

从背影看，水福想她应当不到三十。

水福又低头看书了。

小说很有劲，故事精彩，悬念迭出，但水福总是看不进。水福眼前老有女人的长发飘来飘去，梦一般似的。再抬头看看，女人已经进屋了。五分钟，十分钟，女人一直待在里面。水福想，那女人长得好看吗？她的脸怎么样？脾气又如何？这些问题一直折磨着他。水福合上书，转来转去，远远地看着门，门也关上了。水福有一种强烈的渴望，想看看女人的脸。

水福什么也不做，傻傻地站在夕阳里。阳光温和了许多。那女人还不出来，水福不安心，老想看。水福想，过去后女人问他，怎么回答呢？他想了一下，想不出，觉得口干舌燥。水福有办法了，就说借水喝。虽然这么想，水福仍然心“怦怦”跳，不敢敲门。

水福坐在池塘边。水福想，怕是没机会见到她了。水福抓起碎石子往池塘里扔。这时忽听有人问，你在这儿干吗？水福随口说，不干吗。觉察不对劲，猛地回头，看到一个漂亮女人。

女人笑吟吟的，和水福想象的差不多，又不太一样。水福想，用什么形容她呢？水福不知道。一个十八岁的少年对一个年近三十的女人的感觉，简直是一团乱麻。水福的大脑已乱了。女人坐在他旁边，问他名字，水福告诉了她。

水福？这名字很有趣呀。女人撩撩湿漉漉的头发说，有福已经很好了，还有水，这大热的天，听着就很舒服。

女人的笑声很清脆。

水福也笑了。后来不知怎么的，水福说到口渴。女人领他进屋，给他倒水喝，水福咕咕咕一口气喝下去。女人又抱出半块西瓜，给他吃。水福有些忸怩，终归是吃了。

经过一番接触，水福安定了。征得女人同意，他打量整个房间，大，空，里间一张桌子，一张床，上面放着毛巾被，枕头，绣着荷花。水福说，你一个人住这儿？女人点了点头。

这儿晚上没人，你不怕？水福担心地说。女人说，不怕，这儿的人很好，不会有事的。再说……女人神秘地笑笑，我有武器，他们不敢乱来的。水福噢了一声，说，你来这儿没多久吧？女人说，三天，在这院里，三天就见你一个。水福一点也不奇怪。女人又说，你还上学吧？水福告诉她自己读高三，很快就要高考了。女人说，这时候还看课外书，会影响学习的。水福说，没事。水福想说什么，又不知怎么开口，只说，我心里有数。女人笑着说，看得出来。

女人是作家。两人聊了几句，水福很快就知道了。水福说，你怎么住在这儿？女人说，写作。原先女人住在城里，嫌太吵了，就来这儿写东西。水福挠挠头说，这儿清静，最适合写东西了。

水福说话时挠了几次头了。女人说，你怎么啦？水福尴尬地说，有点痒。女人看看他的头，说几天没洗了，洗一洗吧。水福是几天没洗头了。女人准备了水，水福难为情，女人就把他的头按在水里，轻轻地搓着。水福闭上眼，浑身舒坦。

水福洗好头，手里胡乱翻着武侠小说，不时瞧着女人。女人说，看我干吗？水福脱口而出，你长得好看。水福说完有些后悔，以为女人会怪他，但女人没有，而是笑着问他哪儿好看。水福心想，头发，眼睛，鼻子，嘴，脖子，胸，腰，屁股，腿，还有手，哪儿都好看。但他只说了后半句。女人微微一笑。水福说，你这么好看，谁娶了你，真是天大的福气。

女人仍然笑着，却有些勉强。

你自己出来，你老公能放心？水福突然问。女人沉吟一下说，我离婚了。水福稍微一愣，再想想，其实挺好的。这么美丽的女子，谁配拥有她？水福说，肯定是你老公不好。女人摇摇头。水福就猜那男人脾气坏，不上进，或者经常不回家，甚至猜他长得不帅。这些统统被否定了。女人说，他长得还行，都快赶上你了。

水福不好意思地笑笑，说，那你怎么不喜欢他？女人说，我没说不喜欢他。不喜欢，当初也不会嫁给他。水福说，不会是他……不喜欢你吧？女人摇摇头。水福放心了，同时也糊涂了，既然两人都喜欢对方，为什么要分开呢？

你还小，许多事情都不明白。女人说。水福反驳说，我不小了，再过三个月，我就满十八周岁了。女人仍然摇头，说，太小了，太小了，等你长大就明白了。

水福回去的时候天已经黑了。路上，水福一直在想，我还没长大吗？怎么才算长大呢？

回到教室，恰好老师不在，水福迅速溜进去。他拿出《现代汉语词典》，翻到“长”字那一页，可惜的是，没有“长大”这个词。水福想，真是奇怪。他想问老师，终归没问。他要自己想。水福想着想着，突然笑了，然后在词典上加了一条注释。

水福是这样解释“长大”一词的：十八岁，恬静淡然的夏日午后，遇到一个美丽女人。

寻找清江浦

那个时候是乱得不得了。到处都在打仗。白凤搞不懂，哪有那么多仗要打？共产党打日本人，日本人打国民党，国民党又放共产党黑枪，到底谁跟谁一伙？乱七八糟的！

不光白凤搞不懂，村子里的人也稀里糊涂的，就知道枪炮天天响，没个消停时候。

不过有一点大家都清楚，只要听到枪炮声，就赶忙逃，能逃多远逃多远。

据白凤后来回忆，自己当时十七八岁，按照时间算，应当是抗日战争末期了。就在第二年秋天，日本投降了。这一年，日本人特别疯狂。或许意识到自己快要滚蛋了，更是无所顾忌，一路上烧杀抢掠，无恶不作。白凤家乡深受其害。整天人心惶惶的。以前是躲国民党，正在更害怕撞到日本人！

这年冬天，日子过得还算平静。就是白凤她爹病倒了。白凤要去镇上给爹抓药。家里面没钱。白凤有个姐姐，已经出嫁了，下面还有三个弟弟，也都不顶事。实在没办法，只能白凤去镇上了。白凤以前跟爹去过镇上，有七八里路，单独出去，终究还是有些害怕。好在镇子不难找，出了门，沿着小路往西走，就来到集镇了。因为没钱，家里有只老母鸡，正下蛋呢，也被白凤带上了，小弟哭喊着不让卖，但也没用。白凤拎着鸡来到小镇上，蹲在路边，等着人前来买鸡。

战乱时期，小镇上冷冷清清的，白凤等了一晌午，也没见谁过来问问。好不容易来个男子。问白凤鸡多少钱，白凤又回答不上来，白凤说，我卖鸡给爹看病，不多要钱，给够药钱就行了。男子笑了。走两步回过头说，看病得多少钱？

白凤又不吱声了。

白凤把鸡抱得紧紧的，生怕被别人抢去了似的。

你还是去药店吧，把鸡直接给老板，也别要钱了，就让他给你抓副药。男子给白凤出主意说。

这个办法不错。白凤抱着鸡来到药店前，还没跟老板说上话，就见一群人从东面跑了过来。白凤立马愣住了。老板也有些发愣，忙问别人怎么回事。一个人说，你还不走呀，日本人就要打来了，把你这店都能给砸了。日本人要来？老板也不卖药了，把白凤一推，返回屋去，匆匆收拾东西逃命。白凤打了个趔趄。手一撒，鸡跑了。我的鸡，我的鸡啊！白凤叫了一声，赶忙去追鸡，可那鸡跑得快，哪是白凤追得上的？转眼就没影子了。白凤“刷”地眼泪下来了，我的鸡啊！

老板抱个包裹出来，见白凤还站在门口，忍不住喝道，你怎么还不走啊？你知道日本人多厉害吗？

现在的女孩子，十七八岁，已经相当成熟了，有些事比大人都会处理。那个时候不同啊。尤其是白凤这种女孩子。秦棉生可以想象，当时白凤肯定是六神无主了。想找鸡找不到，不找吧，又不甘心，于是走也不是留也不是。白凤暗自咒骂着，这该死的鸡！

眼看集镇越来越乱，鸡怕是找不到了，白凤往家跑，只想早点见到爹妈。

后面又有人跑过来，撞到白凤的身上。是她村里的。那人火烧火燎的，说，白凤，你怎么往回跑？人家都往前跑呢。白凤说，你见到我爹妈了吗？我要回去找他们！那人说，回什么呀，你爹妈都跑了，你也跑吧。小日本鬼子要过来，专门欺负小姑娘。说着匆匆忙忙跑了。白凤又拦住一个老乡，问他看到爹妈没有，老乡说，你爹妈没看到，反正有往南跑的，有往西跑的，你也跑吧，说不定就能碰着了。白凤仍在犹豫中，突然听到一阵枪声，心中害怕，也跟着别人跑。白凤没什么主张，别人往哪儿跑，她也往哪儿跑。身上没钱也没法买吃的。都是靠别人救济。这样停停跑跑，半个多月没消停。今天往南跑，明天往西跑，过两天再往北跑，不知道来到什么地方了。更糟糕的是，老乡全都跑散了。白凤不敢再跑了。她怕跑得太远回不了家。

这天晌午，白凤来到一个村庄。村庄看上去有些眼熟。白凤心中一喜，以为来到邻村了，但听他们说话，又不像。不禁大失所望。好在这儿还算太平，可能日本人没来过。或者来过又走了。

白凤不敢找人讨饭，坐在墙角里打盹。

很快招来一大群人围观。

这个姑娘从哪来的？长得倒还挺漂亮。有人议论道。

你看她那个样子，不会傻吧？旁边的人说。

她要是傻子才好呢，就让她跟小老头。又有人说道。其他的人哈哈大笑。这些人的话，白凤不能完全听懂，却也能猜个八九不离十，不禁又害怕起来。

不大会儿，有人扯着一个男的过来。那男的个头很矮，头上秃了一块，看不出多大年纪，说四十也行，说五十也行，说六十也有人相信。白凤胆怯地望着他。她想站起来逃跑，身子却软绵绵的。

小老头，你看这女人傻吧？给你当媳妇要不要？有人逗他说。

小老头嘿嘿笑着，口水都出来了。

原来是个傻子！

白凤心“怦怦”乱跳，也不知哪来的力气，猛地站起身来，拔腿就跑。还好没有人拦她。他们仍在身后笑呢。白凤一口气跑出三四里，不跑了，将近天黑的时候，又返回村子里。外面太冷，会冻死人的。回到村子里暖和些。白凤想，今晚在这儿过一夜，明天去四周转转，看看能不能找点碎活做。白凤已经两天没吃饭了，肚子饿得咕咕叫。白凤想，睡着就不饿了。才躺下来，就听有人说，这儿怎么能睡觉呢，跟我回家吧。白凤没吱声，将身子缩成一团。那人又叫了她一遍。

白凤抬头看了那人一眼，中等的身材。感觉不像是坏人。白凤就跟他去了。肚子实在不争气，再说了，在这儿待一夜，她也害怕。

七拐八拐的，白凤来到一间茅草屋里。男人点上煤油灯，拿来两个馍，说，还没吃饭吧？吃吧！又给她倒碗水。白凤打量一下男人，有三十几岁。的确是个老实人。白凤拿起馍就吃。那男子笑了。白凤吃着吃着也笑了。

男人等白凤吃完馍，说，我这就一张床，你睡吧。其实床也不叫床，就是一张木板。就是木板白凤也不敢睡。男人明白她的心思，自个睡在草铺上。盖一件棉袄。即便这样，白凤还是不敢睡，坐在床头，眼睛直直地望着男人。灯吹灭了，月光就显得格外亮。照在木床上。白凤坐在月光里，睁着双眼，努力不让自己睡着，困了就掐自己的腿。等到男人发出呼噜声，白凤再也撑不住了。

第二天一早，白凤醒来发现自己躺在床上。身上盖着一床薄被。白凤赶紧摸摸衣服，还在身上，心想，这个男人还不错。

男人见白凤醒来，给她盛了一碗白粥，喝进肚里，特别滋润。

白凤对男人放松了警惕，打听这叫什么地方。男人告诉她叫韩桥。白凤想，韩桥？那离她家不远呀。她家附近有个地方就叫韩桥。白凤这样想着，感觉又不对，至于哪儿不对，一时半会儿又说不上来。后来白凤想起来了，是位置不对。这半个月来，白凤基本上往西北走的，韩桥好像在她家的东面，不可能到韩桥呀。还有就是说话。这地方的人说话跟他们不同。如果不是距离很远的话，说话怎么会有这么大差别呢？白凤没去过韩桥，但她认识韩桥的人，他们说话跟她一样，是没分别的。

白凤又问男人，周围有没有红旗村。男人说没有。男人问白凤哪儿的，白凤说是红旗的，又说是赵集的。男人哪个也不知道。白凤又说到清江，就在清江赵集或红旗，至于这些地方什么关系，她也说不清。男人就更不明白了。白凤说，清江浦知道吗？男人摇了摇头。白凤说，清江浦很有名的，她小的时候，曾跟爹去过一次清江浦。男人说，清江浦那么有名，一定很好找的，现在外面兵荒马乱的，等安定下来，他把白凤送回家。白凤感动得不得了。说了这么多，白凤一直忘了问男人的姓名。男人说他叫秦贵，父母都不在了，因为穷，三十多了还没成亲。

白凤的脸突然红了。

这样过了几个月，仗一直在打着，白凤没法回家，就一直跟秦贵住在一起。后来白凤觉得秦贵一个人挺不容易的。再后来，白凤就嫁给了秦贵。

秦贵对白凤非常好，这让白凤感到很欣慰。只是，白凤常常会想起爹妈，还有姐姐弟弟们，不知他们怎么样了？秦贵说，现在世道太乱了，等到哪天不打仗了，我陪你一起找爹妈。陪你再去清江浦玩。秦贵说，我还没见过老丈人呢。白凤就咯咯地笑。虽然白凤知道，秦贵不过是说说而已，哪年能去找也还说不准，心里总有个盼头。

这一年秋天，日本鬼子终于投降了。秦贵却像忘了自己说过的话。白凤说，你说陪我找爹妈的。秦贵说，我……我会陪你去的，可是你家在哪儿？白凤说，我家……我不是说过嘛，我家就在红旗村，离清江浦不远。秦贵说，什么清江浦，红旗村，我不知道在哪儿呀。我问过其他的人，他们也不知道。你不说你家是赵集的吗？到底是哪儿的？白凤说，我家嘛……反正清江浦也好，红旗、赵集也好，你有熟悉的吗？秦贵说，反正清江浦我是不知道，赵集嘛，北面好像有个赵集。白凤说，赵集在北面？对，对，就应当在北面，你带我去。

赵集离这儿好远呢，秦贵说，看你肚子这么大，出门也不方便。那时白凤怀孕七个月了。白凤摸着肚子说，那就等孩子出生再说吧。

孩子三个月时，白凤又提出找爹妈，秦贵为难地说，孩子这么小，我们出去，就没人照顾她了，带在路上会生病的。白凤也不忍心丢下孩子一人，只得再等等，等到孩子满周岁再说。这边孩子还没到半岁呢，那边白凤又怀上了，出门的事便又拖了下来。这样过了四五年，白凤生了三个女孩，忙完这个忙那个，始终没有机会寻找爹妈。

现在大丫也懂事了，能带着两个妹妹，明天我就去赵集，看看那儿到底是不是我的家。白凤终于狠下心说。秦贵说，赵集离我们好远呢。白凤说再远也要去。白凤还说，我跟了你好几年，孩子三个了，你还怕我跑了不成？我就是舍得你，也舍不得孩子呀。

秦贵挠着头笑了。

第二天一早，秦贵备好干粮陪着白凤上路。他们一路走一路打听。总算来到赵集了。白凤茫然地环顾四周说，这儿就是赵集？心中顿时一凉。这儿人说话跟白凤不同，显然不是白凤老家那个赵集。白凤叹了口气。回到家里，秦贵说，你看这找也找了，找不到可不能怪我。

白凤不作声，心里老大的不高兴。

你说的清江，到底是什么地方呀？秦贵嘀嘀咕咕的。白凤想了想，也不知道从何说起。秦贵说，我看你也别找了，韩桥就是你家，你就在这儿安心住着吧。白凤说，可是我想我爹妈。秦贵说，想又有什么用，谁知道清江在哪儿？再说了，你就是回到家里，他们也不一定在家。白凤说，可是我想我爹妈。秦贵就无言以对了。

对了，我想起来了，我听他们说过，那个地方还叫淮阴。对，就是清江淮阴。白凤兴奋地说。秦贵想，怎么又冒出一个淮阴？那是什么地方呀？问问左邻右舍，没有知道淮阴的。

秦贵对这事不怎么积极，白凤也就作罢了。也是的，就算真找到了，爹妈就会在那儿吗？他们也在逃难啊，谁知道会逃到哪儿？

还有姐姐、弟弟，说得难听点，在不在，都还不知道呢。日本人是被打跑了，国民党还在闹腾，反正不安宁，白凤也就不再提回家的事了。秦贵感觉到白凤不开心，也只能由她。

从赵集回来，没过多久，突然传来一个消息，国民党被赶到台湾了。举国上下一片欢声笑语。便在这时，白凤又怀孕了。第二年夏天，白凤正在棉花地里侍弄，生了个儿子，取名棉生。白凤对回家已经失去了信心。就把希望寄托在儿子秦棉生身上。白凤想，以后让俺棉生去找姥姥。

秦贵说，好啊，好好培养这小子，以后让他去找姥姥。

国民党被赶走以后，国内再没打仗了。平静的生活让白凤心情好了许多。接下来，她又生了两个丫头，虽然还不时想着找爹妈，终究没那个精力。六个孩子需要养活，也够辛苦的。白凤不识字，丈夫秦贵也不识字，她要把棉生培养好，长大后才能帮她找到家。

转眼间，秦棉生十六岁了。白凤鼓励他去参军。白凤给他缝制了新衣服。白凤说，棉生，你知道娘的家在哪儿吗？秦棉生说，知道啊。白凤惊奇地问，在哪儿？这个事她从没告诉过秦棉生。秦棉生说，在贾汪韩桥。白凤笑了。白凤说，我不是说这儿的家，我是说老家，就是你姥姥住的地方。秦棉生摇了摇头。秦棉生说，我怎么没见过姥姥？白凤说，你姥姥家在清江浦。你娘我十几岁就从家里出来，再没回去过，你给我打听打听，看看你姥姥，还有你舅，你姨，他们都还在不在，都过得好不好。你外公叫白长生，你舅舅叫白龙、白虎、白彪。秦棉生说，我知道。

很快秦棉生随着军队来到了东北。母亲的话，他始终没有忘记，但说到清江浦，根本没有人知道。秦棉生想，如果能知道大概位置也可以。母亲当时往西北走，走了半个月，一天算走六十里路，半个月就是九百里。也就是四百五十公里。这也就是说，母亲的家在贾汪东南四百五十公里处。到底是东还是南呢？还有，母亲曾走过回头路，这样，可能也就三百公里。甚至可能是二百公里。这样计算，是很难算清的。秦棉生心想，以后回家见到母亲，再向她问问，能不能多提供一些线索。

之后不久，爆发了文化大革命。一切好像都不对劲了。本来好好的，突然间就成了敌人，拉出去被痛打一顿，打死了也没人管。结果人人自危。尤其有海外关系的，更是不得了。母亲托人来信询问找的情况，有战友就劝秦棉生，先别找了，万一你舅舅入过国民党，或者跑到台湾了，那你们一家就倒大霉了。秦棉生想想也是。有机会回家探亲，秦棉生告诉母亲这情况，白凤叹息了一声，摇了摇头。

之后十年，白凤再也没有提过这事。

“文革”总算结束了，白凤也日渐苍老了。是呀，五十几岁的老妇人，操劳了一辈子，哪还有那么大精力？只是还时常提起清江浦。偶尔想起来，也会说上几次淮阴。

淮阴？秦棉生想，韩信不叫淮阴侯吗？难道母亲跟韩信是老乡？秦棉生一阵激动。秦棉生没去过淮阴，不知道具体在哪儿，找了本地图，很快找到了“淮阴”两个字。就在这里！就是在这里！秦棉生的手在发抖！终于找到了！

秦棉生久久平静不下来。他暂时还不想告诉母亲。他要先找到姥姥，然后给母亲一个惊喜。当然，姥姥得有八十多了，不一定还在世上，那能找到舅舅也行。秦棉生揣着地图，来到刘老师家里。刘老师是秦棉生的初中老师，教历史的。秦棉生一股脑说出清江浦、淮阴、赵集、红旗等名字，问刘老师，根据这些东西，怎么能找到他舅舅。刘老师沉吟一下，说，这个清江浦，还有赵集和红旗，我不知道，淮阴还是知道的，跟我们徐州一样大，甚至比徐州还要大。刘老师的意思是，在这样一个地方，找一个叫白龙或白虎的人，无异于大海捞针。

秦棉生的满腔热情顿时化为乌有了。

秦棉生还在部队里，不可能跑到淮阴去找人。

八十年代初，秦棉生转业到地方，分配在文联工作，干些抹抹桌子、收收文件之类的活。这个活简单，但也离不了人。后来调到办公室写材料。这个活相对忙碌些。闲暇之时，秦棉生还在打听清江浦，只是没有什么实质进展。托人找过舅舅白龙、白虎，也没有什么消息。

每次看到母亲，秦棉生就有一种愧疚感，便多花点时间陪陪母亲，尽量让母亲开心些。

有时候，秦棉生也想去淮阴看看。有那么一次，是个星期天，秦棉生还真坐车来到了淮阴，却什么都没打听到。从此死了寻找的心。

寻找清江浦，寻找老家，白凤无法自己去找，只能寄希望于儿子秦棉生。显然，秦棉生也找不到。至少结果是没找到。白凤明白，自己有生之年是回不了家了。秦棉生材料写得好，不久被提拔为办公室副主任。当官之后更忙碌。后来又被提拔为办公室主任。1995 年，秦棉生担任文联副主席。寻找清江浦的事，彻底没戏了。

2000 年，父亲秦贵去世了。

秦贵的离开，让白凤心痛了好久。

2005 年，母亲白凤也去世了。去世前，白凤一直唠叨着，我要回清江浦，我爹妈还在那儿等我呢。

就在眼睛闭上前，她的嘴还在咕噜着。

秦棉生突然间眼泪就下来了。

秦棉生猛地扇自己两个耳光。秦棉生想，我真不孝啊，就算是请假不上班，我也应该将母亲送回家。就算是工作不要了，我也应该将母亲送回家。

两年之后，秦棉生退休了。一次去省里开会，跟一个来自淮安的小伙子住在一起，闲聊天时，又聊起了这件事。小伙子说，你母亲说过清江浦？秦棉生说，你知道这个地方？小伙子说，知道是知道，这个地方确实不太好找，因为它已经不存在了。小伙子谈兴很浓，给秦棉生详细地介绍了一番。

的确很复杂!

小伙子说，要想找到你母亲家，弄清楚淮阴与清江浦的关系，要先弄清楚淮安名称的变化。

据小伙子说，现在的淮安、宿迁，以及连云港的部分地方，以前是一个整体，叫作淮阴地区。淮阴地区的中心城，叫清江。清江中又有一个清江浦。也就是四周最为繁华的地方。解放之后，清江的名字消失了，改名淮阴市，管辖的地区相同，下设淮阴、淮安等县。到了20世纪末，淮阴又有所变动，重新进行区划调整，把部分地区划给连云港，其中几个县单独划出来，成立宿迁市，剩下的地方还叫淮阴市。再后来，淮阴市改名淮安市，淮阴县改名淮阴区，而原来的淮安县级市改名楚州区。

别说外面的人了，恐怕就是淮安人也不一定清楚这些。秦棉生感叹道。

那倒是。小伙子接着说，你母亲说的地方，据我猜测，应当就在淮阴区。淮阴区有个赵集镇。在赵集旁边，确实有一个地方叫韩桥。秦棉生说，这样就对了，但是，她为什么总是提清江浦？小伙子说，清江浦繁华，可能她对那儿印象深刻，以为别人也知道。秦棉生若有所思地点点头。

这样吧，过两天开完会，你也别急着回去，我带你去赵集看看。小伙子说，我家就是赵集的。那儿的粉丝很出名。你姥姥不一定在了，也许你舅舅会请你吃粉丝呢。

如果找不到你舅舅，我来请你吃，小伙子说，我也算你母亲娘家人嘛。

秦棉生笑笑，心想这回母亲终于找到家了。

爱情离我们有多远

1

大概有两三个月吧，我一度认为，程宁是喜欢我的。后来接触多了，感觉又不像。再后来，我就明白了根本不是那么回事。

用隋波的话说，我有点自作多情了。隋波的话更狠，更难听，但大意如此。

程宁是我同门小师妹。别人师兄妹都挺亲热的，程宁不同，对我非常冷淡，见面话都不多说。这样一来，我这做大师兄的也不好太主动，过分热情了，就会让人觉得别扭，甚至是心怀叵测。读书第一年，几乎不怎么联系。或许是天生不合，或许也因为年龄的差距。虽属同届研究生，但我工作过，大应届的程宁五岁。五岁不是小数字，该是两代人了。七十年代生的我对于程宁那批八十年代人总有些……怕，莫名其妙的。所以我想程宁即便不怕我，估计也兴趣不大。然而奇怪的是，据其他几个师妹说，私下里聊天，程宁还挺欣赏我的。原话是崇拜。说崇拜有点恶心，可她们就是这么转述的。我心里清楚，自己确实有值得骄傲的地方，比如说专业知识还可以，比如说人际关系还不错，再比如说经常发些评论性文章，在媒体上屡屡露脸。然而对于以上传言，我总不大信。

很少见程宁笑过，就那张冷冰冰的脸，我实在想象不出来她说这话是种什么样子。

到这时候，想必大家都清楚了，我跟程宁不怎么交流的，上课碰到了，顶多也就客气两句。后来之所以会跟程宁熟，是因为她电脑坏了。这是个偶发事件，偶然却能改变一切。换句话说，要不是程宁犹豫一下找了我，或者再犹豫一下不找我，一切就都不同了。

众所周知，我是个电脑高手，以前上班就在电脑室兼职管理。别人师妹找我帮忙，二话不说，自己师妹嘛，关系是有点尴尬，却也不能拿架子。所以当程宁破天荒打来电话时，我虽然惊诧，但还是一口答应了，同时心里也暗暗有些得意：终于求我了。虽然当时已是研二。

睡过午觉，本想早点过去的，程宁临时有事，晚了一会儿。其实她的电脑也无大碍，上网中毒了，速度奇慢，装个杀毒软件，杀一杀就行。不过搜索杀毒软件，费了我二十分钟。很快弄好了，上网试试，一切顺利。原先挺担心搞砸的，现在终于可以松口气了。再检查一遍没问题，我想回去，程宁说，不好意思，耽误你时间了，晚上一起吃饭吧。如果是别人，我可能会开个玩笑，暧昧点也无妨，这方面我特擅长，然而跟程宁不熟，老老实实地回绝了。程宁不肯，非请我不可。程宁说得一脸严肃，我不好太坚持，只得妥协了。吃饭还有半个小时，闲着没事，上网找点好玩的。程宁主页是她大学校友录，没密码，我进去转了转，看看留言，还有照片什么的。心不在焉地点击着鼠标，突然间一个穿短袖白衬衫的女孩让我愣住了。

事实上，故事从现在正式开始了。

这人也是你的同学？我问程宁，顺便问问她的名字，现在干什么。我尽量保持语气委婉，免得令程宁生厌。

当然是我同学，在南方读研究生。怎么你……程宁看着我撇撇嘴，没再说下去。我嗯了一声，故作平静地说，没什么，你这同学看起来挺有趣的，介绍我认识一下吧？程宁说，认识她干吗？我说，交个朋友嘛，别这么小气，把她的QQ号给我吧？我说话面带笑容，心里却在敲鼓。以我们目前的关系，这种事，程宁未必愿意。

你想干吗？别忘了，你可是结过婚的人。程宁白了我一眼，不满意地说。

结婚怎么了？多认识个朋友都不行？结婚也不该受到歧视嘛。我说。程宁忍不住笑了。我趁热打铁说，放心吧，不会有事的，几千里路，我还真跑过去找她不成？话虽如此，我对她同学还真有点动心。那女孩不漂亮，但不知为什么，我就觉得好。后来果真接触了，她也问过这个问题，我无从作答。我想喜欢就是喜欢，是不需要理由的。事后想想，可能是感觉吧。感觉来了挡也挡不住，这是最好的理由。

跟程宁要女孩的QQ号，颇费了一番周折。程宁起先不肯给，后来改口说，你请我吃饭吧。我说，好像你说要请我的。程宁说，那算了，还是我请你。我连忙说，我请，我请你，想去哪儿吃呀？程宁沉吟一下，点个大酒店。去那儿的确需要很多钱，但一顿饭我还请得起，立刻答应她，毫不犹豫。程宁又不肯了，耍一番赖，最终仍请我吃饭。她不光给我饭吃，还给了我女孩的联系方式。

程宁决定给我号码，据我猜测，是考虑到我们相距太远了。遥远的距离，有时会让人觉得不真实。这也就是说，程宁认为我基本不会影响她同学，所以送个顺水人情。事情的发展，是她，也是我没有想到的。

2

如果，我是说如果，当初程宁不肯帮忙，我可能也会想念她同学，但想想也就算了，不会迷恋很久的。一个虚无缥缈的人，谁会当真呢？但事实上我们联系上了，不光在网上聊天，还打电话。甚至是写信。这个年代还写信，你可以想象，我们谈得有多投机。本来就有好感，加上她脾气好，比我想象的还好，我越陷越深了。当时最大的野心就是要她做我女朋友，然后结婚，然后永远在一起。女孩还没有答应，她说至少可以做朋友的。

难道你真想跟她……离那么远，怎么可能呢？程宁说。我知道，距离和时间在某些情况下非常可怕，然而对我来说，这都无所谓。程宁说，你们怎么样？我说，很好呀，偶尔会闹些矛盾。这很正常。对于这一点，我真没有太多担心。我最担心的是，几个月了，她还不知道我结过婚。

现在一般的女孩子，除了钱，不知道她们还在意什么？我的意思是说，她会不会介意我结过婚？

我也不知道，程宁说，不过……我觉得无所谓，如果真正喜欢一个人，应当不会介意的吧。因为经常跟程宁谈论此事，类似的话她重复过几遍，我因此感觉好多了。只是每次说到这儿，程宁总也不忘说，你结婚的事怎么办？还想拖多久？这样骗她不好，女人最恨别人骗自己了。我告诉她我也不想这样，但现在还不能说，说出来一切都完了。我想等离婚了再说，到时行不行由她决定。

离婚对于我来说只是迟早的事，这个我心里很清楚。

离婚……如果你老婆不肯呢？程宁沉吟许久说。我说，怎么可能呢，没感情了，硬撑着还有什么意思呀？她也不傻，会离的，不行就去法院，打官司。我甚至想说，只要狠心，今年就可以离掉。程宁摇头说，恐怕没那么容易。我说，没问题，只要你有决心，肯定会成功。程宁竟然笑了。不知她怎么想的。

不管怎么样，你一开始就骗她了。程宁幽幽地说。我有点恼了，大声说，事情已经这样了，后悔也没用啊。程宁就不说话了。

没必要辩解，我显然失态了。这都是婚姻惹的祸，它搞得我很烦，很头疼。必须承认，我的婚姻太匆促了，没一点感情基础。当时我还在基层工作，诸事不顺，心情不好。心情不好的时候千万别做决定，一做就错，这是我后来明白的。可惜明白得晚，当时还糊涂，稀里糊涂认识了现在的妻子。她对我很好，而我也以为找不到喜欢的了，所以随便结了婚，婚后才发现两人性格不合，志趣迥异，根本谈不到一起。在这件事上，父母也起着一定作用。他们一直希望我早点结婚，像许多同龄人一样，早点有小孩。当然，这样责怪他们也是不对的，主要责任还在我，是我不够坚决。程宁起初还劝我不要离，知道这些后，也不劝了。

面对目前这种局面，我有些束手无策。家里的事烦，周围朋友知道的，也不看好。他们每个人都劝我放手，说这件事根本不可能。没一个赞成的。我很有主见，这一点无须掩饰，对待南方女孩同样如此，只是闹得不开心时，就很难说了。

或许他们是对的，我太固执了。我想，总不会……这世上只有我还清醒，他们都错了？

3

因为南方女孩，我跟程宁接触频繁多了，关系也日益密切，几乎无话不说，对八十年代人的恐惧早已烟消云散。这在半年前是无法想象的。气氛允许，我还会开开玩笑。前面说过，我在这方面很有天赋。玩笑开得多了，程宁跟我说话也随便，偶尔还会说粗口。玩笑归玩笑，我一般不说粗话的，更见不得女孩子这样。我喜欢有淑女风范的女子。

这么粗俗，小心以后嫁不出去，到时候哭都来不及。我逗程宁说。

要你管？嫁不出去就不嫁，非得嫁吗？程宁说，不嫁也不会死人的。我说，你真不怕？程宁说，怕个屁。可以肯定，在别人面前她绝不会这样的。于是我也开玩笑说，其实也没必要担心，实在没人要，我就当做好事娶你好了。程宁哼一声，转脸瞪着我说，胡扯，你再这样，我不理你了。捏紧拳头，恨不得给我一下子。这时我就讨饶，做出投降状，不开心的事暂时也忘了。

说实话，读研以来，程宁可算我最好的朋友了。一旦不开心，我就找她散步、聊天。我的烦恼很多是她同学带来的，有一段时间，程宁都有点怕我了。程宁抱怨说，你一说就是我同学，烦不烦？能不能换点别的？我说，那就聊别的吧。

以上对话是在程宁宿舍发生的，那时刚过年回来，她约我吃东西。程宁带回许多西藏特产，叫不上名字，味道怪怪的，还挺好吃。因为她室友还没到，没别的人，我也很随便，肆无忌惮地打量她房间。在书架中层，发现一只荷包，上面绣着两只水鸟。

很漂亮嘛，你自己做的？我问程宁。程宁看着我，嘴角抽动一下却什么都没说。我突然有些不好意思，心想她会讨厌的，乖乖地放回去。

这种东西我们那儿到处都是，很平常。程宁拿过荷包，随意捏着说。见我不接话，又说，你觉得漂亮？我说，挺精致的。程宁笑了笑，我也跟着笑了。

接下来我们没再继续这个话题，程宁玩弄着荷包，聊起我的事情。程宁说，回家怎么样？感情又增进不少吧？我苦笑一下，她该看得出来。

离婚了？看你样子也不像呀。程宁说。

我已经提出来了，她不愿意，只怕还得要上法院。我的声音听上去很无力。程宁说，非得走到那一步？好聚好散嘛。我说，她要这样，我能怎么办？即便知道了来龙去脉，以前说到这儿，程宁也会劝我算了，说好好过吧，别多事了。但这次没有。程宁犹豫一下说，你要是一定要离，那就早点离了，拖着对谁都不好。我何尝不明白这个道理，只是那个人不懂。她死心眼，以为我会回心转意，这绝对不可能的。我对她没一点感觉，越相处越烦，实在无法忍受了。我想，如果不是父母……

父母不同意你离婚？为什么？程宁说。

他们觉得离婚很没面子，丢人，也怕女方报复我。我说。程宁说，报复你？不至于吧？我说，其实我也不怕报复，就担心……她对父母不利。程宁说，她是这样的人？那得小心点。我点点头，心里还有别的想法，南方女孩子……虽然谈得来，却从没承诺过什么，值得我这么做吗？承诺代表不了什么，没有承诺更让人难以安心。离婚我会被骂作陈世美，这不算什么，但问题是如果得不到她，我想，自己也没喜欢的了。与其离婚再找一个不喜欢的，倒不如跟现在这个不喜欢的一起混日子。不离婚，我可以活得很好，有钱，也有名声，各方面都很安稳。唯一遗憾的就是娶的老婆没感觉。那又有什么？有多少人能得到自己心爱的？换句话说，谁得到的是自己想要的？我不幸运，也不是特别倒霉，只是他们中的一员。

如果你这么想，那也随便了，还是不要离婚的好。程宁很不屑地说。我说，我也不是……我只是无法把握未来会怎么样。

沉默好大一会儿，程宁说，过年过节的，说这些不开心的多不好。我说，一起吃东西，应当说高兴的。一旦转换话题，我就活跃了，说起各地吃食更是神采飞扬。吃好东西收拾一下，时间还早，程宁说买了几张碟，关于爱情的，问我要不要看。我翻了翻，都很经典，本来想重温《魂断蓝桥》的，但最终还是看了前两年红极一时的《泰坦尼克号》。这片子太长，三个小时，看得很累。程宁看看表，“啊”了一声。

干吗你？别吓唬我。我说。程宁说，什么吓唬你，现在是十一点四十八分，宿舍楼都锁门了，怎么办？我说，嗯，门卫那个阿姨古怪得很，现在吵她，还不被臭骂一顿？再说了，这个时候……哈，看来只能……程宁急切地说，不行。我说，你行，你出个主意？程宁自然也没主意，拉上窗帘说，你别出声，老老实实地待着，明天中午趁阿姨不注意再走。我说，知道，放心了，不会玷污你名声的。程宁又瞪我一眼。

我很老实，程宁却不安心，睡觉也难踏实。她也不想睡，跟我聊天。后来兴致来了，还拿影集给我看。刚过年，天气还冷，我身上衣服少，坐程宁的床，顺手扯她被子盖在身上。女孩子的被子真好，又干净，又柔和。程宁噘噘嘴，哼了一声，倒也没什么异议，坐在一边给我讲拍摄背景。几大本相册，粗粗翻过，碰到漂亮的赞扬一番，傻乎乎的揶揄几句，搞得程宁叫嚣不止。刚开始还好，精神十足，两点过后就不行了。聊着聊着，竟然睡着了。

醒来的时候，我身上严严实实地盖着程宁的被子，而程宁则睡在上铺。

4

我有些怀疑，程宁是不是喜欢我？她的行为不能不让人往这方面想。

考虑到重重困难，丧气的时候，我曾想过跟南方女孩绝交，不再有任何来往。大家都没见过，何必浪费感情呢？想象永远比现实更美好。我说这话时，程宁嗯了一声。毫无疑问，她也赞成我放手。静下来想想，从头到尾她都没支持过我。我说，你怎么老是打击我？不能给点鼓励吗？程宁连忙否认说，我没说什么呀，都是你自己说的。

程宁有顾虑，怕我会伤害她同学，这一点我很清楚。

还有一点，程宁没说，但我也能猜得到。程宁怕事情露馅了，连累她自己。到时候同学怪罪下来怎么说？我这小师妹看上去很聪明，而实际上，她比看上去还要聪明。

当然，单凭这些还不足以说明问题。程宁曾在我面前屡次提起，男人结婚不重要，重要是有感情。而在她周围，结过婚的，似乎只有我一个。程宁挺漂亮，事实果真如此，我也会觉得很自豪。能在一起，我想也不错的，至少我们谈得来，可以一起逛街，看电影，去远方旅行。

你以为女人真不介意男人结婚？怎么可能呢，那都是骗人的。傻瓜，没见过比你更傻的。面对同样的问题，室友隋波显然不能赞同。隋波这小子就这样，说话总是讨人嫌。

隋波喜欢程宁，虽然没搞得全世界都知道，至少我是知道的。在许多人眼中，程宁这样的女孩算出众的，能打动人。入学不久，程宁出于礼貌跟几个师妹来看过我。那时隋波就表示了浓厚的兴趣。只是他正跟一个女孩子纠缠不清，分身乏术。后来两个人散了，我跟程宁交往也多，隋波又动心了。隋波说，你师妹没男朋友吧？我说，应当没有。隋波知道我的尴尬婚姻，更知道我没兴趣，于是决定转向程宁。他的原话是：那我追她了，否则浪费多可惜。你是她师兄，容易接近，有机会得多帮帮我。我说，好啊。隋波愈发兴奋了。本来以为隋波说说而已，想不到会来真的。程宁西藏来的，隋波老家在青海，也算是半个老乡。君子成人之美，能帮还得帮。

我帮他们撮合几句，在饭桌上进行的。隋程二人认识，我请程宁吃饭隋波厚着脸皮也跟去。大家熟悉了，隋波请程宁吃饭，要我作陪。其间会开些玩笑，比如说，我夸程宁闭月羞花，我配不上，言下之意嘛……或者说程宁年龄不小了，该找男朋友了，最好找个老乡，要不稍远点也行……隋波一旁呵呵地笑。这些不过火，但以程宁的聪明，肯定听得出来。很多时候程宁只瞪我，什么都不说。

很久不见进展，隋波开始催我了。隋波说，咱们是兄弟，你别袖手旁观。我说，那当然了，我不一直帮你吗？隋波说，谁知道你怎么想的，说不定……自己想要她呢。你小子什么事做不出来？我就说，哪能，家里那个够烦的了，我还有心思？

那段时间我真烦，常常想到妻子。怎么会不想呢，一想她就烦，烦了还得想，想什么时候可以离婚。

经过长时间的接触，我对程宁还算了解，也真想促成她跟隋波。一次出去玩，我问程宁，你有男朋友吗？程宁说，要你管？你是我什么人？我说，我是师兄，能不管你吗？程宁皱皱鼻子，说，说了也没什么，没有，怎么样？我说，也不怎么样，真没有嘛，我给你介绍一个。我的意思是说隋波，她清楚得很。

每当这时候，程宁就不让我开口。程宁说，别跟我开玩笑啊，再说不理你了。程宁收起笑容，脸冷冰冰的，我还真不敢再说了。但气氛不同，我说话程度也不同。有一次聊得开心，我甚至把话挑明了。

隋波那个人还不错，但我对他没感觉，真的不可能。程宁摇摇头，很坦诚也很坚决地说。话说到这个份上，我也懒得管了，顺其自然吧。

5

暑假开始前，研究生会搞个活动，热闹几天，然后放了场免费电影。好像是个恐怖片，国产的。隋波对程宁念念不忘，想约她一起去，又害怕遭到拒绝，没敢，最终跟自己师妹去了。我对电影很有兴趣，但这部片子一般，又一个人，就不是特别想去。正准备上床看看书，电话响了。

电话是程宁打来的，约我看电影。我们经常一起吃饭，还没看过电影呢。我说，免费电影，你倒是想到我了，什么时候放大片，你也请我一回。

以前请过你，你不去嘛。程宁说。我笑了笑。程宁说，这两天感冒了，老是憋在宿舍里，太闷了。她说话鼻子嗡嗡的，是不太好。我说，感冒了通知我一声呀，我去看看你。程宁说，哪里敢打扰你，你是大忙人。我就说自己人，有什么好客气的。闲扯几句，程宁说，你到底去不去？别净扯别的。我说，去，程大小姐发话，我敢不去？程宁哼哼哼几声，约了个地方。

毫不夸张地说，我从未单独跟哪个异性看过电影，对待妻子也一样。跟程宁去，还是第一次。其实看什么无所谓，要的是氛围。跟异性待在电影院，感觉很奇特。边喝饮料边聊天，说到天热，然后扯到节气上。我说，还没夏至呢，怎么天这么热。程宁说，不是吧，已经过了。我坚持没到，程宁就说过了，最后终于争论起来。程宁说，不信打赌。我说，赌就赌，我还怕你不成？程宁输了请我吃饭，否则我请她。这也就是说，无论谁输谁赢，都要一起吃饭的。我说程宁肯定输，程宁说还不一定呢，回去查查再说。我说，好啊。电影开始了。

这两年恐怖片比较流行，或许大家都有点无聊，想刺激一下吧。影片画面紧张，音乐也阴森森的。没多久，便可听到女生的尖叫。

怕不怕？我凑在程宁耳边说。程宁说，一般吧，这有什么好怕的？她说得轻松，真正遇到惊心之处，还是害怕，不由自主地叫了。她还抓住我的胳臂，抓得很用力，又迅速放开了。影院里太黑，否则的话倒可以看看她脸红的样子。

电影结束时，大家潮水一般往外涌。我跟程宁留到最后，聊电影，也聊打赌的事。程宁说，我不会输的。我说，别那么自信。回到宿舍，我翻翻日历，确定自己必胜无疑，又给程宁打电话。程宁格咯咯地笑，说，这么急干吗？我还没查呢。我说，那你查呀。程宁说，我没日历，一会儿问问我妈。第二天，我再提这事，程宁说，不就吃顿饭嘛，天天问，我请你好了。

我怀疑自己是不是有点啰唆，再不敢提及此事。几天后，我在朋友家打牌，程宁打我手机。程宁要请我吃饭，自然没请成。

6

研三写论文，没什么课，见面机会自然少了，但有时我还会约约程宁，聊聊她的女同学。比如说，我会打听她的相貌如何，她的身材怎样，她的脾气好不好。甚至会问起她的家境。其实这一点无所谓，但总免不了好奇。

顺便说一句，我们的关系仍处于那种不好不坏的境况，尽管我很喜欢她，无人替代，她也很有感觉。

你认为相貌很重要，是不是？程宁说。我说，没你说的那么重要，可我就是想知道。吃饭的时候，看到一个女孩子，很漂亮，有点像她同学。程宁转过脸，一声不吭，等别人走了才说，不太像，而且这人皮肤白些。我说，她很黑吗？程宁说，也说不上黑，反正……哎呀，我也不知道，都两三年没见了。我说，我有她照片。

比以前更漂亮了，也更成熟了。程宁看过照片淡淡地说。我急切地收回照片，又仔细端详着。程宁站在一边，显得很忧郁。

你好像心情不太好？没什么事吧？我说。程宁笑了笑，说，没有呀，我能有什么事？我说，那你……怎么一个人去外地？程宁愣了愣，疑惑地看着我。我做贼一般，心虚地说，你没去外地？程宁说，我表姐住那儿，叫我去玩的。我说，还有……你去教堂了吧？

谁说的？都是你那个同学吧？程宁马上怪怪地说，他天天没事干，老盯着我呀？

他很关心你的，比我还关心。我乘机说，隋波真的不错，你不妨接触试一试，给他个机会，也给自己一个机会。我知道这么说很俗，但谁也无法免俗。

程宁不表态。我说，你不相信他是真的？程宁说，我相信。顿一下又说，可他喜欢我，我就得喜欢他吗？算了，你给他说死心吧，根本不可能的。我说，可不可能，试试才知道，现在下结论还太早。程宁说，我说不可能就不可能。我说，为什么？没什么不可能的。起初程宁不肯说，我问了两遍，她才告诉我自己有喜欢的。关于这一点，我也曾听说过。程宁以前有个男朋友，大学同学，现在在外地教书。据说他们毕业之前就分手了。

不是他，这个人婆婆妈妈的，我最讨厌他了。程宁说她指的是另外一个人。我说，我认不认识？程宁轻轻笑了，接着给我讲了个鲜为人知的故事。如果不是亲耳听到，我根本不敢相信，这种事会发生在程宁身上。

主人公是个公务员，三十四五，比我还大好几岁。两人相识时，程宁还在读大学。我说，他一直没结婚？程宁说，结过，又离了。我说，为什么？男人离婚不一定说明他不好，但总得有个理由。程宁说，感情不和。这个理由用在任何一对夫妇上都适合，我无话可说。至此我也明白了，程宁一直说对男的结婚不介意，其实跟我没任何关系。至少目前看来，跟我无关。

他什么意思？非你不娶？我说。程宁摇摇头，说，或许他还不知道。我说，不会吧？喜欢他就告诉他，你们西藏人不是很直爽吗？程宁说，谁说藏族人都直爽？我说，我的印象是这样的。程宁说，你的印象？你以为你是谁？缓缓地说，就算是，每个人也不同的。不过，或许，他也知道的。我说，他在哪儿？程宁说，他在……一个很远的地方。我说，最远的你是我最近的爱。程宁白我一眼说，你酸不酸呀？然后扑哧笑了。

你们年龄差别太大，他还结过婚，又离得这么远，不现实的。我说。程宁反驳说，你跟我同学呢？你们不是离得更远？还没见过呢，就对她念念不忘。我说，这……这不同的。程宁说，有什么不同？我不管，他穷也好，结过婚也好，我就是喜欢他。我说，你们怎么认识的？程宁没好气地说，你别问了行不行？我连忙说，不问，不问。

你是不是觉得，没有他就会失去整个世界，眼前一片漆黑？稍微停一下我说。程宁说，是。我说，怎么会这样，那还是告诉他吧，不说出来永远都不会有结果。程宁说，可是……我有感觉，他不喜欢我。

程宁的眼神黯然无神，我都不敢多看了，只是陪她默默地走。分手的时候，我说，再争取一下吧，说不定行呢？程宁怔怔地望着我。我扭过头说，先这样吧，我会劝隋波放手的。程宁说，这样最好，谢谢你，你跟我同学……既然你喜欢她，她也有感觉，那就不要轻易放弃。我突然很激动，连声说，谢谢，谢谢！

记忆中，这是程宁第一次劝我追她同学，好像也是唯一的一次。

7

我转述程宁的故事，隋波当场懵住了。隋波说，她喜欢那么大的人？脑子有病？我说，有没有病我不清楚，这世界大着呢，什么事都可能发生，你不信也没办法。我还说，最近的风向好像是这样的，男的比女的大个七八岁正常得很。就是十来岁也不稀奇。

那人很帅，还是很有钱？隋波使劲地摇头，表示不能理解。我说，可能都是吧，也可能都不是。然后劝隋波，枝上柳绵吹又少，天涯何处无芳草？这世上女子多的是，随便找一个，肯定不比程宁差。隋波沉默不语，许久笑笑说，还真的有点喜欢她呢，不过没希望，那也算了。

那段时间，隋波情绪很低落，整天病蔫蔫的，不说话，也不怎么吃饭。然而没过两天，又兴奋起来了。我莫名其妙，以为他发神经呢。隋波说，告诉你吧，我找程宁了。我说，你有病，找她干吗呀？我甚至骂了句粗口。这会有损于我的形象，也顾不得了。隋波不在意，仍很起劲地说，你别插话听我说，程宁说了，她跟那男的几乎不可能，这就是说我有希望，哈哈，你要想也有希望。我说，她真这么说的？隋波说，原话当然不是，大概就这个意思。

不知道这丫头想干吗，我要去问问清楚。程宁说，我没说过什么，别听他乱讲。一副很冤枉的样子。我说，既然你跟隋波不行，就别给他希望，别折磨他了。程宁说，我真的没说过什么，只是说，很多事情不确定。那个人……我不在乎结过婚，也不在乎年龄多大，只要他爱我就行，可是……别说这个了，你跟我同学怎么样？

还联系着，仍不冷不热，不过你放心，我可以保证，绝不会伤害到她的。我说。程宁点点头，漫不经心地说，谢谢。

沉默片刻，程宁说，其实……我也不知道……他是不是明白……程宁欲言又止，眼睛晶莹剔透，我第一次这么认真地注视着它们。后来我转过脸说，你很聪明的，不管怎样，我相信都能处理好。隋波那个人有时很冲动，不行就让他早点死心。

我知道。关于未来的事，我一点都没把握。程宁叹了口气。这个我也有同感，因为同样无法把握自己。当时是晚上九点钟，肚子空荡荡的，问程宁想不想吃东西。程宁精神一振，说，别说我还真的饿了，走吧，说过请你的还没请呢。我说，那好啊，给你一次机会。我们去校外茶社喝茶，吃点零食，顺便谈谈前途渺茫，真爱难求，现在想起来真是酸啊。当然我也问了程宁的爱情，怎么相识的，怎么暗示的。程宁不怎么说，吞吞吐吐的。即便说几句，也是语无伦次，前后矛盾。我意识到自己太煞风景了，不说这个，开始吹牛皮。那晚说过很多话，差不多都忘了，不过有一点记得很清楚，现在还记得，就是关于农村和城市的。

怎么扯到这个问题没印象了，只记得我说，我配不上你同学的，我是农村的，不像你，还有你同学，都是城市里的。程宁说，她可能家在市里，我们能算什么城市？日土，没听说过吧？比你们很多乡镇都不如。我说，我连镇里的都不算。程宁说，得了吧，镇里又怎么样，再说我父母也是农村里长大的。

你是不是觉得……农村出来的人素质很差？我说。程宁说，没有啊，呵呵，看你就知道了，农村出来的也很优秀，比大多数人都优秀。我笑笑说，有些女孩，城里长大的，她们很讨厌去农村。程宁说，那也没必要，农村空气好，在城里待久了，出去转转也很有趣。不知你们那儿怎样，我没真正接触过，有机会看看。我说，好呀，随时都欢迎……

那晚喝茶聊天，没一点时间概念，回到宿舍十二点多，宿舍楼又关门了。

怎么办？得在外面呆一夜了。程宁说。我说，这有什么呀，我们可以开房间嘛。程宁狠狠瞪我一眼。我说，你别瞎想，开两个房间。要不开一个也行，你睡里面，我守在门口，做你的护花使者。程宁得意地说，这还差不多，像个大师兄的样子。

真实情况是，当晚我们没开两个房间。当然也没开一个。我们在操场上坐了一夜，还被巡警盘问一番。幸好我有学生证，没什么事。睡是睡不着，我给程宁讲故事，讲鬼故事，吓得她大叫。讲完故事，我说一直想去西藏，但总没机会。程宁说，你去呀，我负责接待你，那儿对客人很热情，青稞酒，酥油茶，还有洁白的哈达……我也不会对你凶的。我说，你还会凶呀？程宁避而不答，只说，他们都很友好，你一定会喜欢的。我说，这么说，我还真想看看。程宁说，你去那儿……却笑了。我说，你笑什么？

西藏离这儿好几千里路，去一趟很不方便的，坐车要三天三夜。程宁说。

8

自从那次谈话后，我们很久都没联系。我曾约过两次，程宁很乐意，可惜时间上不方便。在此期间，隋波已经决定放弃程宁，另外找了个女朋友，外地的，也是研究生，相貌平平。女孩追他的，没过多久就散了。后来隋波也追一个，时间不长又散了。而我呢，和那个南方女孩联系逐渐减少，一直到毕业，一直到现在，我们都没见过面。毕业在即，我不可能跑这么远看她，多累呀。而她也不肯过来。真想见，时间也挤得出来，但见了又能怎么样？她确定了，回家乡一所大专教书。那么偏僻的城市，我是不会去的。

接下来，大家就更忙了，实习，写论文，找工作。而且因为经济原因，我还在外面兼职。最后一学期，毕业前两个月，我签了上海的一家公司。这是个我从未到过的地方，虽然距我读书的城市也就千里之遥。在我幼时的想象中，它很遥远，像在海上漂浮着。而实际上，火车一夜就到了。这里除了黄浦江，苏州河，基本都是坚实的大地。上海的繁华毋庸置疑，白天人如潮涌，夜晚灯火通明，我很快就喜欢上它了。四月份过来，工作一段时间，回去结束论文答辩，再来，就很少回去了。

必须交代一句，在此前后，几经波折我终于离了婚。她当然不想离，但更不想来上海，相较而言，分手似乎更方便些。形势如此，非人力所能改变的。

返校期间，跟程宁匆匆见了一面。她身体不太好，也更清瘦了。问及男友，三十几岁的那个，她绝口不提，恍如一切都在梦中，什么也没发生过。程宁工作还没着落，按她性格，我想可能会去男友那儿。但她没有。后来听同学说，她毕业回了西藏。

关于程宁最后的消息，我是在母校听导师说的。那是半年之后的事。导师更显苍老了，然而听说我回去，还要坚持请我吃饭。我们聊到许多人，自然也有程宁。导师说，哎呀，差点忘了，她有个东西给你。是个包裹，我摸了摸软软的，便要收起来。师弟师妹打趣说，拆开看看，师姐送你什么宝贝。我笑笑说，没什么看头，估计照片、纪念品什么的，离校她没机会送我，现在补一份。

摩挲着包裹，我脑子里不时闪现哈达、牦牛、青稞酒……西藏，那是一个令人神往的地方。

9

我结婚了。来到上海后，短短两年我就耐不住寂寞了。

不是每个人都要结婚的，但在父母看来，我必须结婚。和南方女孩分手后，我想不会喜欢谁了，事实上，确实也没了心动的感觉。我在公司做高级主管，接触的人多，漂亮女孩也不少，但总提不起兴致。老这样拖着也不行，有个朋友帮我介绍他同学，大学老师。我想看看吧，反正闲着也无聊。

女孩是个硕士，毕业后留校任教，在职读博，比我小六岁，看上去青春秀气。聊了几句，发觉她挺活泼的，却又不失稳重。我觉得还好，只是担心年龄问题。女孩说，年龄无所谓，六岁也不是很大，我也早就知道的嘛。而且，我也想找个大点的，成熟呀。我说，你得想清楚。女孩说，知道，来之前就想清楚了。张了张嘴，又扭头笑了。我说，你想说什么？说出来好了。女孩说，你写过小说吧？我稍微有点惊愕，说，你看过？要知道，自从毕业后我就没碰过小说了。

我在杂志上见过你的照片，有好几回呢。女孩说。她举出几篇小说，居然评得头头是道。我说，你不简单嘛。女孩说，那是，别忘了，我是教当代文学的。我笑了。几乎没怎么考虑，我就有了答案。总要结婚的，她肯定比别人好。

介绍的第一个就想结婚，是偶然，还是注定了的？如果换成别人，是不是也一样会答应？我不敢确定，也不想再折磨自己。

看到女孩时没觉得什么，见她照片，突然发觉和某个人很像。当时没想起来，过了很久，也不知多久，才明白，是那个南方女孩。或许别人看不出来，我就有这种感觉。有些神似的东西是无法言传的。念头一闪而过，很短很短的，后来，随着时间的流逝，我渐渐淡忘了南方那个人。名字当然记得，样子却不清晰了。再后来，连那个去西藏的小师妹也模糊不清了。

只是偶尔看到姓程的人，我才会想起，自己还有个叫程宁的小师妹。

结婚的那年冬天，似乎特别冷，我跟做大学老师的妻子去超市买东西。进入室内，骤然感觉温暖许多。然后看那些夫妻，很温馨，很亲密，我也觉得特别舒坦。妻子挑东西，我推小车跟在后面。超市里播放着音乐，流行歌曲，先是港台新人的，我不太喜欢，后来换了张碟，打头是首久违的老歌，叫《青藏高原》，高亢而嘹亮。音乐响起的瞬间，我突然像是进入了西藏，眼前尽是广阔的草原，鲜艳的藏服，成群的牛羊。当然，还有那金光闪闪的布达拉宫。

那一刻我愣住了，整个身子凝固一般。

你怎么啦？发什么呆呀？妻子笑吟吟地说。她的脾气真好，从来没有怪过我。

没什么，这首歌很好听，你不觉得吗？我说。然后搂着妻子笑了。妻子似乎不太好意思，挣了一下，但也没怎么使劲，羞涩地笑笑。我呢，看着她笑，心中仍想着西藏，一个我曾经说过陪许多人去却一直没去的地方。

寂寞的下午茶

1

毫无疑问，一个人活在这个世上，在其或漫长或短暂的生命里，总难免会遇上一些也许感动不了别人却能令自己难以释怀的事情或画面。随着时间的流逝，这些事情或画面会逐渐洗去尘埃，在记忆的深处熠熠生辉。

陶子虽然平凡，却也有种类似体验。在陶子的记忆里，不停闪动着的是一株老树，树下躺着一个手捧茶杯的肥胖女人，神情孤寂。

2

完全可以这么说，进工厂，是陶子最最无奈的选择。

陶子曾经参加过两次高考，但结果却是惊人的相似，都差了一分。这无疑让向来都非常自信的陶子一度陷入了痛苦之中。人生就是这样，痛苦之后紧紧跟随的往往是一种深刻的感悟，一次精神的升华。陶子的感悟和升华就是毫不犹豫地进了那个不需要初中文凭，更不需要高中文凭的工厂，当搬运工。在当地，即便是这样一个不起眼的工作，陶子也是托了城里舅舅的福，否则根本别打那个主意。

那是盛夏的一个午后，阳光还很强烈，空气也干燥得厉害。四周一片静寂，平时熙熙攘攘的大街如今已空荡荡的，瞧不出半点生机，总让人自觉、不自觉地将它与某种寂寞的感觉联系在一起。只有知了在树上不知疲倦地叫着，叫得人更加心烦意乱。

就是在这样的一个午后，陶子跟舅舅穿过寂寞的大街，穿过一条又深又长的小巷，来到了那个工厂。

接待他们的是个四十来岁的中年男子，戴着副金丝眼镜，好像是舅舅的什么同学，据说叫孙主任。舅舅照例跟老同学寒暄几句，然后指了指陶子说，这就是我给你提的那个外甥陶子，今年高中毕业，麻烦你多照顾照顾。于是孙主任把目光移到了陶子身上。于是陶子也挺了挺身子。

透过薄薄的镜片，陶子看见两道阴沉的目光直射过来，心里不由得“咯噔”一下。那与屋外的天气极不相称。

毕业证带来了吗？孙主任说。陶子赶忙从包里取出红皮证书，递了过去。这证书是去年发的，陶子当时根本没放在眼里，以为大学毕业证唾手可得，所以就随便地扔在一边了，以后也没想过去找。现在突然要用，他花了好长时间才找到，发现皮已经有些折了。还好孙主任不怎么苛刻，看一眼马上又还给他，说，好吧，就让他留在这儿好了，年轻人嘛，多花点心思多花点精力，前途不可限量。舅舅赔着笑说，这都得拜托孙主任了。孙主任笑了笑，舅舅不失时机地又递上一支烟，然后愉快地离开了。之后陶子便跟孙主任来到了仓库。按孙主任的话说，年轻人要从基层做起，工厂里最基层就是仓库搬运工了。

工厂很大，绝对比陶子想象的要大。仓库在厂子的最后面，连成一片，大概有十几间屋的模样。孙主任说，这就是你工作的地方。然后交代几句常规的，比如说上班时间是上午八点到下午六点，中午休息两个小时，星期天一般没事，可机动安排。还比如说，厂子里有食堂，免费供应早中两顿，晚饭自己解决。

住呢？陶子说，我家在乡下，离这儿挺远的，也不能天天回去呀。孙主任说，住你舅舅家不行吗？陶子说，我舅舅家也挺挤的，住一天两天还行，可也不能长住。孙主任想了想说，这样吧，那儿还有一间空房，你暂时先搬进去，这个天嘛，自己带张席带条被单也就行了。陶子点点头，环顾一下四周。

一般说来，仓库是工厂里比较重要的地方，却也是容易被人遗忘的角落。这一点从卫生情况可以看出来。陶子粗略一看，脏兮兮的感觉就出来了。到处是烂纸头，到处是破塑料袋，到处是碎玻璃瓶子，如果鼻子不太迟钝的话隐约还闻得到一股尿骚味。这地方不要说不如以前住的宿舍，就是学校的厕所也比它干净得多。陶子心里确实是这样想的，但没敢说出来。怎么说也是舅舅介绍的嘛。当然，就是不看舅舅的面子，看那每个月五百块钱工资的面子，陶子也得忍一忍。

仓库进门左拐弯处有一株老树，足足有成抱粗，枝繁叶茂，炎炎夏日里能遮出好大一片阴影来，下棋打牌搓麻将挺合适的。

这也是唯一让陶子感到满意的地方。

3

前面已经说过，陶子是个搬运工。搬运工的工作虽然不怎么轻松，是个苦力活，不过空余时间也挺多。货来的时候，陶子就帮着卸货，然后一个人用小车推进仓库。等到厂房里需要货了，提前通知一声，他再用小车送过去。这就跟农民种地一样，忙的只是夏秋两季，其余时间都可以自由支配。从这也可以看出来，每当陶子工作的时候，必然有一个固定搭档。

陶子的搭档是个中年妇人，三十四五岁，名叫如敏。如敏身材丰满，乳房屁股都很肥大，模样也还说得过去。

可以猜测得到，如敏在厂里的身份是仓库保管员，任务是协助陶子收货提货。偶尔也有个人持票来提货的，不过数目都不大。平心而论，这个工作相对来说要更轻松些。当然，轻松的工作不是一般人都能得到的，如敏是老厂长的侄女。虽然老叔现在已经退居二线，但影响力仍在，因而如敏也工作得很安稳，常常一个人躺在老树底的藤椅上，听收音机喝茶。她的老公在外地工作，所以说人们看到的常常是她一个人。后来陶子来了，如敏也就有了说话的对象，不至于太寂寞。

应该说，后来陶子喜欢上喝茶也是因为如敏的缘故。陶子经常跟如敏在一起，自然受她影响最深。如敏说，喝点茶吧，每天下午像我这样喝点茶，有益于身体健康。在如敏的鼓动下，陶子买了只茶杯，茶叶则由如敏免费提供。如敏每回去看叔叔都要带回一大包茶叶来，自然也是免费的。

看到这儿，凭着以前的丰富经验，也许你会认为他们之间会发生一些接近于浪漫的故事。事实确实如此，故事正在向着你想象的那个方向发展，只不过整个过程稍微有点儿复杂，结尾也未必就跟你的猜测完全吻合。

4

本来陶子和如敏之间没有什么瓜葛，顶多是一起喝喝茶聊聊天，但因为住得近接触多，来往也就渐渐频繁起来了。

陶子住厂里，晚饭是个问题，每天只能买泡面或者出去吃快餐。如敏为人热情（至少陶子当时感觉是这样的），自己有电炉，做饭也方便，就常给陶子送些来，有时干脆叫他过去一块吃。陶子过意不去，时常也送些家乡的土特产给她。如此一来二往，两人关系亲密多了。然而就在这时候，突然发生了一件不大不小的事，搞得两人都很尴尬。确切地说，让陶子感到更为尴尬。

按照正常情况，星期天是陶子的休息时间，因为大多数的公司那天都休息。像这种时候，陶子一般会躺在床上看书，或者搬张凳子在老树底跟如敏一起喝茶，听收音机。有时候也出去看录像，当然只是偶尔去一次，因为录像要收门票，这多少让人有点心疼。出事的那个星期天，陶子正好去看录像了。

本来陶子是要请如敏一块去的。这些天承老大姐照顾，吃她的饭，喝她的茶，总得感谢人家一下。但如敏说，我今天有点头晕，想去医院，你自己去看好了，以后有机会再说。陶子说，我陪你去医院吧？如敏笑笑说，不用，不用，我还没严重到那种地步，你去看录像好了。陶子也不再坚持，一个人去了。录像要三个小时才能放完，陶子顺便去小店买了包瓜子。

上中学时，陶子特别喜欢看电影录像，学校一组织他就挤在前头。那天也许是天热的缘故，也许是片子的缘故，陶子看着看着就不耐烦了。陶子想还不如回去躺在老树底听如敏的收音机好呢。收音机里这几天正在播放杨家将，是陶子顶喜欢的。这样想着，陶子悄悄溜出了录像厅，准备回去向如敏借收音机。瓜子还没吃完，正好带回去给她。这女人有个爱好，平时喜欢躺在老树底吃瓜子，不过因为经济问题倒也不常吃。这回带回去这么一大包，她肯定高兴得不得了。

来到仓库，却见仓库的门只关着，没有上锁。这是从来没有过的事。陶子吓了一跳，心想如敏怎么这么大意，要是丢了东西怎么办？这地方偏僻，星期天少有人来，会是谁呢？陶子悄悄走近，一推门，没推动，显然在里面顶住了。陶子更觉得奇怪，从旁边抄了根棍子，踢了踢门说，里面是谁？快开门！

里面没有声音。陶子将耳朵凑上去，还是没有声音。陶子急了，使劲向门撞去，连撞几下门开了，却不见一个人影。

谁在这儿搞的鬼？陶子大叫一声扬起棍子，见没有人吭声，又在地上砸了几下。这时从里面传来一阵“窸窸窣窣”声。陶子紧张地望着那儿，用棍子狠敲两下，就见高高的口袋堆后面升起一层乌黑的头发，跟着出现一张熟悉的面孔，正是仓库保管员如敏。

如敏两条胳臂光溜溜的，胡乱地用衣服遮住胸脯，笑眯眯地说，陶子，怎么这么快就回来了？录像放完了？陶子顾不上回答，只奇怪地说，你不是去医院了嘛，怎么会在这儿？你在这儿干什么？这就要过去。这时从口袋后面又升出一个光秃秃的脑袋来，陶子也认识，是看大门的老赵。老赵光着膀子，恶狠狠地瞪着他，那样子恨不得能把他给吃了。

陶子虽然没经历过多少事，但也明白了怎么回事，更何况他早听说过关于如敏和老赵的传闻，现在看来确实是有些根据的。陶子想笑笑，但没笑出来，只得边退边说，对不起，对不起，你们忙你们的，我先走了。

后来到底怎么走的陶子自己也想不起来了。

5

自从发生了仓库事件，陶子总觉得心虚，仿佛自己做了什么见不得人的事，事事小心谨慎，唯恐被人家抓到什么把柄。他清楚地感觉到老赵对自己有敌意。他甚至想老赵会不会杀了自己灭口。然而几天过去了，老赵只是这样干瞪他几眼，并没有采取任何具体的行动。

老赵身材矮小，若是打架陶子一个人能打他好几个。后来陶子想这也许是老赵不敢轻举妄动的最重要的原因。

对于如敏，陶子也明显地疏远了，远远地看见她能躲就躲。有时确实躲不过，比如说送货提货什么的，陶子就低着头干活，绝不多说半句。如敏却还是原来那样，要说就说，要笑就笑。陶子也想装出原来的样子，当什么事都没发生过，可就是不行。

一次卸完货，别人都走光了，只有陶子往仓库里搬。如敏也过去一声不响地帮忙。搬完货，陶子正要走，如敏叫住他说，陶子，吃过午饭到我房里来一下，我有话跟你说。陶子没说同意，也没说不同意，赶忙走了。

她要我去干什么？肯定跟上回老赵的事有关。尽管已经过去一周了，陶子首先想到的还是这个。不就是让我别说出去嘛，我又不笨，这种事能乱说？其实说不说还不是一样，谁不知道？陶子想，肯定是她还不放心，想进一步堵住自己的嘴。用什么赌？用钱她又没有，说不定跟老赵睡觉还要了他的钱呢。用吃的吗？那也没什么了不起的。用甜言蜜语？那更没意思。

用她自己的身子。肯定是的。她丈夫不在家，她需要男人。想到这一点，陶子竟有些莫名的兴奋。如敏虽然不怎么漂亮，但也不能说难看，尤其是她那两只鼓鼓的大奶子，将薄薄的衬衫顶得老高，看着实在让人眼馋。陶子想摸她那两只奶子的感觉一定很好，想着想着就激动起来了，恨不得现在就能把她拉过来压在身底。

说实话，如敏那丰满的身子确实让陶子激动了好大一会儿，但出于各种原因，那天中午陶子还是没去。陶子后来自己分析可能是因为害怕老赵，或是害怕如敏在外地的丈夫，还可能是怕大家的议论。世上没有不透风的墙，这种事早晚会传出去的。

当然，最有可能的还是他怕如敏根本就没那个意思，让他瞎激动一场。

下午上班的时候，陶子又见到了如敏。如敏仍笑眯眯的，说，陶子，中午我等了你一个小时，你怎么不去？陶子慌忙说，中午我有事，脱不开身。如敏说，那晚上呢？晚上我请你看录像吧，你请过我好几次了，我还没请过你呢。陶子说，晚上也不行，晚上我舅舅来看我。怕如敏不相信，又加了一句，真的。如敏用手指点了点他的额头说，瞧不出来，你还是个大忙人呢，那明天晚上呢？明天晚上你不会有事了吧？到时我去找你。陶子抬起头，见两道热辣辣的目光正盯着自己，又连忙低下头去。

然后陶子听见自己“嗯”了一声。

你可是答应过的，到时不能再耍赖了。如敏欢快地说。那声音里明显透着一股撒娇的味道。

6

第二天晚上，陶子哪儿也没去，躺在床上看书等如敏。实际上他根本看不进去，不时地瞧向桌上的闹钟。七点钟，如敏准时来了。如敏穿着一条黑色短裙，上身是一件薄薄的白色绣花衬衫，里面没戴胸罩。之所以能确定这一点，是因为陶子看见了她那两只红红的坚挺的乳头。陶子又是一阵脸红心跳，脑子里乱糟糟的。他跟如敏客气两句，稀里糊涂地出去了。

录像厅在厂子旁边，离得不太远。两人并肩行走，有一句没一句地聊着。快到录像厅的时候，如敏出钱买了些桔子西瓜子葵花子，准备带进去吃。录像还没开始，已经零零散散地坐了好些人，多是成双成对的。如敏找了个角落地方，边听音乐边吃瓜子。

大约七点半的时候，录像开始了。按照惯例，先放一个香港武打片，等到晚了些，再闭上门放个带彩的片子。这是录像厅的老规矩，老顾客们都很清楚。陶子和如敏当然也清楚。

看了一会儿，陶子就有些受不住了。那些刺激的画面对他来说实在是一种折磨。陶子动来动去，想搂住如敏亲一口，但到底没敢。后来他感觉如敏渐渐将身子靠在自己身上，胆子一壮，右手毫不客气地滑到她那高耸的胸脯上。如敏是个老手，不动声色地任他揉捏，然后一只手搂住他的腰，另一只手伸向对方最隐蔽的地方。陶子感觉身子像要爆炸了一样，手上猛地一使劲，疼得如敏差点叫出声来。

轻一点不行吗？如敏推他一下，故作生气地说。陶子连忙收回手来。如敏微微一笑，搂住他亲一口，凑在他耳边说，咱们回去吧，回去你想怎么样都行。陶子没说话，但他的行动表明了他的态度。

两人来到如敏的房间，在强烈的灯光下，陶子又老实了。毕竟以前从未经历过这种事情，心理素质不行。如敏看他这样，笑了笑，搂住他亲个嘴说，天太热了，我想先洗洗澡，你帮我搓背好吗？陶子顺从地点了点头。如敏无所谓地脱去衣服，那光滑的身子，那饱满的奶子，那雪白的屁股，都毫无保留地展现在陶子眼里。陶子再也无法忍受了，伸手抱住她的粗腰。如敏蛇一样地转过身来，也紧紧地搂住了他。

那一夜，如敏把陶子伺候得很舒服，让他初次尝到了女人的滋味。履行完女人对男人的义务后，如敏又履行了母亲对儿子的义务，把乳头塞进了陶子嘴里。

7

薛年松的突然出现，以及不久之后莫名其妙的消失，后来被大家认为是早有预谋的。然而当时谁都没想到这一点，毕竟这太出乎意料，何况他们更关心的是老赵这家伙要倒霉了，陶子说不定也脱不了关系。

关于薛年松，我们在前面已经陆陆续续地提到过几次，他就是如敏的那个外地老公。薛年松长得高大英俊，男子汉气概十足，配如敏一点也不牵强，倒是如敏让人感觉有点那个了。但不管怎么说，大家对他们还是很看好的。薛年松在外地工作十几年，待遇优厚，现在愿意调回来，说明如敏在他心中胜过一切。

由此也可以推测，薛年松肯定听到了一些不利于妻子的传闻，否则不会这么急着回来。老赵接下来的遭遇，完全可以说明这一点。薛年松回来的当天晚上，老赵就挨了一顿揍。

自从如敏勾上陶子以后，老赵老实多了，晚上哪儿也不去。薛年松回来那天，老赵却突然拉起了肚子，拉得他一个晚上没停往厕所跑。十点钟之后，大家都休息了，老赵也懒得再跑，直接把旁边的花园当成了厕所。哪知他刚蹲下来，脸上就“嘭嘭嘭”挨了几拳，腿上也被砸了一棍。第二天，老赵脸上肿起一块，说是晚上走路跌倒了。大家笑笑，心想他要是不脸肿才怪呢。老赵心里当然也清楚是谁的事，可也没办法。谁让自己惹事呢？

老赵之后下一个该轮到陶子了。这是大家普遍的观点，因为他俩的事也不是什么秘密。甚至连陶子也这么认为。陶子的性质跟老赵一样，甚至比他还厉害。毕竟老赵和如敏弄那种事还偷偷摸摸的，弄完了就走，陶子基本上处于公开状态，整夜整夜地和如敏睡在一张床上。然而令大家感到奇怪的是，陶子却一点事没有。

过了四五天，陶子仍然没有事，只是如敏也没再去找过他，上班时也不跟他说话。陶子也不怎么说话了。

8

经过两天的深刻反思，陶子终于决定要找如敏谈谈。

没有了如敏，陶子感觉心里空荡荡的，坐卧不安。后来他就想到了跟如敏谈一谈。到底谈什么怎么谈，他还没想好，总之是要谈谈。有了这种想法，陶子的表现不一样了，总想往如敏身边凑。如敏是个聪明人，不想节外生枝，见他就躲，躲不开往人多的地方去，反正是不给他机会。这样过了两天，陶子一无所获。但陶子并不灰心。

一天，如敏去河边洗衣服，陶子知道机会来了。他调整一下情绪，正要过去，又过来个名叫蔡容的妇人，也是洗衣服的。更可恨的是，蔡容一直陪着如敏，回来也走在一起。陶子在心里狠狠骂了几句，不顾一切地上前拦住她们，将两个妇人吓了一跳。

敏姐，你过来一下，我有话跟你说。陶子硬生生地说。

说什么？有什么好说的？回家找你妈说去。如敏猛地一把将陶子拨到一边，向蔡容笑了笑。蔡容笑得更为放肆，好像从来没见过陶子这么好笑的人。陶子脸“腾”地红了，愣愣地站在路边，仿佛脑子一下子被掏空了似的。

大约过了十分钟，陶子还没回过神来。蔡容不知怎么又回来了，两只奶子上下乱抖，屁股则故意一扭一扭的，一看就是个骚货。蔡容上前蹭了蹭陶子，媚笑说，陶子，是不是想女人想疯了？想玩今晚去老娘那儿，老娘陪你玩。陶子瞟了一眼这个老得可以做他母亲的饥渴妇人，转身走了。

蔡容仍然满面笑容，扬起手说，今天晚上八点钟，别忘了！

不知那晚蔡容是否洗干净了身子虔诚地躺在床上了，反正陶子是没去。这种时候，陶子更愿意把自己扔在床上，让忧伤的旋律清洗一下混乱的脑子。

以后的一段时间里，陶子和忧伤成了朋友。每次去提货，人们总会看见陶子一个人坐在老树底喝茶，旁边放着个破收音机。

自从丈夫调来以后，如敏买了个电视机，就把那个破收音机送给陶子了。

9

薛年松在本文的活动，前后持续了半个月。半个月后，他就神秘地失踪了。这个消息是从女工那儿传出来的，连住得最近的陶子都不知道。

那天陶子去前面的厂房送货，就听女工们叽叽喳喳地议论着。陶子惊诧地说，薛年松走了？一个女工笑着说，是呀，陶子，你的机会又来了。其他女工都跟着笑了起来，还要陶子抓紧时间，否则就让别的男人上了。陶子也不在意，放好货默默走了。

回去后，陶子翻来覆去地考虑，总感觉这个消息不太可靠。薛年松才调回来不久，怎么会无缘无故地消失呢？但再看如敏一连几天闷闷不乐的神情，渐渐消瘦的脸，陶子又不能不信。有好事者直接向如敏打听，如敏就是不开口。后来又是女工们透露出惊人消息：薛年松根本就不是调动，他上班的公司倒闭了，他是下岗回来的。

接着更为确切和及时的消息是，如敏的丈夫不要她了，一个人去了南方。大家不觉都有些同情这个被丈夫抛弃的可怜妇人，纷纷过来安慰她。

不就是个男人嘛？三条腿的蛤蟆不好找，两条腿的男人到处都是，咱们厂里就有许多不错的。他薛年松走了正好，在这儿正式找一个结婚不就得了。

就是呀，如敏你别那么死心眼，女人离开男人就不能活了？再找一个也不错，我看陶子就行，你大他几岁没什么，他家里穷点也没什么。薛年松就那么好？一个没用的小白脸，我看他还不如陶子呢。

我从来也没觉得薛年松好，他走了也没什么，可这个混账王八蛋不该把我二十年来的血汗钱都带走呀。如敏伤心透顶，放声痛哭了一场。

10

有句老话，好像叫作好马不吃回头草。这话虽然不能说完全正确，有时却也有几分道理，用在现在的如敏身上就很合适。偏偏如敏不信邪，还想检验一下。

那是前夫薛年松走的第三天，如敏敲开了陶子的门。当时陶子正在跟另外一个女子秘密地进行着一种类似于恋爱的行为。说他们类似恋爱，是因为两人表面上酷似一对恋人，但根本不会有结果。那个女的曾经说过，陶子家里那么穷，我才不会嫁给他呢。

那个女的也是厂里的工人，相貌还不如如敏，但比她年轻，身上的肉也没她那么多。对于陶子来说，很难分得清她们俩谁更具有吸引力。

这一切都是如敏后来才知道的，否则她可能就不会去了。当然幸好她不知道，否则也就丧失了一次机会。当时的具体情况是，如敏兴冲冲地敲开门，陶子正跟女工搂在一起接吻，商量着上街买东西的事。因为如敏的突然出现，那女工无奈地中断了行动，一脸的不高兴。

这种事摊到谁身上都不会高兴的。如敏可以理解。

陶子倒没有什么剧烈的反应，淡淡地说，你怎么来了？如敏说，我正好经过这儿，顺便来看看你们。陶子说，有什么好看的，经常在一起干活，你还没看够吗？我们要上街了。如敏说，上街？那最好了，我正好想买点东西，一块去吧。

之后三个人一起来到街上，东逛逛，西逛逛，什么也没买。好不容易陶子看中了一条裤子。店主说，八十八元吧，八吉利，不挣你的钱就图个吉利。陶子说，太贵了吧？八元也吉利呀，你怎么不卖八元？店主笑笑说，你这位小兄弟怎么这么能抬杠，我这条裤子能卖八元吗？卖八元我一家人都得喝西北风。陶子说，还能不能再少点？老板说，看你也真想买，那我就再砍二十元六十八吧，说实话这是最低价了，不能再少了。陶子摸了摸自己的口袋，还是不够，就瞧向女工。女工摇了摇头，表示自己身上也没钱。

六十八是吗？我这儿有。如敏笑笑，掏出一张一百的钞票递给店主。陶子顺势把钞票接过来，重新塞给如敏，拉过女工转身就走。如敏也只好跟了上去。他们刚走开，身后就响起了那首著名的台湾歌曲——《迟来的爱》。

女工见到如敏后，自始至终一句话没说，此时禁不住笑了。陶子冷冷地说，你笑什么？女工瞧瞧这个，再瞧瞧那个，得意地说，这首《迟来的爱》，你不觉得像专门写给你和如敏的吗？如敏脸上一红。

跟我狗屁关系也没有。陶子寒着脸说。女工见他发怒，不敢吱声了。

第二天，马上有消息说还没见陶子交女朋友呢，都已经吹了。如敏一听这消息，顿时恢复了信心。她想只要有耐心，陶子迟早还是自己的。

陶子这个人很重感情，这是她的信心根据，也是她追求他的主要原因。

11

没有了女工的干扰，如敏把握更大了，也加快了进攻的节奏。她三天两头不住地往陶子那儿跑，送吃送喝，问寒问暖，可惜效果不大。如敏想这样不行，得改变方略，必要时施展个苦肉计也在所不惜，一定要打动他的心。然而还没等她设计好计策，令人痛不欲生的断臂事件就开始在她身上发生了。

这次事故，完全是如敏的逞能心理一手造成的，否则情况绝不会这么糟糕。

相信大家不会忘记，如敏的任务是看管仓库，照理说一点危险也没有。可是她一个人待着实在觉得无聊，就抽空去前面的厂房转了一圈。工友们羡慕地说，如敏，你的工作可真好，不要技术也不用出力，哪像我们天天累死累活的？如敏反驳说，你们的工作重吗？我看也不怎么样的。有个人说，我们的工作还不重？要你干你干得来吗？如敏撇撇嘴说，我就不信有什么干不来的。马上又有人说，小青今天没来，你替她一回吧。小青就是陶子原先的女朋友，也就是大家嘴里的如敏的情敌。

如敏可不能让人看小了，更不能让人觉得她不如小青，卷起衣袖说，好呀，干就干，谁怕谁。

于是那个下午如敏就在厂房里干了起来。一个下午都干得挺好，主管还表扬了她，开玩笑说要把她调过来。如敏心里乐滋滋的，临近下班的时候，突然一个不小心手绞进了机器里。一群女人吓得要命，连忙把她往医院送。及时赶到医院，性命是没问题，绞碎的胳臂却永远恢复不了原来的样子了。医生还说需要住院治疗一段时间。

如敏住院期间，不管关系好的差的，大家都成群结队地去看她了，连小青也去了。只有陶子没去。小青说，去吧，空手去看看她也行，你看哪个男人像你这么小气？陶子瞪她一眼，丢了四个字：多管闲事！然而当天下午，陶子还是去了。

不用说，如敏见到陶子非常激动，都激动地哭了。其实谁也不知道她是感伤自己少了一只胳臂，还是因为陶子不计前嫌感动的，反正是哭了。这毕竟不多见。陶子感觉自己眼睛也湿湿的。

那天陶子陪了如敏整整一个下午，出院时也去接她了。之后就有人发现他俩将床搬到了一起。大家说如敏运气不错，因祸得福，捡了个小丈夫。如敏笑着承认了。也有说陶子占便宜的，没花一个钱取了个老婆，断条胳臂不影响赚钱，也不影响睡觉，更不影响生孩子。

顺便再说一句，关于陶子和如敏的事，陶子父母始终没有过问，陶子的舅舅也没发表过任何意见。农村家庭孩子多，送出去了就由你自己闯吧，大家都忙，谁有那个闲心天天围着你一个人转？

12

故事到这儿本该结束了，接下来没意外的话就是如敏怀孕生个儿子什么的，反正是皆大欢喜。然而事情并不是这样。半年之后，陶子跟薛年松一样，神秘地失踪了。如敏因为情绪异常，厂里特别批准她休息两周。

半年内连丢两个丈夫，这在厂子里是前所未有的。众人抑制不住心中的好奇，胡乱猜测了一通，但怎么也搞不明白其中的奥妙。半个月后，大家再见到如敏时，发觉她明显瘦了，眼圈也发黑，肯定是因为伤心没睡好觉。见她这副模样，大家也不忍心再打听陶子的事了。

关于陶子失踪事件的始末，还是如敏半个月后自己说出来的。原来如敏受伤，虽说是由于自己失误造成的，但厂里考虑到她是老工人，断了胳臂不容易，她叔叔又是老厂长，为厂子立下了汗马功劳，就决定一次性补助她一笔钱，性质相当于工伤的抚恤金。然而不久这笔钱落到了陶子手里，陶子感觉数目还不小，就带着它去南方打工了。

只当花钱找了个男人伺候自己这么多天了。有人劝慰说。如敏苦笑着摇摇头，心想这价钱虽然贵了点，但也只能这样了。后来一个偶然的机会，如敏用仅有的那条胳臂清理房间，发现两只一模一样的茶杯，上面布满了灰尘。

夏天快要到了。如敏突然有一种想哭的感觉。

夜猫子酒馆

男人进来的时候，老板娘正在嗑瓜子。当时又接近打烊时分了。老板娘“扑”地吐掉瓜子壳，给男人上一扎啤酒，另加一碟凉拌牛肉，一碟水煮花生米。

无须多言，每次都一样，相信今晚也不会变。老板娘突然想到了复制，或者说拷贝。

甚至想到了盗版。

如果你没什么事，坐下陪我喝一杯吧。跟老板娘预想的一样，就在她转身之际，男人开口说道。与前几次不同的是，男人没抓她的手。老板娘几乎没打愣坐下了。酒馆里空荡荡的，再没其他客人，老板娘有足够的时间陪男人喝酒，也有足够的精力应付他。

凌晨两点，大多数人都睡了。没睡的也在准备睡。有多少会深夜出没于酒馆？

男人抬头，紧紧盯着老板娘，盯着她那丰挺的胸。这同样在意料之中。不出意外的话，男人还会给她讲故事，讲自己的妻子，讲他们如何恩爱，一日不见如隔三秋，海枯石烂永不变心。再讲的话，都讲九遍了。而近两个月，男人光顾夜猫子酒馆，也只不过九次而已。

一点不错，是九次。老板娘记得很清楚。男人第一次过来，老板娘就有种预感，他还会来的，就在心里记着了。这同时也意味着，男人一次都没错过讲故事的机会。

给你讲个故事吧。男人用故有的方式开始了。连开场白都一样。连语气都一样。连神态都一样。老板娘懒懒地说，好啊，洗耳恭听。她实在装不出兴趣盎然的样子。很随意地伸手。很随意地倒杯酒。然后抿了一口。男人说，我老婆，她长得非常漂亮，你知道我多爱她吗?

男人陷入了自责之中。男人说，我真混蛋，居然让她深夜买药，而且还下着大雨，我真是太混蛋了。老板娘想象得出，那天下着好大的雨，外面漆黑一片，偏偏男人感冒了，偏偏家中药没了。妻子温柔地说，不要紧，我去给你买。男人说，可是雨太大了。妻子笑笑说，雨大怕什么，药店离得又不远，你睡吧，睡一觉我就回来了。男人昏昏沉沉的，渐渐入睡了。妻子去买药。给丈夫买感冒药。然而结果呢，感冒药没有买到，妻子当晚也没回来。第二天也没回来。后来男人才知道，妻子出了车祸，像仙女似的升入了天堂，再也无法回来了。

雨天容易出车祸，我怎么就没想到呢?真是糊涂呀。说到这儿，男人似乎很疲倦，身子靠在椅背上，轻轻叹息着。

一切都跟前面几次相同。一点悬念都没有。一点新意都没有。

唯一不同的是，老板娘感觉越来越烦，越来越没耐心了。

我也给你讲个故事吧。老板娘就着牛肉喝口啤酒，抹抹嘴说。

男人突然坐直了，身子不动，目光也不动，那情形与僵尸无异。

有一对夫妇，他们俩非常恩爱，爱到谁也离不开谁，用句老话说，一日不见如隔三秋。也是在一个滂沱雨夜，偏偏夫人感冒了，偏偏家中药没了。先生温柔地说，不要紧，我去给你买。夫人说，可是雨太大了。先生笑笑说，雨大怕什么，药店离得又不远，你睡吧，睡一觉我就回来了。夫人昏昏沉沉的，渐渐入睡了。先生去买药。给夫人买感冒药。然而结果呢，感冒药没有买到，先生当晚也没回来。第二天也没回来。后来夫人才知道他出了车祸，再也无法回来了。

男人"啊"了一声，惊奇地说，他也升入天堂了？很显然，故事进行到这儿要发生变化了。

或者升天堂，或者下地狱，谁知道呢？反正夫人很痛苦，哭得肝肠寸断。老板娘说。男人默默地喝酒，不作声了。老板娘接着说，夫人什么也不做，每天夜里都睡不着，时时刻刻想着她的先生。因为不做事情，不久工作丢掉了。不过夫人不怕，夫人很有钱，先生是大学教授，还是博导，给她留了一大笔钱。两个月后，夫人想光这样悲伤也不行，于是拿出一部分钱开家酒馆，取名"夜猫子酒馆"，为那些夜晚无法安睡的人们提供一个栖息之地。

一口气说了这么多，老板娘嗓子干燥，又喝了杯酒。男人问，后来呢？酒馆一直开下去吗？一直开到今天？老板娘说，一直开下去，直到某个雨夜，来了一位特殊客人。男人立刻问道，是我吗？我第一次来也是雨夜。老板娘笑了一下，摇摇头说，怎么会是你呢？你太自作多情了。

老板娘说，男人怎么样都行，千万不要自作多情。

客人四十来岁，穿着黑风衣黑裤子，姑且称之为黑衣人吧。老板娘说。男人释怀了。前几天他才刚过三十岁生日。隐约之中，不禁又有些遗憾。老板娘并未留意男人的表情变化，接着讲教授夫人的故事。

黑衣人进来时，酒馆也要关门了。但教授夫人从来不驱赶客人，对每个人都是客客气气的。黑衣人环顾四周，点点头，看来比较满意。然而当看到对面墙上的照片时，目光牢牢粘住了。

照片上，一个年轻女子身着泳装，躺在沙滩上，长发秀腿，楚楚动人。在她不远处，有一位面目模糊的中年男子，赤着上身，肌肉发达。男人对着女子笑，似乎很暧昧。

三十岁的女子和四十岁的男人，看起来的确很般配。

你怎么跟他在一起？你跟他很熟吗？黑衣人指着照片上的男人问。

他是我先生，怎么会不熟呢？夫人想。转念再想想，有时候确实有种陌生感，似乎那人很遥远，抓也抓不到。所以夫人没有反驳，只淡淡地说，还可以吧，你也认识这个人？黑衣人说，他是作家吧？教授出过两部长篇小说，但小说很差，比被别人批得一塌糊涂一钱不值的评论还糟糕，所以你可以想象，他写的得有多差了。但这并不影响他的名气。反而越传越大。在本地，教授还算个人物，有着显赫的地位。

算是作家吧。夫人“嗯”了一声，只能这样回答那人。

不久前，他出车祸死了，你也知道吧？黑衣人说。夫人以为他会说可惜呢，死了真可惜，但没有，只是平淡地说，他死了。夫人微微有些失落，又“噢”了一声，略有耳闻。

他死的时候我在场。那晚雨真大，差不多有今晚这么大。黑衣人回头瞧瞧外面说。

你是说……夫人小心地问，教授死的全部过程……你都看到了？黑衣人不像是撒谎，夫人相信他的话。

是呀，黑衣人说，从头到尾，我都在旁边看着。夫人想问问具体情形，比如说，教授始终紧紧握着手中的药，还是正急匆匆地向药房跑去。还没问出口，黑衣人就说开了。黑衣人说，那是三个月前，我刚到这座城市，没地方去，就在屋檐下避雨。当时作家正跟一个女子亲热。我不知道是作家，第二天报纸上说的。作家与女子在伞下拥抱，还接了吻。雨夜街头拥抱接吻，真是浪漫啊。接吻结束后，两人挥手告别，作家兴冲冲地跨上马路，然后被迎面而来的一辆轿车撞倒了。

那女子什么样子？夫人追问道。她还没这么急切过。至少没表现得这么急切。黑衣人说，很年轻，很漂亮，穿件米色风衣，头发也很长。还说了身高等其他特征。夫人可以断定，女子是教授的研究生，也就是她的师妹。黑衣人说女子眉心有颗痣，这一点绝不会错。

夫人一阵痛苦，说，教授向来很谨慎，怎么会被车撞到呢？

或许他太兴奋了，或许雨声太大，湮没了轿车的鸣叫声。黑衣人说。

你看他们俩什么关系？朋友？或者纯粹出于师生之情？夫人这么问，还存有一丝幻想。黑衣人叫道，师生？亏你想得出来，你会跟自己的老师或学生嘴对着嘴接吻吗？夫人想，她确实跟自己的老师接吻，还在一张床睡呢。但她不能说。黑衣人说，可能是夫妻吧，老夫少妻，这种事现在很多。当然情人可能性更大，夫妻还会这么浪漫？

或许她与你跟这个男人的关系差不多吧。黑衣人一脸坏笑，显得很放肆。他看出来了，夫人心情悲伤，信心全无，根本没有抵御能力。黑衣人还说，不过她没你这么张扬，还把照片挂起来，你以为洗得照片模糊，别人就认不出来啦？

夫人许久没有说话，再开口，就是些无关紧要的事了。夫人说，后来怎么样？黑衣人说，车子愣都没停，“刷”地开走了。作家躺在泥水里，毫无反应。夫人说，再后来呢？黑衣人说，再后来女子跑过去，试了试呼吸，大概觉得不行了准备报警。她掏出手机摁了两下，想了想，又收起来，去路边电话亭打了个简短的电话。

那再后来呢？夫人又问。

女子匆匆离开了，怕惹火烧身吧。黑衣人说，我听到警车响，也走了。

那么大的雨，你倒看得清楚。夫人说。

那是，有路灯嘛。黑衣人说，反正我没事，闲着也是闲着，顺便就看看热闹了。

雨天……特别容易思念啊。夫人沉吟片刻，说了句莫名其妙的话，然后对黑衣人说声“谢谢”。黑衣人看出夫人眼中的寂寞，嘿嘿地说，为什么谢我？夫人瞧瞧他，没作解释。黑衣人又说，这都什么年代了，还说谢谢，谢谢有个屁用，还不如来点实际的。夫人心不在焉地说，你想怎么样？黑衣人仍笑，盯着夫人漂亮的脸蛋来回看。

免费喝一个月的酒，或者让你睡一回。夫人说，二者任选其一。

不停地说，老板娘有些累了，给杯子续上酒。转动着杯子，啤酒缓缓旋转起来，像浪花击打着海岸。

黑衣人怎么说？这么好的机会，他总不会放弃吧？男人问。他想继续听故事。老板娘缓缓晃动着啤酒，似笑非笑地说，你猜猜看呢？男人瞧瞧老板娘，四十出头，风情万种，容易让人想入非非。男人说，夫人三十岁？老板娘说，差不多吧。男人说，如果是四十岁，毫无疑问是后者，三十岁嘛，那就难说了，不过也是睡一回可能大。

理由呢？老板娘说，选前者也好，选后者也好，都总得有个理由吧？男人心想，一个男人想要一个女人，这还需要理由吗？不明摆的吗？便说，别说喝一个月的酒，就是喝一年的酒，又能怎么样？但睡觉就不同了，睡一回可以回味一辈子。

结果是对的，但理由有些出入。老板娘说，黑衣人的确选后者，他出差三个月，第二天将离开这儿，一个月的酒无法兑现，还是睡一回现实些。男人说，如果不离开这儿，那会怎么样？难道去喝一个月酒？老板娘说，这是假设，假设的事没有发生，谁也猜不到。

所有的假设都只是假设，都是毫无道理的假设。老板娘说。

那他们究竟睡了没有？男人问道。老板娘笑而不答。

老板娘的拒绝让男人觉得很无趣，觉得索然无味，又默默喝酒。突然之间，他脸色变得很难看。自从女研究生出现，他就有些异样了。男人喝光酒，摔掉杯子，“刷”地亮出一把刀。老板娘从容不迫，一副无所谓的样子，说，你这是干啥，劫财还是劫色呀？

男人瞧瞧酒馆，装饰得古色古香，随意摆放一些精致物品，确实值些钱。再瞧瞧老板娘，也确有几分姿色，身材更加迷人，甚至可以说很有诱惑力，绝对值得冒一回险。

你骗我。男人说。老板娘说，我怎么骗你了？我为什么要骗你？男人说，我老婆绝对不会……老板娘果断地打断他，说，我从没提过你老婆一个字，我只是讲个故事，你不乐意听就算了，若是觉得好听，就该感谢感谢我，而不是亮出家伙吓唬人。男人盯着老板娘隆起的胸，缓缓收起了刀子。

男人突然有种冲动。一种想要发泄的冲动。

说吧，要我怎么谢你？男人问。声音都有些颤抖。老板娘说，听听你的意思呢？男人故意做思考状，说，要么一个月内酒钱双倍，要么让你睡一回。男人刚说完，老板娘忍不住笑了。是那种哈哈大笑。

男人的目光一点点黯淡了。身子一点点萎缩了。

老板娘站起身来，胸部抖了一下。男人想，大概她要赶我走了。但老板娘没有，而是笑眯眯地拴上门，然后坐进男人怀里。老板娘勾着男人的脖子，抚着他的胸膛说，还是睡一回实在些，以后你不来，我去哪儿找你？

两人进了里间，老板娘从男人怀里跳出来，手轻轻一挑，衣服脱落了。再轻轻一挑，胸罩也脱落了。男人看到老板娘的乳房，一阵晕眩。

隔三岔五的，男人总要来一回，喝酒，发呆，跟老板娘睡觉。时间也固定，凌晨两点钟过来，黎明前离开。男人不再提自己的老婆，只是默默地喝酒，默默地跟老板娘睡觉。

实在忍不住才会叫出声。相对而言，老板娘叫得更欢些，声音也更响。

不想你那个死鬼老婆了吧？老板娘搂着男人的头说，我不比她好吗？男人说，怎么可能呢？老板娘说，什么意思？想还是不想？或者我好还是她好？男人说，不知道。老板娘问，什么都不知道？男人说，什么都不知道。老板娘说，那就是想了。其实何必呢，在这个世界上，什么事都有可能的。男人说，可她对我真的很好。

我老婆是公司经理，收入很高，却从没嫌弃过我。后来我下岗了，她也对我很温柔。男人充满深情地说。

世上没有无缘无故的爱，也没有无缘无故的恨。老板娘说。

没有无缘无故的爱，也没有无缘无故的恨。男人低声重复着，拉一把老板娘的手，终于说，你说的都是实话？老板娘说，你指的哪些？男人说，你男人是教授，他出了车祸，还跟你师妹私通过。

我跟你说过了，只是讲个故事而已，你别当真了。老板娘淡淡地说。

你知不知道，我生平最恨别人骗我了。男人恶狠狠地说。他掏出那把曾经露过脸的小刀，顶着老板娘的脖子。老板娘毫不畏惧，还故意挺挺胸，示威似的。男人说，你男人根本不是教授，而是个公司老板。他也并非死于车祸，而是死于空难。和女秘书一同死于上海去昆明的途中。

有这次空难吗？我怎么没听说过？老板娘轻描淡写地推开他的刀，说，给你说过多少遍了，故事，故事，纯粹虚构，你却偏偏当真了。

那就是……上海去贵州的飞机，或者北京去昆明的。男人显然也不十分肯定，底气不那么充沛。老板娘微微一笑，不经意间，撇一眼吧台上的书。男人见过那本书，好像叫什么咨询，或者什么心理治疗，作者是一个名叫罗杰斯的美国人。

别傻了，该干什么干什么，想那么多干啥？老板娘将男人的手拉到自己胸前，说，还想要吗？男人抽回手，顽固地说，可那位教授我知道，他也是作家，最近还在一篇文章中提到了你，是不是？老板娘摸摸他的头，说，你没发烧吧？怎么净说胡话呀？我根本不认识什么作家。

睡觉吧，睡一觉就好了。老板娘说。

他既不是教授，也不是老板。老板娘摇摇头，看着逐渐迷糊的男人，心想，他的职业，你永远都猜不到。

男人的情绪好多了，这一点显而易见。老板娘也感觉得到。男人的话多了，笑容也不吝啬了。在床上，男人表现得更加出色，还会一边做着，一边说粗话。甚至还使劲掐老板娘的胸。高潮之际，男人冷不防冒出一句，你真看到她跟别的男人了？

我什么都没看到，什么都不知道。即便再兴奋，老板娘都保持着理智，绝不乱说话。

问了几次，次次以失败告终，一无所获，男人明白此路不通。他也不准备问了。这段时间男人看了些书，学会了思考，思路比以前开阔了。男人想，妻子交际面广，交个一两个情人，简直易如反掌。

单是相貌就足够了，更何况，妻子还那么有钱。

是呀，她为何对我这么好？因为她心中有愧。想到这一点之后，男人很自然地想到，去药房根本不用过马路，也不可能出车祸，所以男人可以肯定，妻子雨夜外出，不仅仅是为他买感冒药。

既然不只买药，肯定还有别的事。约会情人？你猜那人可能是谁？老板娘说。男人说，她的老板。只有老板能指使她，招之即来挥之即去。老板娘说，你能肯定吗？男人不能肯定。那个老板他见过，养尊处优，肥肥胖胖，不可能雨夜赴约，真想要女人，完全可以叫家里去。男人想了想，断定是妻子的同学。

他大学就追过她，现在还不死心，一直单身，就等着她离婚呢。男人愤愤地说。

到底是老板，还是她同学？老板娘说，得了，管他什么人，只要自己开心就好，为一个死人悲伤那么久，你觉得值得吗？她平躺在床上，把男人拉了上去。

这一次之后，男人好久都没来。老板娘依旧三点钟打烊。她相信，男人迟早会出现的。

又过半个月，也是个雨夜，大雨滂沱，男人终于又来了。穿一身黑衣黑裤。手里提着一只包裹，也是黑色的。老板娘露出了笑容。

雨下得好大，衣服都淋透了。男人说。老板娘说，那就脱掉吧。上前帮男人脱衣服，上身脱了个精光。要接他包裹时，男人拒绝了，很谨慎地放在桌子角落。老板娘好奇地瞧瞧包裹，也没太在意，就要去给男人倒酒。上啤酒、牛肉和水煮花生，像以往的惯例。但这一次男人没让她走，而是一把将她抱住，将手伸进她怀里。

有些迫不及待了。男人从来没这样过。男人似乎攒足了劲，老板娘体验了一种从未有过的快感。老板娘温柔地抚摸着男人宽厚的背，说，都半个多月了，你不想？你不想我也想呀。

接下来一切照旧，开灯，上啤酒和牛肉。老板娘说，这么久都干吗了，也不来看看我。语气中有种嗔怪。男人不作声，只是喝酒。老板娘也很知趣，陪着他沉默。不防男人冒出一句，我在构思，一直在等待雨夜。老板娘说，你想写小说？男人说，不写小说。我想清楚了，那个男人是她秘书。老板娘说，哪个男人？男人说，跟我老婆约会的那个男人。

听你说得这么肯定，应当不会出错吧？老板娘说。男人点点头。老板娘笑了。男人说，你别笑，我是说真的。老板娘说，不笑，你接着说吧。

男人不说，只盯着老板娘看，看得很痴迷。她的身子真诱人，他又想要了。老板娘来者不拒，很简单地满足了他。事后也不穿衣服，拉条被单裹在身上，听男人讲下面的故事。这样做并不是害羞，而是怕冷。

大雨击在玻璃上，“啪啪啪”地响，顺便送来丝丝寒意。

男人不怕冷，但见老板娘看着他吃吃地笑，也钻进被单里了。

我查清楚了，男人说，不是那个医生，他去美国不回来了。老板娘说，你老是七想八想的，胡乱猜测。男人说，这回应当不会错了，就是她的男秘书。他常往我家打电话，油嘴滑舌的，我老婆很喜欢他。我无意中还发现过，他俩拉拉扯扯的。老板娘说，那怎么办？

恶人自有恶报，他不会有好下场的。男人说，他老婆有个习惯，晚饭后喝杯茶，结果喝得拉肚子，恰恰家中的储备药没了，秘书只能出去买药。他走到楼下，碰巧遇到一个妓女。那妓女非常漂亮，而且特别风骚，一个眼神就把他勾住了。那么大的雨，四周一个人没有，两人就在伞下接吻。秘书还提出进一步要求。妓女媚笑说，总不能在这儿吧？摸了他两把，要秘书去她那儿。秘书起初犹豫不决，终于按捺不住，答应了。两人手牵着手，穿越马路时，一辆轿车突发而至。妓女赶忙松开手，跑到一边，秘书当场被撞死了。

这么巧，两人刚到马路，车子就来了？老板娘说。

世上巧事多着呢，说出来吓死你。男人说，不过这次也不完全是巧合，因为车子是我开的。这些天我联系朋友，把妻子的旧车卖了，换了辆新车。老板娘叹了口气。男人说，我喜欢开新车。我还想通了，撞我妻子的是老板的老婆。她怀疑我妻子跟她丈夫有染，便利用权力和色相威胁引诱我妻子的秘书，设了个计，将她害死了。

那个秘书，跟妓女没任何区别。男人说。

你不写小说，真是有点浪费了。老板娘说，可是，妓女雨夜出现，你又怎么预料到？难道……男人说，不错，妓女是我安排的。这一点很容易。

老板娘勉强笑笑，想想说，不对，还是有些漏洞。一般家庭都备有日常药，秘书家的药没了，也太凑巧了吧？更重要的是，秘书的老婆怎么会突然拉肚子？难道有人放了泻药？即便是，泻药不能早放，也不能晚放，一定要饭后放茶里，你怎么保证这一点？男人恶狠狠地瞪了老板娘一眼。老板娘又是一笑。刀架在脖子上都不怕，还会怕他恶狠狠的目光？何况身子白给他睡，酒白供他喝，他也不会害她的。

我买通了他家的保姆。男人半晌说，那个保姆真贱，给点钱就打发了。再一点就是她骚，风骚的女人更容易对付。

那也未必吧。老板娘说，不要轻视每一个人。男人说，什么未必，你不就是这样吗？老板娘摇摇头，笑着说，算你有理，这个方案可以试试。但她同时又担心，计划要设计得更周密些，否则被警察发现了，会带来麻烦。男人说，不用试了，我已经成功了。我用车撞死秘书，还把他的头割了下来。

见老板娘不信，男人兴冲冲地向外间跑去。昏黄的壁灯里，他的身影忽长忽短，幽灵似的。

老板娘突然想到了那只包裹，那只黑色的包裹，不由打个冷战。

果然是那只黑包裹。男人小心地剥开一层，再剥开一层，共剥了七八层，终于捧出一颗血肉模糊的人头。

老板娘“啊”了一声，赶忙捂住了嘴，身子蜷缩着，被单也落下了。老板娘成了一个大肉团。男人“啪”地打开吊灯，盯着她头一样圆挺的乳房。其实没必要遮掩，她哪儿男人没见过？但老板娘还是不自觉地伸出手，交叉罩住了胸部。后来老板娘想，或许她太害怕了，害怕男人像砍秘书的头那样砍掉她的乳房。

男人没有任何举动。连续两次上床，使他对老板娘暂时失去了兴趣。男人把目光收回来，落在那颗头颅上，小心地包扎好，出去了。

外面雨“哗哗哗”地响，老板娘突然意识到，雨一直都没停过。

世界好安静呀。老板娘双手护着胸，仍心有余悸。

怎么会这样？一切都始料不及！老板娘想，不能这么傻坐着。匆匆穿上内裤，简单地套件T恤，顺手操件东西，也不在意啥家伙就追出来了。男人还没走远。然而正渐渐走远。老板娘望着他背影，忽然想，车呢？男人的车呢？他应当开车来的呀。使劲想想，男人过来也是步行的，似乎并没有开车。

老板娘想打电话，打110报警。或者钻进柔软的被窝好好睡一觉。但她什么都没做。想到血腥的头颅，老板娘就全身无力，靠在门上，整个人瘫了下去。

巨大的恐惧压得她直不起身。

难道他跟我开玩笑？老板娘心想，难不成那个头是做出来的？

在长阳

唐竹寅是在傍晚抵达长阳的。那时候夕阳还没落山，懒懒地挂在天边，仿佛远古走来的少妇，看上去很诱人，很美。唐竹寅千里迢迢从南京飞到武汉，又从武汉转车至宜昌，最后来到这个湖北西部小县城，自然不单单是为了看夕阳。夕阳好像区别不大。哪里的夕阳都是美的，只要你心情好。唐竹寅的心情说不上好，也说不上不好。唐竹寅来长阳是想见一个人。一个他从未见过的人。不是因为那个人，他或许还不知道这地方，更不会刻意打听畜牧局。

这事是有点荒唐，回去被朋友们知道了，他们肯定会笑话的。想想唐竹寅自己都笑了。唐竹寅想，笑就笑吧，谁一辈子还能不做点傻事？何况这种傻事也很有趣，不是每个人都想得出的，更别提做了。

看来长阳并不大，和唐竹寅十年前的想象差不多。短短的半个小时，唐竹寅已经走过了县政府、财政局、教育局等一系列单位。

稍微问一声，又看到了不起眼的畜牧局。唐竹寅将“长阳县畜牧局”几个字念了一遍，又默念一遍，然后来到门卫处。十年了，十年前的局长，现在还找得到吗？唐竹寅实在没把握。

看门的是个很老的师傅，有种沧桑感。唐竹寅上前打个招呼，那人叽里咕噜的，听不懂。唐竹寅哑然失笑，皱皱眉头说，师傅，你们这儿……有梁局长吗？还是不行，老人不明白他说什么。唐竹寅挠挠头，暗想又过十年了，普通话推广怎么这么难？他想找别人问问，这时过来一个男子，四十来岁，估计沟通没问题。唐竹寅赶忙拦住了他。

梁局长？你找哪个梁局长？中年男子说。唐竹寅说，哪个梁局长？什么……中年男子说，我们局有两个姓梁的局长。唐竹寅说，噢，就是那个……那个梁……唐竹寅也不知怎么称呼好，只得说，那个梁局长，他……有个女儿，叫梁思霞，曾经在云南读过研究生。唐竹寅还补充说，她长得很漂亮，脾气也很好，嘴还特别能说。

或许你已经猜到了，唐竹寅要找的其实并不是什么梁局长，而是他的宝贝女儿。而要找到梁大小姐，想必梁局长是唯一的线索。

中年男子想了一下，喃喃地说，梁思霞，云南读研究生？好像没有呀，他们的女儿都没这么大。唐竹寅急切地说，你再想想，再仔细想想，应该有的。那人一副沉思状，突然“噢”了一声，说，你是说老局长吧？我知道了。唐竹寅兴奋地说，是呀，是老局长，姓梁的。他想梁局长外孙都该上学了，也不能老当局长，调动不怕，只要不出长阳就行。中年男子说，他退休了，都七八几年了。唐竹寅说，噢，是吗，他没搬到外地吧？怎么能找到他？那男子没马上回答，而是反问了一句，你是他什么人？他亲戚？

我是想成他亲戚的，可惜他女儿不肯。唐竹寅摇摇头笑了，说，朋友，故人之子，您要知道他住哪儿，麻烦告诉我一声。中年男子只随便说说，也没细问，给他说了个地址。唐竹寅连声说谢谢，很激动的样子。

是啊，唐竹寅一路上都能心如止水，到长阳开始激动了。

梁思霞，终于可以见面了，想不到这次见面竟推迟了十年。现在唐竹寅担心的是，她会不会认不出自己？或者根本就不记得了？

按照中年男子的指点，唐竹寅很快找到了，敲敲门，迎接他的是位老先生，眉宇间带着些傲气。毕竟当过领导的，可以理解。老先生冷冷地看着他，不作声，唐竹寅也就不作声。岳父对女婿这样也就罢了，我又不是你女婿，干吗受你的气？唐竹寅相信自己绝不会输给对方，果然，没多久老先生就开口了。

你是谁？干什么的？老先生的语气一点也不友好。

我是梁思霞的朋友，大叔，她在不在家？唐竹寅开心地说。这是胜利者的笑。老先生哼一声说，小霞的朋友？小霞什么朋友？我怎么从来……唐竹寅暗中接了一句，你没见过我，我还没见过你呢。还没开口，又出来一位老太太，慈眉善目的。唐竹寅乖巧地叫了声“阿姨”。老太太问明情况，推了先生一把。唐竹寅怕他们不信，拿出自己的工作证，顺便出示了更宝贵的信件——梁思霞给他的唯一的一封信，十年来一直珍藏在身边。老太太略略辨认一下，果然是女儿的笔迹。

她在云南工作，你不知道吗？老太太笑了一下，摇摇头，把信还给他说。

唐竹寅说，她还在云南？哎……心想这趟白跑了，失望之情溢于言表。老太太看在眼里，仍笑着，小伙子，别丧气，算你运气好，小霞今天正好在这，待会儿你就能见到了。唐竹寅说，真的？您吓我一跳。顿时松口气，跟老太太进屋等着。

接下来的事情就很简单了。天快黑时唐竹寅终于见到了梦寐萦怀的梁思霞，还带着一个小孩，六七岁的样子。她的样子没怎么变，很容易辨认。唐竹寅说，还认识吗？梁思霞愣了一下。唐竹寅说，不认识了？梁思霞说，你是……唐竹寅说，我就知道你认不出来，我就知道你早忘了，从不骂人的大小姐。这几句话一说，梁思霞立刻笑了。梁思霞说，我知道了，是你，肯定是你。

梁思霞一下子就叫出了唐竹寅的名字，惊奇之余，更多的还是欣喜。她将小孩交给母亲，请唐竹寅出去吃饭。小孩要跟去，唐竹寅说，一起去吧。梁思霞说，不去。跟她耳语几句，把她劝住了。

有云南米线吗？你说过请我吃云南米线的。唐竹寅说。梁思霞说，没有，有得吃就不错了，还挑三拣四的，你以为你是谁呀？唐竹寅就嘀咕一句，应验了，果真应验了。梁思霞问，什么应验了？唐竹寅说，你记不记得，我说有一天我吃不上饭怎么办，你说不会的，真有那天，你会想办法帮我，这不就是，向你讨饭了？梁思霞呵呵呵地笑，你吃不上饭？你会吃不上饭？我才不信呢。唐竹寅说，信不信由你。

吃完饭，两人坐在广场上，看行人，看花草，看月亮在大地上。

你来干什么？刚才的热闹不见了，沉默许久，梁思霞看着远处说。唐竹寅说，不干什么，我有点事来湖北，顺便看看你。十年前不让看，现在还不让看呀？梁思霞说，十年前……唐竹寅说，十年前怎么了？十年前你不让我来。梁思霞说，现在我也没让你来，你怎么……你来干吗？唐竹寅说，那倒也是呀。又低声说，想你了，就来看看了。梁思霞说，咦，咦，咦。两人都笑了。

坐到半夜，除了说些不着边际无关痛痒的话，什么事都没发生。甚至都没问对方婚姻问题。唐竹寅是想问的。唐竹寅想问她什么时候结的婚，是不是离了，只是这样问显得太不道德，所以就免了。梁思霞说，回去吧，天凉了。唐竹寅要脱衣服，梁思霞撇了撇嘴，说，今晚住哪儿？要不住我妈家？唐竹寅说，会不会不太方便？梁思霞说，随你便了。唐竹寅犹豫一下，谢谢你，我有事，就不打扰了吧。梁思霞点点头。

月光下，唐竹寅看着梁思霞白皙的脸庞，突然想应该吻她一下。后来唐竹寅心里就有了两个挥之不去的疑虑，她离没离婚？如果自己冷不防吻了她，会有什么结果呢？

想到这里，唐竹寅脸上不觉露出了笑容。要找的地方到了，他瞧瞧左右确定一下，很有节制地敲敲门，没人应。唐竹寅又敲了几下，还是没人。

沮丧一下子包围了唐竹寅。他发觉自己还跟以前一样，在情感方面，一点小小的挫折都承受不了。

出去转了一圈，再回来敲门，里面有动静了。唐竹寅看见一个小女孩，只三四岁，好奇地打量着他，奶声奶气地说，你找谁？唐竹寅想她女儿怎么这么小，会不会错了？就说，你是谁呀？几岁了？小女孩腼腆地说，我叫晶晶，今年四岁了。唐竹寅说，四岁呀……就听里面传出一个老妇人的声音，晶晶，你跟谁说话呢？小女孩说，我不认识，奶奶你出来。小女孩的奶奶六十几岁，头发都白了。接着出来一位大妈，小女孩先是躲在奶奶身后，偷偷地看着唐竹寅，又跑进屋里了。

先生，你找谁？老大妈和气地问。唐竹寅本想问梁局长是不是住在这儿，脱口而出的却是，阿姨，请问这儿有叫梁思霞的吗？老大妈说，她是我女儿，你找她什么事？唐竹寅说，我……我是她朋友，没什么事，就来看看她。老大妈说，真不巧，她在外地工作，两年都没回来了。唐竹寅心里“咯噔”一下，仿佛那儿突然空掉一大块，脑子都乱了，结结巴巴地说，她……在哪儿工作？老大妈说，她在那个……什么地方呢，你瞧我都老糊涂了，她说过好多遍，我总记不住。要不你等等，我给你找……

正说着，小女孩在里面叫奶奶，说要找什么东西。老大妈说，你先进来吧。赶忙跑进里屋。唐竹寅叫道，阿姨。老大妈答应一声说，进来坐呀，你们几年没见了吧？唐竹寅说，是好些年了。好些年，是多少年？压根就没见过。苦笑一下，又冲里面喊，阿姨你忙吧，我走了。

十年前没见成，十前后又没见到，这或许是天意吧。唐竹寅微微一摇头，心想她会去哪儿呢？留在云南了？她说过要去一个没去过的地方，不会在云南的，可能是广东，也可能是上海。刚才也真是，怎么不要个电话？转念一想，要电话又怎么样，还会跟她联系？只怕没那个勇气了。哈哈，如果她在南京才有趣呢，自己呼呼呼从南京跑到湖北，结果要找的人却在自己身边。

当然还有一种可能，那就是她出国了。老大妈想不起来，唐竹寅猜测既然那名字难记，很有可能是在国外。

唐竹寅一度打算立刻回宜昌，考虑一下，还是决定在长阳住一晚。好不容易来一趟，以后还有没有机会都不知道，这么仓促地走了，总是觉得遗憾太多。住这种小县城，唐竹寅自然要挑最好的宾馆。挑选工作并不麻烦，因为整个小城只有一家三星级宾馆，叫

"千岛花园"。

虽是小县城，但酒店布置得还不错，穿旗袍的礼仪小姐都很漂亮。唐竹寅心情好了些，先到服务台前登记。其中一位小姐长得挺秀气，稍微还有点丰满，脸上挂着浅浅的笑容。唐竹寅瞧瞧她，愣了一下。

唐竹寅感觉这女孩长得很像梁思霞。

是很像，真的很像。老大妈不肯说，难道因为她女儿在这儿上班？好歹也是个硕士，混到这一步，是惨了点，换谁都不好意思说的。唐竹寅想如果真是她，自己会竭尽全力相助的。这样想着，心情又澎湃起来。

脑子里闪过这些念头，其实只是瞬间的事。唐竹寅又笑自己了。怎么可能呢，梁思霞乃展翅大鹏，嗷嗷青凤，自己不会看走眼的。再说了，这女孩看着年龄不大，二十二三岁，至多不过二十五，还没十年前的梁思霞大呢。就算她保养得好，也不可能去年三十，今年十八。

唐竹寅打消这个念头，报以微微一笑，跟小姐进了房间。自始至终，唐竹寅的眼睛都没离开过对方。女孩子也发现了，很得意地笑笑。她帮唐竹寅收拾好床铺，正准备离开，唐竹寅突然说，小姐，不好意思，请问您怎么称呼？那小姐转过头说，先生不用客气，我姓海。唐竹寅说，海小姐，看你样子，好像很年轻，也就二十出头吧？海小姐忍不住地笑，说，我不小了，马上就十八岁了。唐竹寅呵呵呵笑了。看她的脸，她的胸，她的行为举止，何止十八呀？现在的女孩子更加早熟了。唐竹寅想请她吃饭，海小姐已经出去了。

翻翻杂志，看会儿电视，实在觉得无聊得很。唐竹寅也没胃口吃饭，还是想找海小姐聊聊天。他知道直接找她没用，这事还得找经理。

经理胖乎乎的，四十来岁，脸上笑容泉水似的往下流，一看就知道不是什么好鸟。唐竹寅说，经理先生，有件事想麻烦您。经理说，哪里话，有什么事尽管吩咐，我们尽量满足您。唐竹寅说，服务台的那个海小姐，我想跟她聊聊天，行不行？经理说，这个，这个……她要工作的。唐竹寅说，这么大一个宾馆，也不缺她一个人吧？从怀里摸出一沓钞票，扔在桌上。经理怔了怔，没说什么。

我相信你不会让我失望的。唐竹寅笑了笑，又扔出一沓钞票。

海小姐精心打扮了一番，唐竹寅眼睛一亮，感觉大不同。唐竹寅恭维她几句，然后一起去看电影。

和想象中差不多，海小姐挺健谈，一路上说个不停，笑个不停。大多数时候都是唐竹寅听她说。看电影时，海小姐仍议论纷纷。唐竹寅倒也无所谓，旁边观众有意见，他就不能不开口了。海小姐这才闭嘴，温柔地靠在他肩上。

电影结束后，两人又去喝茶。海小姐立刻恢复她爱说的本性。不过很好，这里是茶室，本来就挺吵的，打牌的吹牛的乱成一片，也没人来管。唐竹寅微笑地看着她，耐心地看她吃了四大杯冰激凌，五碟花生米，两碟罗汉豆。海小姐也意识到自己太贪婪，不好意思地笑笑，说，我饿了，真的饿了。唐竹寅说，没关系，回去我请你吃，只要你愿意，吃什么都行。

唐竹寅没有食言，回去真请海小姐点了几个菜，还叫了啤酒。唐竹寅说，能喝吗？海小姐谦虚地说，喝不多，也就两三瓶。几杯酒下去，脸上红扑扑的。

你想干什么，说吧，想干什么都行。酒后的海小姐更是风情万种，大方地说。她缓缓解开衣扣，露出一片雪白的肌肤。

我想干什么？能干什么？就想跟你聊聊天，如此而已。唐竹寅说。海小姐挤挤眼说，骗人吧？鬼才相信呢，你心里想什么我还不清楚？她脸上荡着笑意，用浮荡来形容一点不过分。唐竹寅刚才就想出去散散心，还真没想怎么样。她这一说，再仔细看看，海小姐身材是很棒，很性感，只是……唐竹寅笑了笑，逗她说，你说我想干什么？

别假正经了，来吧，男人都一样，没有一个不黄的，不然你花那么多钱？多冤呀！海小姐不管他有没有意，搂住他的腰，脸在他脖子上蹭来蹭去，头发撩得他痒痒的。海小姐在他身上摩挲几把，又伸手解他衣服，却被唐竹寅拦住了。

别闹了，乖乖地坐下来，听我给你讲个故事。唐竹寅抓住她的手说。

我来这儿真看朋友的，你别不信，那人长得有些像你。唐竹寅说。海小姐调皮地说，她也有我这么漂亮？唐竹寅说，应当是吧，不过我没见过她真人，只看过照片。海小姐说，这么说，你们从来没见过？那也算朋友？唐竹寅说，朋友不一定见面，如果她当我是朋友，那就是朋友。我们经常聊天，很深入，天天见面的朋友可能也没这么聊过。海小姐说，嗯，你们怎么认识的？网上？这时海小姐已经穿上了衣服。

是网上。那是2003年，网络已经很发达了，几乎跟现在同样发达。唐竹寅说。海小姐说，那你们怎么不约个地方见见？唐竹寅说，我当然想见，她不肯呀。海小姐说，可你们聊得很投机呀。唐竹寅说，那是在别的事情上，一说到本质问题，她就支支吾吾的，避而不谈。我非常非常想她，可是……后来有一次，她终于松口了，我又嫌远没去。海小姐用教育小孩似的口气说，这就是你的不对了。

也是她口气不坚决，或许勉强答应，那又何必呢？唐竹寅说。海小姐说，后来呢？唐竹寅说，后来呀，后来大家再没提过见面的事，毕业后各奔东西，也失去了联系。

还是你的错，你应当去看看她，女孩子哪敢把自己交给一个从未见过的人。海小姐颇有经验地说。

也有可能吧，唐竹寅说，只是，我觉得配不上她，不敢见呀。海小姐笑着说，不会吧，我觉得你还挺帅的，配我都差不多了。唐竹寅突然想到她曾经给自己发的短信：你帅你帅，蟋蟀。笑了笑，又说，她好像要求也挺高，物质上什么的，我没把握做得到。而且当时我周围的同学，他们很多都散了，我就更加……海小姐接着说，没信心？现在看来，你经济上也不错呀。不等他回答，又说，还想着她呀？

一个人大老远的来长阳，那说明什么？唐竹寅没作声。海小姐摆摆手说，算了，算了，别想她了，你应该想你老婆才对。哎，你结婚没有？

你看我像结婚的吗？唐竹寅说。海小姐说，那怎么看？女人还能试，男人……说着自己先笑了。唐竹寅说，你很喜欢笑？海小姐说，不能笑？哎，你不会真没结婚吧？那也太傻了，你看起来还挺年轻的，又有钱，找个年轻漂亮的老婆不成问题。唐竹寅说，我还年轻？都快四十了。海小姐说，你不知道，四十的男人最吃香。唐竹寅想，怎么还跟十年前一样？

两人闲聊几句，唐竹寅突然问，你是本地的？海小姐说，这很重要吗？唐竹寅说，随便问问，你不想说就算了。海小姐说，是呀，不过从乡下来的。

唐竹寅起床的时候，海小姐还睡得挺香，等他收拾好东西才醒。

你要走了？海小姐昂起脸，揉揉惺忪的眼睛。唐竹寅说，走了，不走干什么？又没人留我在这做女婿。海小姐嘿嘿地笑。唐竹寅掏出几张钞票来，海小姐叫道，干什么？炫耀你有钱？你又不欠我的。唐竹寅说，送给你不行呀？海小姐说，谁稀罕呀？我长得真像你女朋友？唐竹寅说，我跟你说过了，我没女朋友。海小姐说，嗯嗯嗯嗯，就是……那个梁思霞，我们像吗？唐竹寅沉吟一下，说，不知道。我已经忘了，我还是十年前看过她的照片。

唐竹寅走的时候心情很好，还因为那天的太阳很好。唐竹寅确实是一身轻松地离开了长阳，他想，这辈子可能永远也不会再来这儿了。

南京恋人

对于南京，唐竹寅有种恍惚的感觉，似乎昨天才来过，又似乎根本不曾离开过。北京的生活，只不过是个梦而已。只不过梦的跨度长了些。六年。没错，上回离开南京时，唐竹寅以为自己很快会来的，然而事实上，六年间他到过广州、西安、东京、纽约许多城市，唯独没来过南京。

如果这次不是因为一笔生意，可能他还不会来，可能还要等上许久，六年，两个六年，甚至更多个六年。

几年不见，南京更加漂亮了吧？楚平说。

是比以前漂亮，尤其火车站更漂亮了。不过……唐竹寅说，我还是喜欢南京原来的样子。

你还是那么怀旧。楚平说，人稍微怀旧点，没什么不好，但任何事情过分了，就会适得其反。听到这句话，唐竹寅突然心里一痛。突然想到了梁思霞。在大家眼里，包括楚平、隋文波，甚至在唐竹寅自己看来，他们都是非常般配的一对，然而，因为以前的女友……时不时地浮现眼前，再加上工作原因，六年前的毕业之际，两人终于分手了。梁思霞留在了老家南京。唐竹寅则离开刚刚熟悉起来的南京，去了另一个陌生的那个叫作北京的城市。六年之后的今天，那个人渐渐从唐竹寅心底消失了，倒是梁思霞，成了他心头挥之不去的痛楚。

唐竹寅淡淡一笑，尽量掩饰住内心的忧郁。

隋文波呢？还在南京吗？唐竹寅换个话题说。在大学里，唐竹寅、楚平、隋文波，他们是关系最好的朋友，毕业后，因忙于各自的工作，几乎不联系了。

他去上海了，毕业后在南京待了一年，很快就跳走了。楚平说。

是吗？这小子换了窝点，连我也不告诉一声。唐竹寅摇摇头，说，他的电话没变吧？楚平说，好久没联系了，我打电话试试吧。掏出小灵通，调出隋文波的号码，拨了呼叫，然后递给唐竹寅。对方立刻接听了，很神气似的，喂，哪个？是隋文波。还带着点湖北老家口音。唐竹寅忽然想开个玩笑，于是调侃道，哪个？你哥！隋文波沉吟一下，你是……唐竹寅说，小子，你是真听不出来呢，还是装听不出来？电话里没声音了。大概隋文波在思索。片刻之后，隋文波突然叫道，唐竹寅？小子，肯定是你。这么久没有消息，我还以为你回老家了呢。回老家不是回徐州，指的是去见菩萨。唐竹寅说，回家？我哪能一个人走，怎么也得叫上你呀。隋文波哈哈大笑，又说，你在南京？什么时候到南京的？

昨天。办了一天的事了。唐竹寅说。

事情办得怎么样了？什么时候回北京？隋文波说，都到南京了，总不能不来上海吧？

今天晚上休息一下，明天再处理些事，后天就回去，上海那边只能等下次了。唐竹寅说。隋文波说，这样……楚平在你那儿吧？唐竹寅说，我也是刚见到他。隋文波说，噢。似乎在盘算着，又说，你等等，我马上开车去南京。唐竹寅说，不是吧？现在都五点了。隋文波说，我走高速公路，两个小时就能到，留着肚子啊，晚上咱三个好好喝几杯。

三个好朋友，分别六年，再次相聚，无疑让人很激动。楚平作为地主，自然要为朋友接风洗尘。去了家中档餐馆。叫了最爱吃的盱眙龙虾。喝着产自唐竹寅家乡的彭城啤酒。这一刻，金钱的诱惑，升职的欲望，统统都置于脑后了。

咱们三个人……这样喝酒，是不是少了点什么？没有生气呀。两瓶酒下肚，隋文波说。

唐竹寅、楚平停下来，一起望着隋文波。

楚平说，少了什么？

少了一个人。隋文波说，班花！所谓班花，就是梁思霞，当时男生闲着无聊，一致推选出来的。隋文波还是个重要评委。

怎么样，隋文波接着说，是不是把她叫过来？楚平瞧了瞧唐竹寅。隋文波说，你看他干吗？唐竹寅，说实话，你想不想见她呀？唐竹寅笑了一下。隋文波又说，你看，大家都没有意见，那就叫吧。老同学到南京来，她也应该招待一下。而且我听说……瞧了眼唐竹寅，我听说她嫁了个有钱人，资产几千万，更得好好请请咱。

请客就算了，若有时间，我倒真想见见她。唐竹寅说，楚平，还能联系上吗？

楚平，你跟梁思霞是邻居，从中学到大学又是同学，不会联系不上吧？隋文波说。

她的电话，我放在家里了，回去我跟她联系。楚平说。

不过……我也没有把握，一定能叫她出来。楚平紧接着补充说。

唐竹寅摆摆手，示意不说这事了，继续喝酒。直到夜深才尽兴。隋文波不回上海了，跟唐竹寅住一块。唐竹寅住的标准间，多个人没问题，楚平将他们送到宾馆，聊了聊，出来时，唐竹寅、隋文波又要送他。

你们俩想送我多远？送到家？再送来送去的，今晚不要睡觉了。楚平说。

那好，不送你了。路上当心些。唐竹寅说。楚平说，放心吧。出租车靠过来，隋文波打开车门，低声说，老兄，梁思霞的事，可就全靠你了。朝唐竹寅努努嘴，怎么也得让他见一面呀。楚平说，这样吧，我问问，看梁思霞什么态度，尽量叫她过来。隋文波说，什么叫尽量？一定得叫她出来。这个面子都不给，梁思霞……四年同学就白做了。

好了，我心里有数，我看唐竹寅还不急，你倒先急起来了。楚平笑笑说，这就叫皇帝不急……

唐竹寅是唐竹寅嘛，所以他才不能急呀。隋文波说，我们是他好朋友，当然得帮他啦……

出租车开动了。隋文波追上一步，楚平，对待兄弟，你可不能应付呀！

按照唐竹寅先前的猜测，梁思霞不会来的。如果她生活得不好，应当不会来，如果她生活得很好，似乎也没必要来。除非是炫耀。在唐竹寅的记忆里，她不是这样的人。至少那时候还不是。隋文波却不这么认为。隋文波说，她会来的。如果她过得好，可以来炫耀一番，如果过得不太好，也应该来一趟，否则还不知道别人怎么想呢。两个人争论了几句，谁也说服不了谁。于是打个赌。结果唐竹寅很愉快地输掉了。

第二天傍晚，梁思霞梦幻般地出现在楚平身旁。

梁思霞稍微涂了些眼影，还有淡淡的口红，头发高高挽起，打扮得像个贵妇人。这些都没有什么。让唐竹寅想不到的是，她居然穿着一件蓝裙子。

梁思霞……你好……一时激动，唐竹寅竟不知说什么好。

梁思霞笑吟吟地，含蓄地点点头。隋文波可没有那么含蓄，大大咧咧地，梁思霞，南京是你的地盘，你得请我们吃饭呀。梁思霞仍笑吟吟地，好啊，大家把我叫过来，说明还记得我，我不请谁请？楚平提议去市郊一家野味馆，三个人都没有意见。隋文波的车在停车场，其他人也没开车，出租车又少，梁思霞说委屈大家一下，坐公交车过去吧。落了座，梁思霞将菜单递给唐竹寅，唐竹寅又给隋文波，隋文波翻了一番，给了楚平。

这儿你比我熟悉，还是你来点吧。隋文波说。

让女士请客，显得我们多没风度，这顿我来请了。楚平将菜单递给梁思霞，你先点。梁思霞推过去说，说好我请的，别争了。你们点，随便点。楚平说，这个……梁思霞说，什么这个那个的，别婆婆妈妈了，快点吧。楚平随便要了两个，再给唐竹寅，然后是隋文波。大家不约而同似的，点的菜都很便宜。

多年不见，本来应该挺热闹的，但梁思霞话不多，场面便有些冷清。隋文波一个劲劝酒。酒喝多了，话也就多了。梁思霞也不显得那么高傲了。大家说起以前的事，说得都有些兴奋。兴奋了，酒也喝得更多，肚子胀胀的，厕所一遍一遍地跑。

将近十点钟，菜吃好了，酒也喝得差不多了，趁着方便的机会，楚平去结账。

先生，您那桌已经结账了。服务员微笑着说。

结账了？谁结的？楚平一脸的疑惑，见隋文波过来，不便多问。回到座位，梁思霞说，差不多了吧？唐竹寅点了点头。梁思霞招招手，小姐，埋单！

小姐，你们的账付过了。服务员说。梁思霞拿出钱包，正在拉拉链，愣了一下，付了？服务员瞧瞧唐竹寅，这位先生结的账。梁思霞噢了一声，挥挥手，打发走服务员，唐竹寅，你到南京这样……真不够意思。唐竹寅说，大家只要聊得开心，谁结不一样？隋文波哈哈几声。唐竹寅推了他一把，哈哈什么？好几年没来南京，今晚得把它看个够。

月光很好。缓缓的，柔柔的。唐竹寅想，从毕业到现在，一晃六年了，再没有这样欣赏过月光。众人沿玄武湖走了一会，谁也不作声。隋文波突然说，楚平，平时还下围棋吗？楚平说，哪有时间下棋呀？就算想下，也找不到对手。隋文波说，我不是对手吗？走，找个地方下棋去。楚平说，现在？隋文波说，是呀。唐竹寅，你不是想去学校看看吗？让梁思霞陪你去吧。楚平还犹豫不决，隋文波拖着他胳臂，走吧。

你这个朋友，可真是个好朋友。梁思霞说。

唐竹寅微微一笑，张张嘴，却什么都没说。梁思霞问，你想说什么？唐竹寅说，你穿的裙子，是六年前买的吧？

你别误会，今晚我只是凑巧……梁思霞的脸竟有些红了。

我没什么意思，唐竹寅说，只是有一点奇怪，六年前的裙子，你会保留到现在……梁思霞沉默了，良久说，你不是想去学校吗？我陪你去。

让你陪着我到处跑，太辛苦你了。唐竹寅说。

老同学嘛，这是我应该做的，只怕服务得不周到，惹你生气呢。梁思霞调皮地说。两个人在校园转了一圈，唐竹寅大发感慨，感叹岁月无情，物是人非。梁思霞也跟着附和几句。从谈话中得知，她跟许多同学也失去了联系。梁思霞无意中还透露说，她就住在这附近，走过来，顶多也就十几分钟。

思霞……唐竹寅话到一半，停住了，似乎很难开口。

你想说什么？想说就说，怎么跟楚平似的，变得婆婆妈妈的了。梁思霞不耐烦地说。

我想去你家看看，不知方不方便？唐竹寅说。盯着梁思霞的脸，紧接着又说，我没有别的意思，就是想去看看，如果……梁思霞说，你能有什么意思？若有意思，六年前就有了，还会等到现在呀？唐竹寅笑了，心想，那时候没有吗？有是有，只是被你拒绝了。也不便说什么。

你来南京，我是该请你去家里坐坐，否则的话，也太不近人情了。梁思霞说，咱们现在过去吧。

好啊。唐竹寅说。感觉心怦怦乱跳。

梁思霞的房子很大，四室两厅。布置得相当豪华。梁思霞说，还可以吧？唐竹寅说，很好啊。梁思霞追问，比你想象得怎么样？这倒给唐竹寅出了难题。如果说比想象得好，那无疑在说，唐竹寅本来认为她住得很差。如果说想象中比这还好，就表明梁思霞做得不够。唐竹寅说，跟我想象得差不多。

我知道，你在任何方面都很出色，住所当然也不例外了。唐竹寅说。

梁思霞似乎有些失望，但也没继续往下问，只说，刚才啤酒喝得没劲，要不喝点葡萄酒？

好啊。唐竹寅说。走了一路，心刚刚平静下来，现在又不行了。更要命的是，梁思霞还抽空洗了个澡，换了套低领衣衫，胸部若隐若现的。唐竹寅想，难道今晚要……

梁思霞关了吊灯，只开几盏壁灯，屋子里呈现一派橘黄色，显得很暧昧。同样暧昧的，还有那轻佻的音乐。此刻的梁思霞更加迷人了。唐竹寅脑子里乱糟糟的。不知道如何是好。梁思霞打开葡萄酒，倒进高脚酒杯中，唐竹寅要起身，梁思霞阻止了他。两人就坐在沙发里，碰了碰杯。梁思霞一饮而尽，还将酒杯朝唐竹寅晃了晃。

喝呀，怎么还不喝？怕这酒里有毒？梁思霞身子前倾，胸部也暴露出来了。

唐竹寅无言以对，只得干了杯中之酒。

两人连干数杯，距离越来越近了。

说实话，当年分手的时候，你是不是挺恨我的？梁思霞说。唐竹寅摇了摇头。梁思霞说，真的？唐竹寅说，真的，我永远都不恨你。梁思霞说，那有没有什么觉得遗憾的？比如说……

比如说什么？唐竹寅明知故问。梁思霞说，比如说，我们谈了两年恋爱，你还没有得到我。唐竹寅说，怎么能说没得到呢？我在心灵上得到过你。梁思霞说，你从来没想过我的……你知不知道，这些年来，一想到你，我就觉得很心痛。唐竹寅打断她说，这个，别说了吧，我们聊别的好了。梁思霞说，你的心真狠。

是你心狠，还是我心狠？唐竹寅想，毕业前夕，是你坚决要分手的。但这种时候，又怎么能反驳呢？

竹寅，我记得你背后有颗黑痣，过了这些年，不知道还有没有？梁思霞嘴里呢喃着。

唐竹寅木头似的一动也不动。梁思霞解开他的衬衫，扯下来，亲吻着他的后背。唐竹寅闭上眼睛，终于忍不住，脱下她的上衣，亲吻着她那一片滑腻的肌肤。

短信到来的时候，两个人正拥抱在一起，疯狂地亲吻着，忘乎所以。唐竹寅还把手伸进对方怀里。但是那声音太响了，响得让人无法忽略。唐竹寅抽出身子，看看手机，迅速回条短信。唐竹寅说，不好意思。梁思霞理了理头发，说，没关系。短暂的分离，让他们暂时难续刚才的激情。

让我去卧室参观一下吧？唐竹寅试探着说。

梁思霞笑了，笑得很甜，牵着他的手，把他领进了卧室。

这时候第二条短信到了。紧接着是第三条。唐竹寅只是看看，没有回复。唐竹寅在打量卧室。他转向床头，盯着上端的空白说，这儿感觉少了一点什么。梁思霞说，少了什么？唐竹寅没有回答，而是握住了她的手。接下来，唐竹寅将她抱到床上，脱去她的内衣，亲吻着她的胸部。就在他准备采取进一步的行动时，手机又响了。这次不是短信，是电话，并且一直响着，似乎唐竹寅不理，它就永不停息地响下去。

你先接电话吧，我们时间长着呢。梁思霞说。

对不起！唐竹寅抹了抹额头上的汗，走到外间接听电话。接了十几分钟。挂断电话，看到了旁边的梁思霞。

你老婆查得可真严，平常也这样管你？梁思霞说。唐竹寅微微一笑，去了卫生间，一进就不出来了，足足待了二十分钟。梁思霞说，这回没事了吧？唐竹寅没有接话。梁思霞说，进去吧。见唐竹寅不动，又说，怎么啦？唐竹寅说，挺累的，我们坐下来说说话，好不好？梁思霞说，到床上也能说呀。唐竹寅还是不动。梁思霞往他裤裆里摸了一把。

对不起！唐竹寅偏过脸说。

你是个好丈夫，有什么对不起的？梁思霞说。冷冷地笑着。唐竹寅说，思霞……梁思霞哼了一声。唐竹寅低着头，一声不吭，仿佛犯了错的孩子，等待老师的惩罚。

我可以看看你的书房吗？片刻之后，唐竹寅突然问道。

唐竹寅想去书房里看看，让梁思霞感觉很意外。梁思霞说，你去书房里干吗？唐竹寅说，没什么，就是想去看看，到朋友家，我总喜欢看看书房。梁思霞沉吟不语。唐竹寅说，难道有什么秘密？梁思霞说，你不会乱翻我的东西吧？有些人喜欢到处乱翻，我最讨厌了。唐竹寅说，你看我是那种人吗？梁思霞勉强地说，那好吧。

梁思霞的书房很大，很干净，宽敞的书架上，整齐地摆放着各种各样的书，文学名著，名人传记，天文地理，医学著作，甚至还有看手相算命的。

你的涉猎面真广呀。唐竹寅钦佩地说。

那么多书，不可能一本一本看过来，有一些，也就随便翻翻而已。梁思霞说。

现在这个时代，每个人都有忙不完的事，还能抽时间看看书，很难得啊。唐竹寅说。他环顾四周，突然间眼睛一亮。在书架边上，放着一对青瓷花瓶。唐竹寅伸出手，马上又缩了回来，转过头说，这个我能看看吗？梁思霞说，你看吧。唐竹寅拿在手里，端详一番，然后放回原处。

你对这个有兴趣？梁思霞说，它很特别吗？

蛮精致的，感觉很眼熟。唐竹寅说，不知你在哪儿买的？

好多年前的事了，我也记不得了。梁思霞说。唐竹寅嗯了一声，又发现一只景泰蓝，问道，这个呢？梁思霞说，跟那个一起买的，地方忘记了。

不好意思，唐竹寅抱歉地说，我问得太多了。当天夜里，他躺在客厅沙发上，怎么也睡不着，翻看近期的报纸，本来意兴阑珊的，突然被一条新闻吸引了。新闻里说海南有个富商，因生意失败身负重债，沦为阶下囚，其妻不堪忍受这种巨大反差，跳楼自杀了。

第二天，唐竹寅要回北京了。隋文波说要送他的，但临时有事，唐竹寅怕耽误他，让他先回上海了。梁思霞也没有来。来送唐竹寅的只有楚平。

有句话，我不知道该不该说。唐竹寅说。

大家是好朋友，跟我还客气什么？楚平说。

那好，唐竹寅眼望远处，思索片刻，毕业那年，我送你一对花瓶，还有印象吗？楚平说，当然了，我怎么会忘记呢？唐竹寅说，你是不是不喜欢？楚平说，我很喜欢，一直都珍藏着。唐竹寅说，隋文波送的景泰蓝呢？楚平说，也一样收藏着。唐竹寅说，真的？楚平说，真的。唐竹寅吁了口气，那就好，我还以为你不喜欢，送给梁思霞了呢。

唐竹寅盯着楚平，发现他的脸色变了。

我保证，绝没有将礼物送给别人。楚平说。

不是你送给她，还有另一种可能……唐竹寅说，我没猜错的话，梁思霞遭遇变故，离了婚，然后你们俩结婚了。在她的书房里，我看到了花瓶和景泰蓝。楚平说，竹寅……唐竹寅说，而且，在卧室里，没有看到结婚照，是不是你怕刺激我？

竹寅，你误会了，事情不是这样的。楚平说。

唐竹寅只相信自己，什么话也听不见。

如果我们结了婚，我怎么会……让你们单独在一起？楚平说。

这倒也是，一个再要好的朋友，一个再大度的丈夫，也不可能让妻子……唐竹寅皱皱眉头，半天不言语。难道是他看错了，那个花瓶，真是梁思霞的，只不过很凑巧，跟他送楚平的一模一样？

我没将花瓶送给梁思霞，也没跟她结过婚。楚平说，梁思霞是个心高的女子，永远都不服输，她怎么能看上我？再者说，我也早就结婚了。唐竹寅接过话说，来南京，也不让我见见你老婆？楚平说，她去广州出差了，过几天才回来。唐竹寅想了想，笑笑说，飞机就要起飞了，我得走了，什么时候有时间，带着你老婆去北京玩吧。楚平说，一定，去北京一定找你。唐竹寅说，那我走了。离开前，塞给楚平一只信封。

那是一沓厚厚的钞票。

竹寅，你这干什么？楚平不解地说。

这是我欠梁思霞的，帮我带给她。唐竹寅说。楚平掂了掂信封，还给他说，还是你自己给她吧，我转交……恐怕不太合适。唐竹寅沉吟一下，那好吧，回到北京我寄给她。

机场大厅里，梁思霞戴着副墨镜，踮起脚跟，向远处的楚平招手。楚平也招了招手。梁思霞问，他走啦？楚平说，走了。梁思霞又问，他没说什么？楚平说，没说什么。

昨晚麻烦你了！梁思霞掏出一串钥匙，递给楚平。

没什么。楚平接过钥匙，正想再客气两句，突然梁思霞尖叫了一声。

怎么啦？楚平吓了一跳，紧张地环顾四周。

唐竹寅，我看到唐竹寅了。梁思霞说。楚平说，不会吧？我看着他上飞机了。梁思霞说，不会错的，我真看到了。拨开楚平，向前面寻去。在大厅里兜了两圈，也没找到唐竹寅。

可能是你眼花了。楚平说。

但愿是吧。梁思霞应付一句，看上去很疲惫。在楚平的劝说下，两人一同离开了。这个时候，如果梁思霞回头的话，一定会看到唐竹寅。

没错，刚才梁思霞没有眼花，她看到的的确是唐竹寅。

唐竹寅闭上眼睛，深深吸了口气。那一刻，他真想留在南京，留在梁思霞身边，永远地不走了。他永远心疼着那个南京恋人。但这是不可能的。不仅仅因为他是北京一家大公司的副总，更因为他是一个丈夫。

手机响了。唐竹寅看看号码，只说了一句，我马上回北京。然后挂断了电话。

夜色温柔

这一天，对于唐竹寅来说，似乎有些出乎意料，却仿佛又是早就注定的。

一般来说，唐竹寅五点钟下班，六点钟到家。最近比较忙，回去得就有些晚了。唐竹寅处理好事情，长舒一口气，收拾东西准备出发，刚站起身，突然秘书进来了，说是外面有位小姐找他。唐竹寅随口说道，哪个公司的？如果不是要紧的事，让她明天再来吧。唐竹寅跟太太说好了，今晚陪她一起吃饭。他已经几天没回家吃晚饭了。今晚必须得回去。更何况，太太刘阳准备了丰盛的晚餐，那么鲜美的菜肴，对他也是一种引诱。

不是影视公司的，那位小姐……自称是您的朋友，似乎跟您还挺熟的。秘书说。

朋友？唐竹寅略加思索，然后皱了皱眉，她叫什么名字？

不知道，她没说，只说远道而来，您一定能猜得到。秘书说。

唐竹寅眉头皱得更紧了，心想会是谁呢？搞得神秘兮兮的！自己外地的……

噢，对了，她的脸部右侧……有很大的一颗痣。秘书又补充道。

脸上有痣？唐竹寅心里“咯噔”一下，难道是她？梁思霞？！她到上海来了？秘书见唐竹寅脸色不对，关切地说，唐总……唐竹寅摆摆手说，没事，没事，那人在哪儿呢？秘书说，我也不知您……所以先没让她来，在我办公室等着了。唐竹寅说，让她过来吧。秘书答应一声，唐竹寅又说，不用了，还是我过去吧。

你带她去会客室，我马上到，其他的就不用管了，也不要告诉别人。唐竹寅嘱咐道。

尽管已有心理准备，看到梁思霞，唐竹寅仍然止不住激动，心止不住“怦怦”乱跳。毕竟有过那么一段经历。毕竟十年没见了。十年，人生能有几个十年？

互相对视一会儿，唐竹寅倒杯水，递给梁思霞说，你好。

你好！梁思霞看着他，接过水杯，缓缓地坐了下去。

十年不见，你还是那么漂亮。唐竹寅说。梁思霞捧着杯子，吹了吹浮在上面的碎花，十年不见，你也还很年轻，事业上也非常成功，都成唐总了。唐总……唐竹寅微微一笑，你还是叫我名字吧，这样听着不习惯。梁思霞说，你不是唐总？手下不都这么叫吗？你的江南影视做得很好，我在云南也知道。大家都说，我们那届同学中，你最成功了。

成不成功，要看很多方面的，事业只是其中之一，是不是？唐竹寅说。

你的意思是……梁思霞试探着说，其他方面不太成功？

那倒也不是，其他方面，虽然也有不如意的，但整体感觉还挺好。谁也不可能事事都如意。唐竹寅欢快地说，不过好像大家都还不错。

大家都不错？不见得吧？梁思霞淡淡地说。

你不是在云南吗？怎么来上海了？唐竹寅不想再聊这个了，转换话题说。梁思霞说，云南？云南哪有上海好？在昆明待不下去了，来上海，看看老同学能否帮一把。

你真会开玩笑。唐竹寅说，既然来了，那就多呆几天，在上海好好玩玩。梁思霞说，怕我待得太久了，老是蹭你饭吃，想赶我走？唐竹寅笑笑，哪里的话，几顿饭，我还管不起吗？梁思霞说，你当然管得起，你是老总嘛。唐竹寅又是一笑。梁思霞说，我过来，不会影响你吧？

没事的。能怎么影响我？唐竹寅说，你还没吃晚饭吧？我们出去吃饭。梁思霞点了点头。唐竹寅突然敲了下脑袋。梁思霞说，怎么啦？唐竹寅说，不好意思，我打个电话。梁思霞说，给太太请示？

你说是就是了。唐竹寅爽快地承认了，掏出手机拨了号码，到外面说了几句，很快回来了。

一切都安排好了，唐竹寅说，走吧。梁思霞说，你太太很好说话？唐竹寅说，还好吧。你想去哪儿吃？梁思霞略有些不快，旋即笑道，你想请我去哪儿？唐竹寅说，天天见面的同事，一起吃盒饭；每个月碰头的朋友，去普通饭店；一年难得见几回的，去高档酒店。你这十年一见的……梁思霞说，去哪儿？唐竹寅说，只要不离开上海，你说去哪儿就去哪儿。

我想去留香苑。梁思霞说。

留香苑？唐竹寅喃喃自语，留香苑？留香苑是……噢，你是说大学餐厅？

唐总，你不会觉得，去留香苑……让你觉得没面子吧？梁思霞说。

怎么会呢？你看我是这种人吗？我巴不得便宜些呢。唐竹寅说，不过说句实话，自从大学毕业后，我还真的一次都没去过，挺想看看的。梁思霞说，那咱们走吧。唐竹寅说，好，我开车带你去。梁思霞说，唐总，看你这样子，好多年没坐过公交车了吧？

公交车依然那么挤。好几年了，唐竹寅的确没再受过那份罪。还好，从徐家汇到学校，乘 43 路，一班车就到了。不像有些人，上班要倒好几次车。

学校里热闹得很，尤其操场上，许多人在踢足球，大汗淋漓。旁边还有女生呐喊助威。

夕阳下，一张张年轻的背影，拼命地奔跑着，会让人浮想联翩。

真羡慕他们呀，还有那么多的时光，那么好的心情，尽情地享受。梁思霞感叹道。唐竹寅也有同感。看到那些男男女女，奔跑着，叫喊着，真的感觉自己老了。两人停留了片刻，来到留香苑。黑压压一大片学生。而留香苑的布局，居然一点没变，似乎自己离开了并非十多年，只是一个晚上。甚至是一顿饭工夫。

想吃什么？只要这里面有的，你都可以叫。唐竹寅说。

你做主吧，梁思霞说，最好吃一点素菜，我不想吃太油腻的。唐竹寅点点头说，好啊。然后按照以前的习惯，叫了四个菜，一个汤。或许是天热的缘故吧，或许是还有些激动，唐竹寅没什么胃口，很少动筷子。梁思霞也一样。将菜挟起来看看，又放下了。一直到离开都没吃几口。

还想去哪儿看看？走出餐厅，唐竹寅问道。梁思霞说想在校园里转转。两个人就去了东部的学思湖，然后转回来去操场。以前读书时，唐竹寅经常晚上来操场，先是跟室友，后来跟梁思霞，接下来又是跟室友。因为他跟梁思霞分手了。他们聊聊老同学，聊聊过去有趣的事。聊着聊着，唐竹寅终于问出心中的疑惑，怎么会来上海呢？她不可能来玩的。

我就想来看看母校，不行吗？梁思霞调皮地说，这学校是你家开的，不能来？

肯定不会这么简单，还有别的事。梁思霞不是怀旧的人。至少读书时不是。不过她不想说，唐竹寅也不便再问。唐竹寅说，当然不是了，如果真是我家开的，随时都欢迎你了。梁思霞说，这还差不多，时间还早，去我住处坐坐吧？唐竹寅犹豫了一下。唐竹寅想，这样合适吗？梁思霞说，我要回去了，你不会不送我吧？

不知道你住哪儿？唐竹寅说。

什么意思？梁思霞说，如果住得近，你就顺便送一下，如果很远，那就别想了。是不是这个意思？唐竹寅说，哪里呀，要送你，当然得先知道地方。你住哪儿我都送。就是住崇明我也送。

梁思霞住的宾馆，就在徐家汇，离唐竹寅公司不远，开车只要五分钟。进了房间，梁思霞先去洗澡。唐竹寅坐着看电视。心神不宁的。抽空给太太打了个电话，说是马上就回去。待梁思霞出来，感觉更不对劲了。

梁思霞长发挽成髻，显得很妩媚，裹着浴巾，胸部若隐若现的。

唐竹寅想，她刚才穿着衣服呢，不知扔哪儿去了？

正想着，梁思霞已经过来了，一副勾人的眼神，牢牢地锁在唐竹寅身上。今晚不会出事吧？唐竹寅想，不会的。

唐竹寅想，我可从来没出过事，以后也不会有的。

你身上汗味好浓，去洗洗澡吧。梁思霞凑近他闻了闻说。

不用了，唐竹寅挡住她说，一会儿回家再洗吧。梁思霞说，你也太没风度了，陪女士聊天，怎么可以脏兮兮的？唐竹寅跑了半天，真想洗个澡。洗澡又能代表什么？只要自己把握住，就不会有事，但问题是，洗完澡穿什么呢？穿旧衣服更不舒服。难道也像梁思霞那样，披着浴巾？万一……万一他正洗着澡，梁思霞闯进去怎么办？

不知怎么的，脑子里突然冒出这么个念头。

唐竹寅不洗，梁思霞也不勉强了。她将准备好的葡萄酒拿出来，倒了满满一杯，递给唐竹寅。唐竹寅出于礼貌，喝了一口。但没有再喝第二口。

梁思霞叹了口气。

做过的事，我从来都没后悔过，唯一后悔的，就是跟你分手。你一定会想，我是个贪慕虚荣的女人。梁思霞幽幽地说。

唐竹寅突然有点感动。一个女人说出这样的话，不容易。

每个人都有选择的权利，你也有这个权利。唐竹寅说。

你不怨我吗？梁思霞说。

我只怨我自己，唐竹寅说，如果当时……也就不会这样了。女人在选择对象时，会考虑各种因素，相貌，品质，性格，经济，等等。只不过在每个人的心里，所占的比重不同。有的人更看重情感。有的人更看重经济。无论选择哪一个，都是她的自由。你没有错。如果两个女人，情感上相差无几，我想大多数的男人，都会选择有钱的那一个。

男人其实也一样。唐竹寅说。

可是，你知道，在情感上，你比那个人更重要。梁思霞说。

我只比他重要一点，但在经济上，他比我优越得多，所以你没有错。唐竹寅说。

所有的男人，梁思霞说，都喜欢女人更看重感情，是不是？

不对。唐竹寅说，没钱的男人，希望女人看重感情，有钱的……希望女人看重感情，更看重金钱。至少女人做选择时，他们希望是这样。事实上，大多数女人都不会让人失望。

你一定在笑话我，没有眼光，其实我该知道，你终究会有出人头地的一天。可是……梁思霞举起杯子，跟唐竹寅碰了一下，一饮而尽，然后死死地握住他的手。就在这时候，她身上的浴巾掉了。梁思霞也不去捡，而是搂住唐竹寅，呜呜地哭了。唐竹寅惊慌失措，不知该安慰她几句，还是该把她推开。就那么愣着。

梁思霞拼命往他脸上凑，被唐竹寅拒绝了。

梁思霞突然在他胳臂上狠狠咬了一口。

唐竹寅“啊呀”一声。

你怕什么，我们又不是没有过。梁思霞冷冷地说，说实话，你想不想要我？

有时候看到妓女，男人也会想的，更何况曾经爱过的，但是每个人都有自制力。毕竟人不是禽兽。这种话太伤人了，唐竹寅也说不出口。唐竹寅说，我曾经伤害过她，绝不会再伤害她了。而且，这样对你老公也不好。

不要提他了，梁思霞说，我们已经离婚了。唐竹寅惊奇地问，为什么？梁思霞说，他在外面有女人，做了对不起我的事。

也许……他只是一时糊涂呢？唐竹寅说，人都会犯错的，你该给他个机会。

第一次……过了一段日子，我的确原谅了他，可是，很快又有了第二次，第三次……梁思霞说，你说这种人……

“叮铃铃，叮铃铃……”是从唐竹寅身上传来的。

怎么回事？梁思霞不解地问。

没什么，是我定的闹钟，到了回家时间了。唐竹寅站起身来，轻松地说，只要我在上海，无论多晚，每天晚上都回家。这是我的原则。

一个每天晚上知道回家的男人，无疑是个好男人。唐竹寅就是这样一个好男人。梁思霞说，急什么，你老婆又没催你。唐竹寅说，她没催是怕影响我，心里肯定很着急，盼着我早回去。梁思霞说，你身上还有这么多优点？当时怎么没看出来？唐竹寅开玩笑说，现在终于看出来了？梁思霞“嗯”了一声。唐竹寅说，那还介意跟我做朋友吗？

废话，难道没有这些优点，我们就不是朋友？梁思霞说，我们本来就是好朋友嘛。

我记得当时……唐竹寅想，当时分手，你连朋友都不肯做的，还说什么好朋友！终于还是没说下去。

不好意思，我真的要回家了。唐竹寅说。

我想去你家看看，可不可以？梁思霞突然说。唐竹寅愣了一下，去我家？梁思霞说，不欢迎？唐竹寅说，这个……一时真不好决定。梁思霞说，你要是做不了主，可以问问你太太呀。唐竹寅说，你不是说笑吧？还是想……梁思霞说，刚才对你还有别的想法，现在已经没有了，就想看看，认识认识她。唐竹寅说，这么晚带人回去，我得给她打声招呼。

这个应该的。梁思霞说，而且我还想在你家里住一晚。

住一晚？唐竹寅说，随你的便吧，只要别乱来就行了。给太太打了电话，如他所料，一切都很顺利。其实就是不打电话，刘阳也不会说什么的。按照刘阳的脾气，至少不会当面表现出来。

走吧，步行过去，先到我公司，然后再开车回家。唐竹寅说。

从公司到家，半个小时，梁思霞一直没闲着。梁思霞说，你太太是上海人？唐竹寅说，不是，跟你一样，也是湖北的。梁思霞说，她漂亮吗？唐竹寅说，还可以，我看着挺舒心。梁思霞说，她做什么的？唐竹寅说，自己开公司。梁思霞说，那她什么学历？研究生还是博士？唐竹寅说，既不是研究生，也不是博士。你很看重学历吗？

我的学历也很高，似乎并没多大作用。唐竹寅说。

刘阳接到唐竹寅的电话，正躺在床上看电视，听说他要带朋友来，马上起来了。凭感觉，这是位特殊的客人。真正见到时，有一种说不出的感觉。梁思霞看上去也有些不自在。唐竹寅瞧瞧二人，介绍道，这位是我太太，刘阳，这位是我的朋友，梁思霞。梁思霞脸上的痣很明显，刘阳瞧了瞧，稍微一怔，立刻把目光转开，热情地招呼她坐下，

梁思霞过来，本来就是突发奇想，不知道想干什么，见到刘阳更是不知所措。一时没了话。她不作声，刘阳便也不说了。

梁思霞到上海来……有些事情，顺便看看我，一起吃饭就来晚了。唐竹寅说。

我过来也没要紧事，就是看看老朋友。梁思霞说。

不管来办事，还是过来玩的，既然见了面，吃顿饭还是应该的。刘阳说，你们聊，我去煮咖啡。梁思霞说，不用麻烦了。刘阳说，很方便的，不麻烦。你们好多年不见，肯定有许多话要说。转身进了厨房。进去之前，盯了唐竹寅胳臂一眼。唐竹寅赶忙往后缩了缩。梁思霞也感觉到了，什么都没说。

三个人一起没话说，剩下两个，仍然很沉默。唐竹寅想找点事做，于是带梁思霞参观书房。回到客厅，咖啡已经煮好了。

屋子里弥漫着一股香甜的气息。

不错呀。梁思霞微微一笑，礼貌地客套着。刘阳说，谢谢！

大家继续闲聊几句，不咸不淡的。唐竹寅说，时候不早了，要不早点休息吧。唐竹寅家有个房间，专为客人准备的，只是好久不用，放了杂物，一时也收拾不出来，按他的意思，让梁思霞睡书房。刘阳说，哪能让客人睡书房？这样多不礼貌。唐竹寅说，那她睡哪儿？刘阳说，让她睡卧室吧。这话出乎梁思霞的意料，也让唐竹寅摸不着头脑。唐竹寅说，让她睡卧室，那我……刘阳说，你睡书房呀。

算了，我回宾馆吧，你们别为难了。梁思霞说。

到上海了，哪能让你睡外面。刘阳说，梁小姐，你别误会，我没别的意思，就想你睡得舒服些。再说，我们还能聊聊呢。

唐竹寅待在书房里，怎么也睡不着。虽然自己问心无愧，但两个女人凑一块，谁知道会说什么？在床上躺了一会儿，又爬起来，打开电脑，上网玩游戏。玩斗地主。以前唐竹寅特别爱玩斗地主，后来工作忙，很少玩了，十二点之后也很少上网，想不到，这网上人还挺多的。唐竹寅开始斗地主，越斗越开心，越斗越着迷，暂时忘记了卧室里两个女人。

突然间，唐竹寅停了下来。他听到一阵脚步声。然后是敲门声。

敲书房的门。

不会是梁思霞吧？她太过分了！唐竹寅想。敲门声一直响着，不能不开，唐竹寅打开门，钻进来一个女人。是刘阳！

原来是你呀，吓死我了。唐竹寅说。

你以为是谁？是不是觉得很失望？刘阳严肃地说。唐竹寅说，你胡说什么！刘阳说，还不坦白，你跟她什么关系？唐竹寅说，没什么关系。刘阳说，没关系？那她会咬你一口？唐竹寅说，这个……你听我给你解释。刘阳说，我在这听着呢，你解释吧。唐竹寅搂住刘阳，阳阳，你相信我，我没有做过什么……

好了，好了，我相信你。刘阳"扑哧"一笑，如果不信你，也不会留她在这过夜了。不过你的胳臂，到底怎么回事，你得给我说清楚。唐竹寅说，我就知道你最好了。将经过老老实实讲一遍。

你看看，如果你没结婚，说不定还有希望呢。刘阳说，不过……幸亏你没要她，如果真有什么事，恐怕她也不会嫁给你的。唐竹寅说，我也没想过娶她。刘阳说，你就是想，人家会同意吗？顿了一下，接着又说，梁思霞是因为丈夫不忠，才离婚的，如果你跟她这样了，那跟她丈夫有什么区别？唐竹寅说，你的意思是……她不过设了个圈套，想试探我？

那倒也不是，我相信她不是那种人，不过事后，也许会后悔的。刘阳说。

不过也有一个办法，可以让她跟着你。刘阳又说。

唐竹寅不开口，刘阳就接着说，我提出离婚，这样你没什么错误，又是单身，你们就能在一起了。

阳阳，以后不准开这种玩笑！唐竹寅搂住刘阳说。

我只是说说而已，你还当真了？刘阳说，我还舍不得你呢。也抱住了他。唐竹寅说，你让梁思霞睡卧室，是有意的吧？刘阳说，没什么意思，想向她了解一下，你以前还做过什么坏事。唐竹寅说，我做过什么坏事，你最清楚了。将手伸向刘阳胸部。刘阳扭动了两下，娇羞地说，干吗呀？隔壁还有人呢。唐竹寅说，我们是夫妻，又在自己家里，怕什么？刘阳说，那也得把窗帘拉上吧？唐竹寅说，这么晚了，哪有人看到？来吧。

唐竹寅抱起刘阳，把她放在了床上。

月亮早就出来了。月光很皎洁，照在床上，照在两个人的身上。刘阳倚在床上，捧着唐竹寅的脸，静静地看着，然后紧紧搂住了他。唐竹寅就像个孩子似的，躲在她怀里。

两人正在亲热的时候，门轻微响了一下。唐竹寅搂住刘阳，趴在她身上，动也不动。

过了好久，都没有声响。

会不会是她听到了？刘阳嘴贴在唐竹寅耳边，悄声说。唐竹寅说，管它呢。继续进行着。一番折腾，两人都有些累了。

一刻钟后，声音再次响了起来。不是敲门的，而是脚步发出的。从门缝还可以看到灯光。刘阳说，不知道她怎么回事，你出去看看吧。唐竹寅说，我知道，看你这么辛苦，多睡一会儿。刘阳笑着说，我还没你辛苦呢。唐竹寅笑了，捏捏她的脸说，你变得越来越坏了。刘阳说，还不是跟你学的？快出去吧。唐竹寅亲她一下，说，好的。

刘阳坐了起来，头枕着胳臂，望着窗外的月亮，感觉很甜蜜。

隐隐约约地，听到梁思霞在说话。似乎她要走。还有开门关门声。刘阳穿好衣服出来，客厅里，只唐竹寅一个人，坐在沙发里喝茶。

梁思霞呢？刘阳说，她是不是出去了？

她回宾馆了，说是在这儿住着不习惯。唐竹寅说。刘阳说，她这么晚回宾馆？一个女人，人生地不熟的，多危险。你们还是老同学呢，你也不去送送她？唐竹寅说，阳阳……刘阳说，我是认真的，你快去看看她吧，我不会吃醋的。看到她安全地回到宾馆，我也放心了。唐竹寅放下茶杯，说，好的，我现在就过去。

大街上冷清清的，空无一人，唐竹寅左右看看，哪有梁思霞的影子？他给刘阳打电话，说准备去宾馆看看。刘阳说，去宾馆？我跟你一起去吧。唐竹寅说，你累吗？不想早点睡觉？刘阳说，陪在你身边，我才安心。唐竹寅说，那好吧，夜里有些冷了，多穿件衣服。

开车去宾馆，将近半个小时。

两位，要开房间吗？小姐问道。

唐竹寅摇了摇头，说，308 房间的梁小姐，不知回来了吗？小姐疑惑地问，你们是……唐竹寅拿出证件，递给小姐说，我们是她的朋友，想看看她。小姐翻着登记簿说，您是说 308 房间的梁思霞？她刚刚退掉房间，离开了。唐竹寅道了声谢，说，咱们走吧。刘阳点点头，挽住了他的胳臂。

现在就回家？还是再去别处看看？这么好的月色，不想欣赏欣赏？刘阳说。月色的确很好。仿佛在梦中一般。唐竹寅说，只要你不困就行。两人来到天桥上，拥在一起，好像在看着远处，又好像什么都没看。就这么偎依在一起。很安宁。

恍惚间，有个瘦弱的身影，慢慢地走近，又慢慢地走过。

刘阳什么都没说，唐竹寅也没说。

国学大师

1

梅姐交代个任务，让张画抽空采访何若愚。说是采访，其实张画心里清楚，这是梅姐关心她，在给她制造机会。让她多接触些异性。张画三十出头了，至今还是单身一人。根本原因在于她眼界高。张画的确非常优秀，从相貌到能力都很出众，但随着年龄的增长，优秀是会贬值的。父母和周围的朋友都为她着急。作为部门的领导，梅姐更是觉得责任重大。

似乎只有她自己不着急。

我知道，一般男人你看不上，这个何若愚不同，说不定会让你眼睛一亮。梅姐说，你可要抓住机会啊。女人再优秀也要结婚的。

多谢梅姐关心！张画调皮地应着。

说到婚姻大事，张画表面上不急不躁的，内心里也有压力，恨不得天上能掉个白马王子。抬头看看天上空空如也。不要说白马，连匹黑马也没有。单位里倒有个黑人，可惜张画没兴趣，而那些不怎么黑的男人，张画同样看不上眼。要么太丑。要么太笨。要么太俗。总之通通都不行。有同学给她介绍男朋友，有同事把她介绍给别人，经常相亲，没有几十次，也有十好几次了，没有一次超过半小时的。总不能为了结婚委屈自己吧？有时候张画也想，实在找不到就算了。

梅姐说的何若愚，张画并不陌生。据说在国学上颇有研究。以前有几回，张画要去采访他，阴差阳错的，两人总是擦肩而过。这回不知道结果会怎样。

张画跟何若愚联系，听他的口气，一点不觉得惊奇，估计梅姐事先跟他说过。不知道怎么说的。纯粹采访还是相亲？管它呢，反正张画就当作单纯的采访。张画说，何先生，你看我们的采访，放在哪儿比较合适？何若愚说，你定吧。张画说，采访你嘛，给你添不少麻烦，还是以你方便为主。何若愚说，张记者不用客气。想了想又说，也好，你来我这儿吧，我请你吃饭。然后报了一个地址。

何若愚说的地方，张画不熟悉，听得稀里糊涂的，便让他又详细说了一遍。顺便用手机录了音。走着走着摸不着了，就放录音听。整个过程还算顺利。一看是家小饭馆。院子里湿漉漉的。旁边几个厨师正忙碌着，有的剖鱼有的宰鸡，还有的正在洗锅，热闹得很。

他可真会挑地方。张画暗暗地想。

张画就站在院子里，给何若愚打电话，何若愚说，你已经到了？不好意思，我十分钟之内到。张画便先找个地方坐下。

大概过了七八分钟，进来个男子，三十来岁，看上去倒挺稳重。张画猜测他就是何若愚。那男子看到张画，微微一笑。张画也笑了笑。男子走近了问道，是报社的张记者吗？张画点点头说，何先生？那男子说，我是何若愚。张画说，请坐。何若愚说，真是不好意思，张记者跑那么远，辛苦了。

他们约的十一点半，现在离约定时间还有十分钟。

2

第一次见到何若愚，张画印象最深的，是他的礼貌，他的温文尔雅。虽然张画说不清楚，就是有这种感觉。难道研究国学的都这样？

何若愚不光有礼貌，而且很节俭。张画提出她请客，何若愚说，你是来宣传国学的，怎么能让你请客？再说你远道而来是客人，请客也说不过去。他请张画点菜，张画随便点两个，何若愚接过菜单，又要个汤，说，不够我们再要。张画本能地一愣。按照常理，何若愚怎么也得再加两个菜，吃不吃在其次，主要是表达心意。何若愚合上菜单时，没有一丝的拘谨。张画便又笑了笑。

好在农家菜分量大，也非常可口。

两人边吃边聊。张画心想不能辜负领导厚望。梅姐很推崇何若愚，说他古文功底浓厚，以他的才学，当教授都绰绰有余。至于为何还赋闲在家，梅姐倒是不曾说。

张画做专访，要详细了解情况，比如说何若愚是否出身名门，或者是哪位高人的弟子。何若愚摇了摇头。据何若愚说，他家几代都是农民，父亲是农民，祖父是农民，曾祖父也是农民，没出过一个真正的文人。当然更没有当官的。不过曾祖父学问很深。曾祖父的父亲是秀才，家里面非常贫困，但藏书多，曾祖父幼年时饱读诗书。父亲去世早，曾祖父又是老大，要承担家庭重任，自己无法考取功名，于是专心培养几个弟弟读书。不料弟弟们都不是读书的料，学问尚不如他。曾祖父很是失望，便将希望寄托在下一代，甚至再下一代身上。何若愚的祖父资质一般，父亲倒不笨，可惜生不逢时，正处于中国经济最困难时期，一家人饭都吃不饱，哪还顾得上念书？而何若愚出生时，生活已大为好转，曾祖父见他一副机灵相，感到很欣慰，三岁便教他读书。其时曾祖父年近七十，精神却出奇的好，教何若愚读书作诗，直到何若愚十五六岁，老人家去世，何若愚在古文方面已经相当了得了。

这么看来，你还是出身书香门第嘛。而且还练的童子功。张画开玩笑地说。何若愚报以淡淡的一笑。张画放下筷子，突然说道，如果不打扰的话，去你住处看看好吗？

非常欢迎！何若愚爽快地说。

何若愚租住在一条叫作状元街的地方，据说这里曾在清朝出过本地唯一的状元。读书人没有不想成为状元的，何若愚住在此处，不知是偶然，还是因为这个名字？反正张画感受不到一丝状元的气息。不要说状元，甚至连书香也没有。就是普通的民房，有些破旧，有些凌乱，说不准哪天就要拆迁了。

来到院子里，张画真是大吃一惊。

这里是私房，上下两层，矮矮的挤挤的，让人感觉非常压抑。张画大略看一下，至少有七八家房客。当然也有可能超过十家。一进入院子，就看到有个女人靠在门上给孩子喂奶。衣服半敞着。那女人看到张画，显得很惊奇，盯着张画，直到她钻进房间里。让张画感觉浑身不自在。

何若愚的房间很小，只有十几个平米。那种压抑的感觉又来了。后来张画想，之所以会产生这种感觉，是因为到处都是书，挤得人喘不过气。其实这些书排得很整齐。张画对数字没概念，估计这些书有两三千册。或者是四五千册。书籍以古代的为主，像《诗经》《离骚》《道德经》《论语》《孟子》《韩非子》之类的，晚一点的则有唐诗宋词，有明清小说《西游记》《红楼梦》，近代的有《闻一多的诗》《徐志摩的诗》，等等。甚至还有《本草纲目》《黄帝内经》。除了书，就是一张床，一张桌子，一把椅子。桌子上还有台电脑。式样很旧了。

这些书你都看过吗？张画问道。

绝大多数看过。这些是我常看的，还有一些，放在乡下老家了，加起来总共有两万多册。她们是我最珍贵的财产，就像我的生命一样。何若愚说。

看着何若愚虔诚的表情，张画不禁有些感动。

3

在这个物欲横流的时代，何若愚的确与众不同，一时之间，张画竟不知如何下笔。好在梅姐不着急。梅姐更关心的是，张画对何若愚印象如何。

你说得没错，他的确是个才子，虽然我们交流不多，但我能感觉得到。张画说。

是不是故意的？你知道我说的不是这个。梅姐嗔怪道。

其他的以后再说吧，我先把报道写好。何若愚……他身上的很多品质，非常难得，我得想一想，怎么报道更合适。张画微微摇着头说。梅姐点点头，也不再逼问个人问题了。张画接着说，他说过几天带我去书院看看。梅姐一愣说，书院？噢，云龙书院，那是个好地方，你一定要去见识见识。

云龙书院是何若愚跟朋友共同发起成立的，也是国学爱好者的一个大家园，每个周日的上午，何若愚会与朋友轮流来给大家上课。学院建在半山上，由几间旧屋舍改造而成。四周是郁郁葱葱的古树。坐在学院里，即便不读书不吟诗，只是静静地眺望着远处，也是一种享受。

张画头一回来书院，见教室中坐着四五十人，有退休的老人，有四五十岁的中年人，有二十来岁的青年人，还有十多岁的中学生。大家都聚精会神地听着。

下午不上课，自由活动，有下围棋的，有练武术的，有弹古筝的，充满了诗情画意。

来听课的人固定吗？张画问道。

不是很固定，完全凭兴趣来的，多的时候六七十人，少的话三四十人。总共有二三百人，都过来也没地方坐。出去开讲座人数还多些。何若愚说。

这种形式挺好的。张画说，你们收不收费？

全部免费的。何若愚说。

那经费从哪儿来呢？人员工资，还有这场地的租用，以及维护，不可能不要钱吧？张画说。

上课都是义务的，至于其他费用，何若愚说，大家共同来想办法。我给好几家报纸写稿子，有不少稿费。而且还主编了几套丛书。除了买书、日常的生活开销，其他的都用在书院上了。

你没想过……用来改善生活？张画犹豫一下说。

我对物质要求不高。大鱼大肉不喜欢，特别爱吃白菜萝卜。在住宿方面，有个睡觉的地方就行了，睡在别墅里，不一定有我睡在小屋里踏实。我最大的理想是，大家都能来关注中国的传统文化。何若愚说。

你一个人怎么都行，如果结婚还这样？张画说。

到那个时候，自然会有办法的。何若愚说。

顿了一下，何若愚又说，如果我生活在古代，可能成为两种人。一是为官，像苏轼那样，切实为老百姓做事，闲暇的时候，出去爬爬山游游水。苏轼在徐州担任知府时，不是经常同朋友上云龙山吗？他还在那里留下了著名的《放鹤亭记》。如果不做官，我会选择去隐居，找一个村子，村口有成片的树林，早春四月，梨花盛开之际，坐在梨树下，教孩子们读书弹琴。

你自己会弹琴吗？张画问道。

琴棋书画，都略通一二。何若愚点点头说。

你是不是还懂中医？张画想起在他房间里看到过《本草纲目》《黄帝内经》，又问道。

何若愚仍旧笑着点点头。

云龙书院中，有一间小小的屋子，墙上挂着几幅画，均出自何若愚之手。张画对画不太懂，只是觉得看着非常舒服。反正她是画不出来。

这是现代社会，你想隐居不太现实。张画说。

时代不同，理想是一样的，有一处安静的住所，能够安心地生活。何若愚说，我的要求并不高。张画说，可你现在的住所并不安宁啊。何若愚说，是的。张画说，不知你有没有想过，多赚些钱，买一处别墅，那样既有安静的住所，又能安心地生活了。何若愚说，住别墅，不一定就能生活得安心。再者说，中国那么多人，如果人人住别墅，还不得把别墅盖到澳大利亚？张画笑了笑。何若愚说，小时候，我对宁静特别渴望，不过后来想通了，只要心里静，外面再吵，也不会觉得吵了。正所谓结庐在人境，而无车马喧，问君何能尔？心远地自偏！

你不是陶渊明的徒弟吧？张画笑着说。

4

张画的报道写得很用心，引起了一定的反响，从这方面说，张画是成功的，而对于梅姐关心的终身大事，似乎很不积极。可以说没有丝毫的进展。梅姐说，你觉得他不合适吗？

我也不知道为什么，总感觉不太合适。张画说。

是因为经济上的原因吗？经济是可以改变的。梅姐说。

也不完全是这样。张画说。

不断地有人给张画介绍对象，张画见都不想见。她不知道自己喜欢什么样的。每一个男人，在她眼中都有缺点，要想找一个完美无缺的，简直太难了。甚至是根本不可能的。张画知道有些女人，年轻时挑挑拣拣，等到三十岁，四十岁，青春不再时心里就慌了，要求也随之降低。只要哪个男人真心对她就行。自己喜不喜欢并不重要。张画做不到。她不能强迫自己的灵魂。

有一天晚上，表姐约张画喝茶，张画也想出去走走，便答应了。

在茶社里，张画居然看到了何若愚。

来，过来，表姐招呼张画说，我给你介绍个朋友。指指何若愚身旁的座位。张画流露出一副惊讶的表情。表姐见状说，你们俩不会认识吧？张画说，何先生是国学大师，名气很响的，我哪能不知道啊？何若愚淡淡一笑说，不敢当。张画说，何先生太谦虚了，以你的学问，称一声大师又何妨？何若愚说，如今这个时代，已经没有大师了，像我这种人，如果都敢妄称大师的话，岂非是对大师的亵渎？像王国维、傅斯年他们，才能称得上大师。张画说，何先生……表姐打断她说，好了，别大师来大师去的，你们俩认识最好，本来还想给你们介绍对象呢，看来纯粹多此一举。你们慢慢聊，我还有事先走一步。

张画与何若愚互相瞧着，同时笑了起来。

你怎么会认识我表姐？张画问道。

她也很喜欢国学，经常来书院里交流。何若愚说，大姐说有个小表妹，是个才女，想不到原来是你。张画说，是不是觉得很失望？何若愚说，怎么会呢，如果你都不算才女，还有谁敢称才女？你那篇报道很漂亮，对宣传国学也很有帮助。张画说，国学也讲究恭维吗？

不是恭维，是由衷的赞美。何若愚立刻说道。

要说梅姐和表姐，也都是很有见地的，她们俩先后把何若愚介绍给自己，绝不会是草率之举。难道自己跟何若愚真的……张画再想想，还是觉得没什么戏唱。经济只是一个方面，不是根本的，以他们两人的能力，生活也不会太差。再俗一点说，何若愚的藏书还值几十万呢。根本的是……张画一时想不通。想不通的事就不想。张画说，冒昧地问一句……何若愚说，你想问什么？张画说，可能真的太冒昧了。何若愚说，你都说过冒昧了，我有心理准备，所以你没必要担心。我心理承受能力肯定比你强。张画说，那你不要介意啊？何若愚点点头。张画说，你以前谈过恋爱吗？

你是不是觉得，像我这样的人不应该谈恋爱？何若愚说。

我不是这个意思，我只是觉得，你有点不食人间烟火的味道，好像还有点……张画摇着头说。

孔子都要结婚呢，何况我们凡夫俗子？何若愚说。张画点头称是。何若愚又说，大学里，曾经谈过一次恋爱，毕业的时候分手了。张画说，为什么？何若愚说，她家境不太好，希望结婚后，生活能够有所改变，而我的状况你也看到了，不能给她这些。张画说，那你……这件事，对你心理上有什么影响？张画本来想说，你会不会恨她，感觉太赤裸裸了，便换个稍微委婉的说法。何若愚说，我完全理解。人各有志，选择什么样的生活，是她的自由，我无权干涉。虽然也曾受过一些伤害，但我还是会祝福她的。中国传统文化也讲究要宽容。

像你这样单身一人，家里会不会有点着急呢？张画笑着问道。问完之后，便有些后悔，如果何若愚反过来问她，该怎么回答？

何若愚瞧着张画，没有开口。

他不会想不到这句话的。

只是没有说而已。

沉吟片刻，何若愚说道，着急自然会着急，如果是别的事情，我都可以顺着他们，只有这件事……我也是无能为力。这个需要看缘分的。张画说，你肯定很孝顺。我能感觉到。何若愚笑了一下。张画笑笑说，我这句话纯粹多余。对你来说这个是最最基本的。何若愚说，孝是天经地义的，如果连孝都做不到，恐怕没有谁愿意跟他交往了。以前的土匪头子，还知道孝顺父母敬重兄长呢。儒家思想以“仁”为核心，包括“仁义礼智信恕忠孝悌”，所谓“孝悌”，说的就是这个意思。

我的朋友不太多，不过……也许我们会成为好朋友。张画突然冒出来一句。

我们现在不是好朋友吗？何若愚微笑着问道。张画感觉他的笑容很有魅力。张画想，这是一个值得你依赖的朋友，在危难时刻，他会无私地给你提供帮助。

5

云龙书院除了周日上课，不定期开设讲座，每到传统节日，还会跟大学、报社、作协等单位联合举办诗会，像清明诗会、端午诗会、七夕诗会、重阳诗会等，以此来表达心中的感情。许多传统节日渐渐地被人遗忘了。何若愚曾感慨地说，国人热衷于过外国的情人节，对于本国的情人节，反倒忽略了。不能不说是个遗憾。牛郎织女七夕相会，难道不够浪漫吗？

本土情人节不敌外来者，你觉得是什么原因？张画问道。

原因有很多，最重要的，还是我们宣传不够。何若愚说，不光是七夕，包括端午、重阳、中秋、元宵，越来越被淡化了，我担心再过几年，连春节都显得不怎么重要了。

何若愚说这话时，还是九月初，再过二十来天，就是中华民族的传统节日中秋节了。何若愚说，到时候我们会举办中秋诗会。张画说，那好啊。何若愚说，你也来参加吧？张画说，我一定会参加的。到时别忘了通知我。何若愚说，那就一言为定。

日子过得很快，转眼就到中秋了。以前过中秋，张画陪父母吃过饭，如果没有其他事，就躲进房间看电视。看日剧或韩剧。最近她突然感觉这些电视剧特别无聊，简直是在无病呻吟。提不起一点兴致。而对于即将到来的中秋诗会，却是充满了期待。何若愚已经通知她，活动安排在师范大学的礼堂，由云龙书院和师范大学文学院共同主办，内容相当丰富。

那一晚，月光特别明亮，就张画觉得，生活是如此的美好。

诗会七点钟开始，偌大的礼堂挤得满满的，张画受到特别关照，坐在最前排。何若愚是主持人。师大校长也出席了，说明对此次活动非常地重视。一番致辞之后，节目正式开始，一首首精美的诗作，伴随着优美的舞蹈，古朴典雅的音乐，流淌在月光迷离的夜晚，令人着迷，令人痴狂。整个活动精彩连连，掌声不断。何若愚朗诵两首诗，一首张九龄的《望月怀远》，一首陆龟蒙的《中秋待月》。节目最后，何若愚还演唱一首自己创作的歌曲，声音中充满磁性，把整个诗会推向高潮。大家都情不自禁地站起身附和着唱。

跟众人一样，张画也激动得不行，她甚至想，自己不会是爱上何若愚了吧？

至少在这个夜晚她已经爱上了何若愚。

6

中秋诗会过后，张画做了一个整版，报纸出来后，给何若愚打电话，何若愚说，正好有朋友从外地过来，也是研究国学的，介绍他们认识认识。

好啊，我请你们俩吃饭。张画说。

何若愚不肯让张画请客。何若愚说，还是我来做东吧。张画说，上回不是你请的吗？不能老是让你请，这回我来请，每个编辑都有经费，不要紧的。何若愚沉默了片刻。张画说，你是不是觉得我特别俗？何若愚说，哪个人不俗？人与人，没有本质的区别，没有俗与不俗之分，只是有些人能把他世俗的一面掩饰得相对好一些。

国学中也有研究这个的？张画说。

何若愚笑了笑。

两天后，张画如约见到何若愚的朋友。何的朋友三十来岁，个子不高，留着板寸头，两只眼睛特别有神。不知为什么张画总有种怪怪的感觉。

后来张画想，应当是因为他的一身中山装。

除了电视上国家领导人出席某些重要活动，平时很少看到有人穿中山装。

何若愚的朋友不太说话，始终保持着微笑。张画便也不太活跃。一顿饭吃得不咸不淡的。待朋友走后，何若愚介绍说，他女朋友在香港，是一所大学的博士后，而他也即将赴香港任教，教授国学。要知道他仅仅是一名本科生，也非毕业于名校，能去香港教书，绝非易事。除非功底真的非常深厚。

他是个奇才，就目前国内而言，国学方面，没有几个人能与他媲美。而在宣传国学上，更是不遗余力。何若愚说。

你们俩好像不是一个类型的。张画说。

性格上不同，但对中国传统文化的热爱都是一样的。何若愚说。

你没想过去高校当老师？张画说。

有这种想法，学校方面也在努力。何若愚说，有一个稳定的工作，可以免除后顾之忧，更加专心地研究和推广国学。当然工作不能对我构成束缚。如果被工作死死地捆住，我宁愿不去。

7

之后一段时间，张画忙工作的事，疲于采访，没再关注过何若愚。只是偶尔一次听表姐说，何若愚恋爱了。张画感到很惊讶。

张画想象不出，何若愚恋爱是什么样子?

跟何若愚约个时间，一起吃顿饭。看得出何若愚心情很好。张画说，据说你恋爱了？何若愚说，不是据说，是事实，已经一个月了。张画说，她是干什么的？何若愚说，幼儿园教师。张画说，你们怎么认识的？通过别人介绍？何若愚摇摇头说，她是国学爱好者，来学院交流，时间一长就认识了。

据何若愚说，那个女孩学音乐的，古筝弹得特别好，曾在全省比赛中获过奖。她很有才气，还能自己作词作曲。何若愚跟她合作了好几首歌。

只羡鸳鸯不羡仙。张画突然想到了这句话。

哪天把她约出来，我请你们俩吃顿饭，总是你请我，我还没请过你呢。张画说。

好啊，那先谢谢你。何若愚说。

张画的承诺很快兑现了。在一个周日的晚上，张画请客吃火锅。何若愚与女友准时到达。女孩稍微有点丰腴，穿一身黑色风衣，非常得体，尽显大家风范。张画想学艺术的就是不一样。女孩很大方，一边挽着何若愚，一边跟张画打招呼，没有丝毫的羞涩。直到坐下来，还不时深情地望着何若愚。

这真是幸福的一对。张画想。

吃过饭分别之际，何若愚说，元旦即将来临，书院将举办一系列活动，如果张画有时间，不妨去看看。

不知都有哪些活动？张画说。

活动集中在三十一日的晚上，首先是一场诗会，结束之后，登到山顶放许愿灯，祝福国泰民安，凌晨时撞响平安钟，迎接新年。何若愚说。

好浪漫啊，我一定要参加。张画说。

张画是真心实意想参加的，她也做好了准备，不想元旦的前一天，被派去省里开会。张画跟梅姐闹着要请假。张画说，不能安排别人去吗？梅姐说，这是老总亲自定的，你要请假，直接跟老总请吧。老总平时很严肃，说实话张画还挺怕他的。踏进老总的办公室，看到他严厉的目光，张画低着头，终于又灰溜溜地离开了。

不能参加书院活动，张画觉得是个遗憾。她想何若愚的女朋友肯定不会错过的。张画都能想象到，那个女孩放飞许愿灯，然后依偎在何若愚怀中，深情地望着夜空。

8

从省里开会回来，张画就听何若愚说，他将会在今年四月春暖花开之时结婚，并且以汉朝的方式举行婚礼。

这个太有意思了，到时候千万记得通知我。张画兴奋地说。

说这话时，张画心里想，这个很有新闻价值，上报纸没有问题。想完就觉得自己太俗了。

我本来就是个俗人。张画自我宽慰道。

元旦到春节也就个把月，过完除夕过完十五，不知不觉地，已经进入三月了。何若愚的大喜之日越来越近。张画始终惦记着此事，却一直没接到通知。眼看到了三月底还是没有任何音讯。不久听人说，汉式婚礼取消了。再后来的消息是，不是汉式婚礼取消，是婚礼取消，因为何若愚跟女朋友分手了。

分手的消息，张画是听表姐说的，具体细节，她也不是很清楚。张画有必要问问何若愚。约个地方出来见面。虽然何若愚仍笑眯眯的，但情绪显得不太好。

张画害怕伤害他，一时不知如何开口。

我们分手的事情，想必你已经知道了？何若愚主动说道。张画点点头。何若愚望着窗外，转动着杯子，片刻之后，说出了事情的来龙去脉。

张画猜测得没错，那个女孩果然出身富贵之家。何若愚也是后来知道的。女孩去云龙书院时，刚失恋不久，听说书院有人弹奏古筝，便也去凑个热闹。有抚慰心伤的味道。其实对国学倒没有多大兴趣。她跟何若愚谈恋爱，起初也是出于好奇，渐渐地，真的爱上了他。只是女方家中不太满意。也不是特别反对，只希望何若愚找个正式工作。如果何若愚找不到，他们也可以帮忙，他们自己家就开着公司，让何若愚过去上班。当然国学什么的就不要玩了，一心一意做生意。何若愚自然不肯。何若愚说，我不能以牺牲自由作为代价。

那可以牺牲你的爱情吗？张画说。

有句话你没听过吗？生命诚可贵，爱情价更高，若为自由故，二者皆可抛。自由比爱情更重要。何况他们要我放弃国学，这根本不可能的。何若愚说。

我希望我的爱情不带有任何的杂质。何若愚又说道。

有时候杂质也是必要的。水至清则无鱼，人至察则无徒，你研究国学，不会不明白这句话吧？你太理想主义了，这个世界需要现实一点。张画说。

何若愚一时无语。

9

自从这次聊天之后，张画很久没见过何若愚，再看到时他，已是炎炎夏日了。

那是个傍晚，张画去超市购物，突然间看到何若愚，正想跟他打个招呼，不料又看到有个女孩在旁边，便犹豫了一下。女孩依偎着何若愚，一副很亲昵的样子。张画静静地注视着他们。女孩伸手拿东西，转身之际，与张画对视了一眼。那是一张清秀的脸庞，很容易让人动心。

何若愚好像说了句什么，女孩咯咯地笑着，牵着何若愚的手，很快消失在人群中。

对于何若愚，张画心里有些矛盾，既希望他早点成家，又不愿看到他勉强自己。如果二者统一当然是最好了。何若愚是个聪明人，应当心里很清楚。

不管怎么样，张画都会默默地祝福他。

跟踪女人

刚刚结束城东朋友的葬礼，又要赶往城西参加朋友的婚礼，我感觉自己像是在疾驰的车上来回荡漾的气球。而事实上我的生活是一潭死水，平静得激不起半点漪澜。因此可以毫不掩饰地说，今天能同时参加朋友的葬礼和婚礼，悲伤和欢喜之余多多少少还有那么点兴奋。

得知那位漂亮的女性朋友死于车祸，我很是惊奇了一会儿。她做事向来是小心谨慎，怎么就会死于车祸呢？我倒更愿意相信她是病死的或者累死的。当然也可能是笑死的。朋友工作勤奋，事业得意，是我的朋友中屈指可数的女强人之一。半年前她与相恋五年的男友结婚，婚礼上我还看见她甜蜜的笑容，那笑容很容易使人想到五月的鲜花。然而幸福的日子是寒夜狂风里怯弱的枯枝，说断就断。我捏着信，叹息朋友死去的同时庆幸自己还活着。

正当我为聪明漂亮的朋友的夭折而悲伤不已时，我又收到另一封来信。寄信的也是位异性朋友，邀请我去参加她的婚礼。记得两个月前我才刚刚参加过她丈夫的葬礼，那时她悲痛欲绝，我甚至以为她活不过两个星期。当然，这些丝毫不能妨碍我参加她的再次的婚礼。我小心地收好信，悲伤的心情稍稍有些好转。

以后几天里我无时无刻不惦记着这两件事，直到今天早上。今天我特意起了个大早，天未明就急匆匆地从城西的孔雀山庄赶往城中，再从城中急匆匆地赶往城东。由于路上频繁的塞车，我赶到地方葬礼已接近了尾声。我不免被朋友埋怨一番。于是我一番道歉，一番解释，又一番道歉，然后才又急匆匆地从城东赶回城西，心中祈盼着千万别再错过朋友的婚礼——那位朋友曾在我初恋时给予过无私的帮助，尽管结果令我们都很沮丧，但我仍然对她心存感激。

我匆匆忙忙地上车下车，终于来到一个名叫玫瑰园的地方。那是我朋友结婚的地方。我松了一口气，忙上前询问，但所有的接待人员都是一脸的迷惘。他们说，这儿根本没有人结婚，肯定是你搞错了，你的朋友会不会是在玫瑰厅、玫瑰饭店或玫瑰花园举行婚礼的？我们玫瑰山庄用玫瑰命名的地方很多，还有玫瑰屋、玫瑰楼……我只觉得头昏脑涨，没等他说完就走了。后来我在玫瑰山庄逗留了半个小时，始终也没找到朋友所说的那个地方。

我有点泄气了，漫无目的地走在大街上，一不小心就撞到了一个女人身上。那女人“啊呀”一声跌倒在地，从蓝色旗袍的开衩处闪出一段白皙的大腿。我的目光从她大腿的白皙处移上她那高耸的胸脯，又弯曲着移到她“啊呀”时变形的面部，然后才明白是怎么回事。我最初的反应是连声的对不起，紧接着便伸手去拉她。那是个很妖艳的女人，四十几岁，长着狐狸一般的脸盘。女人很高大，也很丰满，手尤其丰满，我握着她软绵绵的手就像握着一团海绵。

女人昂起头，甜甜地一笑，笑里满是挑逗的意味。也许她学过舞蹈，她起身时我的眼前一乱。我不禁有些心动，认真地盯着她看，发觉她的一举一动确实都像是在跳舞。我忽然感觉在哪儿见过她。肯定在哪儿见过她，朋友，或者敌人。当然这并不重要，重要的是我确确实实见过她。一种强烈的似曾相识的感觉狠狠地袭击着我。我苦苦思索，绞尽脑汁，却总也想不起在哪里或者一起做过什么。女人并没有责备我的无礼，又是一笑，继续着她的跳舞。她若无其事地跳舞，似乎没有再多看我一眼。

我也仍然走我的路。但我不能装出若无其事的样子。我到底还是回头向女人望了一眼。女人的身子轻飘飘的，旗袍也轻飘飘的，像只穿梭于花间的蝴蝶。奇怪的念头突然从我的脑子里迸发出来：跟踪她，跟踪这个女人，她可能要去与情人幽会！我为自己突至的灵感而大为兴奋。刹那间我的烦闷一扫而空，所有的精力都集中到了女人身上。

也许是因为处于荒凉地段的缘故，好大一会儿我才意识到路上行人不多，很多时候都只有我们两个。我的大脑仍然被兴奋支配着，猜想她与情人的种种可能：他可能是四十岁左右的杀猪匠，可能是三十岁上下的公司经理，也可能是二十岁出头的白面书生；可能是女人先露出雪白的大腿勾引男人，也可能是男人先露出自己的强壮调戏女人；还可能……半个小时在我的可能中消磨掉了，而那个想象中的男人却始终没有出现，于是我的兴奋一点点地消退，逐渐为紧张所取代。我并不能明白地说出是什么原因，只是隐约之中意识到周围潜伏着危险的因素。我向左右望去，周围的一切都很正常，看不出一点，哪怕是半点的诡秘。难道危险来自那个女人？我不想怀疑她，但也不能完全排除这种可能。那时是午后时分，太阳毒辣辣地照在柏油路上，使得我有了某种空虚寂寞无所依赖的感觉。

四周静悄悄的，长时间没有过往的行人。我更加害怕，有些后悔自己鲁莽的行为。女人向西折行。不管情不情愿，我都只能跟在这个神秘的女人身后，因为半个小时的行走已经使我迷失了方向。

我神经兮兮地走在女人身后。那女人是怎样的人？她究竟要去哪里？她要去干什么？我的思想异常地活跃，又极其地混乱。这时前面不知从哪里突然冒出一架铁塔（仿佛从地里钻出来似的）——一个满脸横肉的彪形大汉雄赳赳地立在大路中央。也许我的猜想是对的，这大汉就是女人的情夫。不少女人都喜欢这种蠢猪。也许只有在他们面前她们才会有一种优越感。

但是我错了。那大汉并非女人的相好，而是心有所图的歹徒。歹徒满脸淫笑，挺起匕首一步一步地逼向女人。我想那女人脸上肯定露出了恳求之色，如一只绝望的羔羊，身子后退，后退，终于抵住路边的树干，又慢慢地萎缩下去。歹徒猛地将匕首抛在地上，伸手去扯女人的衣服……我闭紧眼睛，将身体隐藏树后，实在不忍目睹那惨绝人寰的一幕。我告诉自己冲出去，冲出去我就可以成为英雄。但是我没有，我的双腿软软的，没有一点力气。

歹徒在撕女人的旗袍，歹徒撕下了女人的旗袍，歹徒在撕女人的内衣，歹徒在撕女人的内裤……我无法忍受头脑里的嗡嗡声响，终于跑出去歇斯底里地大叫一声。然后我看见那个歹徒双手捂住脸，身子瑟瑟发抖。他不停地将腰弯向衣饰整齐的女人像是在作揖拜佛，刚才的得意成了太阳底下的烟雾。得意移到了女人脸上。女人照着歹徒的腰部狠狠地踢了一脚，然后对着落荒而逃的歹徒放肆地大笑，笑得两只鼓鼓的奶子上下乱窜。然后女人扬起手，似乎将一件什么东西塞入怀中。因为离得太远，那东西看不甚清楚。

可能是一把锋利的匕首。我想。

当然也很可能是一把微型手枪。

我被自己的想法吓了一跳：那女人能变出手枪该不会是妖怪吧？是牡丹仙子还是狐狸公主？我迷惑地做着种种猜测，甚至异想天开地认为也许是我眼花；女人并没有藏什么东西，只是因为她的脸突然变得狰狞不堪而将歹徒吓走了。那将会更加恐怖。恐怖像一条蛇，吞噬着我的思想。

我不知如何是好，转身反靠着大树捂住狂跳的心。牡丹也好，狐狸也好，无论如何我都要跟着她走。我不能单独把自己留在这个鬼地方。女人不经意地回头望了一眼，我的心便触电似地抖动一下。女人停留过的地方躺着一只白色软管，里面装有黑色汁液。我想那可能是毒液。我捡起软管藏在怀里以备不测。多收集些毒液蒙汗药白色气球之类的东西总归没有坏处。

我硬着头皮紧跟着女人。约摸又是半个小时，路上的行人渐渐地多起来了。我吁了口气，徜徉在初出阳光里，心情骤然开朗许多。女人跳上一辆公交车，我也跳上另一辆紧跟的车。以后我们又相继调换四五辆车，终于在一家服装店门口失去了她的身影。要想在这纷乱不堪的都市里找一个人，无异于大海捞针。我懵懵懂懂地走着，不知所措地停在站牌前。突然我感觉脖子里痒痒的。

伸手挠痒处，不想却抓到一绺长发。那是旁边少妇的。许是我用力太大，女人转头时“啊呀”一声，引来许多奇异的目光。她用手拢拢头发，向我笑笑，不知是道歉还是原谅的意思。我也笑笑。我对这个风姿绰约魅力不凡的女人很有好感。她像我中学时代的英文老师，也像我大学里的英文老师。但她更像走失的狐狸脸，我似曾相识的那个，只是看起来要比她年轻十岁。

女人又嫣然一笑，说，真巧呀。我只觉得自己坠入了迷雾之中。那一刻我想到了许多奇异的东西。我说，是巧呀。然后女人回过头，手贴在旁边一个七八岁小男孩的身上。那可能是她的孩子。那男孩是她的孩子，我几乎可以肯定这一点——他的脸很像她，似乎还用手扯着她的裙子。她的裙子和狐狸脸的旗袍在颜色上十分接近。

女人似乎等了很久，有些不耐烦了，脸上露出些焦急，眼巴巴地望着车来的方向。车来的时候人们拼命地挤，妇人也挤，但女人毕竟女人气太浓，没能挤上去。她退下来，朝着车子远去的方向叹口气，然后横穿马路向西走去，并没有带走那个男孩。而那男孩竟也没有跟女人走的意思，只是站在原地舔着指头。他的手指刚刚摸过女人圆润的屁股。

女人越过马路，身体开始晃荡起来，并且肩上的小包也一晃一晃的，十分可爱。我一时乱了脚步，竟不由自主地向女人移去。她和刚才那个女人同样具有吸引我的魅力。我想跟踪她说不定还会有什么意外的收获。于是跟踪一段时间后我开始设想我们的故事：女人悠闲地走着，突然撞上一个面带淫笑手持匕首的歹徒，然后她会双手抱肩发出撕裂的尖叫声。这时我勇敢地闯出去和歹徒扭打在一起。我不敢奢望打败歹徒，那不太符合实际；但我也不用过于害怕，因为我身上藏有致命武器。搏斗中歹徒在我腿上轻描淡写地戳了一刀（当然不太疼），我倒在地上，左手捂住伤口，大声地咒骂他，在他恼羞成怒冲上来时，右手猛地掏出软管将毒液喷射到他脸上。然后歹徒会双手捂着脸跑开。然后我拖着身体到女人面前，好言好语地劝慰她。然后女人便会误以为我伤势严重带我回家，给我包扎，给我准备丰盛的晚餐。然后我们便会自然而然地产生一段浪漫的感情。

我的想象非常的完美，但这仅仅是想象而已。女人昂着头扭动着屁股，嘴里哼着歌，根本没有注意到她身后的我。她是高傲的，高傲的她直到结实的大腿被一个老太婆抱住了，才明白这世界并非为她一个人而存在。

你要干什么？女人向老太婆喝道，快把你的脏手拿开。老太婆的手的确很脏，指甲里满是污垢。女人动弹一下，想抽出腿，但没能如愿以偿。

小姐可怜可怜我，赏几个钱吧。老太婆的声音很轻很软，像只百灵鸟。

滚开。女人蓄足力气猛地飞起一脚，正中老太婆的胸口。女人的脚姿优美，带起裙子在空中划出一道彩虹。然而这一脚的效果并不理想，女人的脚落到了老太婆的手里。老太婆一使劲脱掉她的鞋，撒腿就跑，那样子谁也不能相信她是个行将就木的老人。女人气急败坏，冲老太婆的背影恶狠狠地咒骂一番，然后从小包里掏出一只同样的鞋穿在脚上。然后女人掸掸身子，哼一声继续赶路。我紧紧跟上，总感觉有两道目光在跟踪我们。

我们在冰冷的目光里渐渐走远。当我觉察到目光消失的时候，我的身体已经不知不觉地进入了一片大森林中。那该是一片十分古老的原始森林，其中看不见半缕阳光。女人在原始森林可熟练地穿梭着，不久来到一片小湖前。这里清静幽雅，夕阳从树梢滑下映在湖面上，红彤彤的一片。女人小心地往四周望望，脱下衣裙，脱得一丝不挂，慢慢地走向湖水深处。

女人的皮肤很白，很嫩，游泳的姿势也好。特别是她那一头乌黑亮丽的长发，散下来更有一种说不出的俏丽。我觉得这女人是神圣的维纳斯，感觉自己仿佛处于遥远的水墨画中。我希望我可以永远停留在这美丽的瞬间——瞬间的美丽对于我便是生命的全部。

女人在水里自然得很，没有一丝的羞涩。这是常人难以企及的。我甚至怀疑她会不会是妓女。后来我又否定了这种观点，因为妓女不会这么坦荡。再后来我又想即使是妓女也不要紧，我相信我会一视同仁的。我探出头，希望女人的目光游动起来，然后能看我一眼。

但女人没有看我。

那时我已全身燥热，不堪忍受，于是又重新将头埋进枝叶里。

接着是一阵突如其来的窸窸窣窣声，时而急促，时而缓慢，像是野兽奔跑，像是旅人行走。我站在高处四下里张望，想找到一点蛛丝马迹，结果却一无所获。女人脸上呈现出一丝惊恐，双手交叉在胸前，尤其显得可怜，与刚才的神情迥然不同。女人的楚楚神情为我展示了另一种美。

如果可能的话我愿意保护她一辈子。猛然间我感到了自己存在的价值。虽然我没有过人的力气，也缺乏应变的才能，但我至少可以用手中紧攥的毒液来对付敌人。

我摊开手，手上什么也没有，除了油渍渍的汗珠。

我也开始变得紧张。但不久我的紧张随同女人的恐惧和窸窸窣窣声一起烟消云散了。女人放下手，跳出水面，迎着夕阳和微风将身体晾干。她迷人的身影在湖面上飘忽不定，将波纹搅得稀碎。然后她穿上衣服，转身对着湖面用手指梳理长发，像一只骄傲的孔雀。那时我简直忘记了自己，当然还有周围的一切。

我是在黄昏时分走出森林的。直觉告诉我森林外是城西。城西有许多鲜花店，这是我以前所不知道的。女人走进鲜花店，自然我也跟了进去。店里满眼的鲜花自不用说，还有众多鲜花般的女人：玫瑰，满天星，康乃馨……老板娘是朵牡丹花——雍容华贵且极有韵味。我的目光开始迷乱，我的头脑开始恍惚。待我清醒了再要去寻找女人时，她已经不见了。

失去她也无关紧要，我决定重新选择一个女人跟踪。我发现跟踪女人是件很有趣的事，它可以为我提供许多神秘的故事，拓展我的想象力。这次我选择的是个很青春很活泼的女人（也许是女孩），穿着紧身的白色毛衣和蓝色牛仔裤，胸前挂着银白色的十字架。我之所以会选择这个女人，是因为她和狐狸脸长得特别像，只是似乎要比她年轻二十岁。女人理理长发，把胸前的几缕送到脑后，抱着满怀的鲜花走出店门。

我又向这个可以作我表姐或者表妹的女人开始了我的跟踪行动，虽然并不知道她要干什么，也不知道自己要去哪儿。去哪儿或者干什么对我来说已经无足轻重了。我不紧不慢地跟在女人身后，女人走我也走，女人停时我就站住，左右看看，假装在寻找什么。女人是遥控器，远远地操纵着我。

女人初时总是走走停停，速度时快时慢，以后逐渐趋向稳定，停顿的周期也越来越长。虽然如此，我仍然感觉她发现我了。但我并不害怕，即便被一个女人发现了跟踪她又能怎么样？

傍晚，夕阳渐逝的时候，女人再次停了下来。她耐心地听完高山寺院里传来的六声钟响，又回头打量一番。这次停留的时间很长，观察得也很细致。但我伪装得更好。女人似乎觉得很安全，加速前进，然后走进一片坟地，一大片光秃秃的坟地——坟头上没有任何青草或祭祀的东西。我虽然没听说本市有坟地，但还是跟了进去，因为我想知道她的真实目的。

女人左拐右拐，费了老大周折，终于在一处坟前停住，奉上那一怀的鲜花，又拜了拜。

她在祭拜谁呢？她的父母？不太可能。祭拜父母根本不用偷偷摸摸的。肯定是因为什么见不得人的事。这种事太多，就是让我想个七天八夜也想不尽，但女人能来祭拜还算有良心。于是我不再想，看着女人向坟萦拜三拜，又看着她走开。女人走时捡了块土块压在花上，许是怕被风吹走了。但花终究还是让风吹了起来，飞向天空，越飞越远。女人没有觉察到，仍旧前行，并且速度在加快。她快走出坟地时回头笑了笑。她的笑是冲着我的，笑里藏着阴险。我甚至还闻到一股浓厚的幸灾乐祸的味道。

原来她早就发现我了！

好奸诈的女人！

我有种被愚弄的感觉。女人向我招招手，我只好硬起头皮走上前。女人说，你跟踪我三个小时了，到底想什么头绪？我蒙住了，实在不敢相信自己的耳朵。女人说，你别装傻，你就是烧成灰我也能认出来。我不能说话。后来女人就脱掉衣服，躺在坟地上要我弄她。我想除这事外我也的确没什么好做的了。后来我就很疲惫，迷迷糊糊地在坟地上睡着了。

我醒来的时候天就要黑了，女人也走了。我也赶紧往外走。这群死人并不能留我但走来走去无论如何也走不出去，天黑时仍然待在原地。天黑下去又渐渐地亮起来，因为有月光。月儿挂在南天上，像盏悬在空中的明灯。

我躺在坟地上，暂时忘却饥饿，欣赏起月光来。我喜欢有月光的晚上，我的初恋就是在月光下进行的。那是个非常温柔非常善良非常漂亮的女孩。我们在月光下待了一夜。我们偎依着在草地上说悄悄话，拥抱着在校园里在大街上在铁路边行走。她自称从不怕鬼神，但当我要离开片刻时她又害怕得不行。想起那一夜，我的嘴角露出了温柔的笑意，虽然我并不能看见。但想起那个女孩，我不禁又悲伤起来：自从大学毕业后我们再也没见过面，我甚至于她的生死也一无所知。

正当我用甜蜜和悲伤的往事陪伴自己而驱走寂寞时，远处传来了“哇哇哇”的喇叭声。那是结婚的声音。这时我才想起自己是来参加朋友的婚礼的。如果那是朋友办婚事，今晚的吃喝和住宿就不成问题了。我一阵兴奋，爬起来朝着喇叭声跑去。我绕过一个又一个坟墓，绕来绕去结果又绕回了出发的地点。

我有些灰心丧气，无奈地坐在坟头上。天空划过一道白光，我的眼睛瞬间失去了作用。我灵机一动：闭着眼睛走。我不知道自己能否成功，但总得试试。这样试着走了半个小时，睁开眼睛，哪里还有坟墓的影子？我欣喜若狂，疾步奔向噪音的发源地。

那里围着许多人，果然是在办事情，但不是婚事而是丧事。据说是某个女人死于难产。这个我倒不是很在意，嫁人或者死人都跟我没关系，只要有我吃的就行。如果和活人一起没得吃，我也不介意和死人靠得近一些。

我挤上前，宣布我是死者的某某朋友。那些人半惊半疑。当我说起坟地的经历时，他们更是睁圆了眼睛。他们的回答是：这儿根本没有坟地。后来我问这是什么地方，他们说是凤凰山庄，在孔雀山庄后面。这无疑又让我大吃一惊。我仔细观察一番，终于相信他们没有骗我。

你还没吃饭吧？他们原谅了我的无知和糊涂，给我端上一盘牛肉一只鸡腿和一瓶烧酒，条件是我要看着棺材。我同意了，于是他们立刻如鸟兽散，偌大的厅堂只剩下一个孤单的我和一盏孤单的长明灯。

我边吃边感激那位死人朋友——没有她便没有我的温饱。我想酒足饭饱之后，我要好好地陪她一夜。我环顾四周，当目光落在灵堂上时不由得大吃一惊：那灵堂上被困在黑框里赫然是我的熟人，她长得极像狐狸脸。

但是，我最惊奇的还不是这个，而是那人是我的初恋情人。

一个故事的两种结局

一天中午，上帝还正睡着觉，突然响起一阵敲门声。那声音轻轻的，柔柔的，仿佛山间的流水，听上去非常舒服。上帝心情舒畅，便决定请他进来。但奇怪的是，他打开门，门口却空无一人。

原来敲门者觉得时间太久，有些不耐烦，于是走了。

上帝微微一摇头，转身回屋去。他刚躺下，敲门声又响了起来。不过这次跟前一次不同，咣咣当当，刺耳得很。上帝很烦，假装没听见，躺在床上动也不动。然而敲门声始终响个不停，瞧那情形，不理恐怕会一直敲到天黑。上帝终于受不了，打开了门。

谁都看得出，以上只不过是个虚构的故事，不能当真。故事并不怎么精彩，来源于一个名叫志远的小朋友。志远讲这故事时才七岁，而我更小，只有四岁半。吃过晚饭，我们常手牵手在月光地里玩。记忆中，那时月光特别多，多得让人无法形容，以至于读中学时我才找到一个似乎还恰当的词，叫作奢侈。

那些日子，我们玩得特别开心。志远有什么吃的，总先想到我，我不吃了他才肯吃。吃过东西，就想法子逗我玩。在这方面，志远表现出了超乎寻常的智慧。可惜好景不长，很快志远要去上学了。而两年后同样一个秋天的早晨，我也背上了书包。

进了学校的志远，聪明才智继续得以发挥，每年都能捧回一张奖状来。在他的影响下，我的学习也日趋进步。我读高二时，志远考上了北京一所名校。顺便说一句，这是我们村第一个名牌大学生。

不用说，志远的成功令许多人羡慕不已，更让我感到自豪。这不仅因为他和我要好，还因为他是我哥。母亲乐得不得了，常挂在嘴边的一句话是：小子，瞧瞧你哥多有出息，你也学着点。我暗自点了点头。然而奇怪的是，当年寒假志远没回家。半年后的暑假，仍没回来，只是写信说事情很多。

离过年尚有两个月，志远回来了。这多少有点出乎意料。我还发觉他脸色不好，但因为考试在即，也没在意。父母同样没放在心上。大家一起开开心心过春节，过十五，别的同学都返校了，志远却仍没有离开的意思。母亲心中纳闷，想问问明白，不料志远已经果断地把自己关进了房里。

有问题，肯定有问题。凭借多年丰富经验，母亲断然道。她吩咐我把事情搞清楚，我也很奇怪，自然义不容辞。

那是一个星期天，我悄悄溜进志远房里，他正趴在桌上写着什么。我凑近一看，原来是两句诗：如果你不能爱我，就请原谅我的痛苦吧。我歪头看了一会，说，哥，这诗你写的？志远转身看看我，摇了摇头。

写这首诗的人名叫泰戈尔，是印度的。志远说。

噢，我答应一声，哥，你没什么事吧？怎么现在还不去上学？志远愣了愣，低声说，我被学校开除了。一副很无奈的样子。毫不夸张地说，这是我有生以来听到的最具轰动性的消息。我愣了好久，像志远那样，然后说，怎么会这样？志远摇摇头，缓缓说出事情原委。

其实事情很简单，简单得让人觉得乏味。志远喜欢一个女生，但对方没那个意思。这种事在大学里再平常不过了，两年后我也曾遭遇过同样的打击，问题是志远太当真，不能自拔。痛苦的志远无所寄托，渐渐迷上了诗歌，终有一天，发展到逃课写诗的地步，荒废了学业。期末考试，居然四门不及格。这是那所名校绝对不能允许的，于是志远沦落到今天这地步，也就不足为怪了。

这事你打算怎么给家里说？我问志远。我想我的担心很有必要，尤其是母亲。

我也不知道，先别给他们说。志远话刚出口，马上又否定了自己，叹口气说，你说吧，反正他们迟早要知道的。我想了一想，只得说，这样也好。

结果和我想象的一样，志远失学的消息传开之后，父亲照例没说什么，只摇摇头。母亲却大发雷霆，将他狠狠臭骂一顿。骂过之后，母亲说，你以后想怎么办？其实我听得出来，母亲的意思是想志远再考一年，但后者似乎对此兴趣不大。

写点东西吧，不少人毕业后专门写作呢。志远拿出厚厚一摞诗，坚定地说。他将诗重抄一遍，分别寄给各个报社。半个月后，开始见效了，陆续有二三十元的稿费寄来。母亲不满意，嫌少，但即便这样很少的稿费，也不是经常有的。

不写诗了，我要写小说。好久收不到稿费，志远略显失望地说。为此他还举了几个诗人改写小说的例子，比如说韩东，再比如说杨争光。据说在成名之前，贾平凹和苏童也是写过诗的。志远为自己找到了更为有力的证据。

以后的一段时间，志远很少出门，总埋头于他那间小屋。有时母亲要他帮忙，他也烦得很。这样过了些时日，志远的桌上如愿以偿地多出几篇小说来，并很快寄了出去。志远断言，不出三个月准会收到大笔稿费。然而三个月早过去了，却没丁点儿消息。甚至是本市的杂志，也忘了扶持本地作家的一贯风格，信都没有回。

可以想象，母亲那个人，不失时机地嘲讽几句是很正常的。

志远急了，闭门谢客，全力以赴又写了两篇。这两篇拿在手里自己都感觉沉甸甸的。志远松了口气，亲自带着小说去杂志社。当时我正好在家，陪他去了。接待我们的是个戴眼镜的年轻人，冷冷地说，你们有事吗？志远说，我想投稿。那人说，投稿？拿来吧。

志远本来挺有信心的，但见他那副神态，突然胆怯地问了一句自己也没想到的话，你们退稿吗？那人说，不退，要是每篇废稿都退，我们还不得亏死？志远手刚伸出去，马上缩回来说，我没底稿，不退稿我不投了。

接着我们在杂志社门口转了一会，又转了一会，准备回去。这时过来一个老头，慈眉善目的。我也说不清这老头到底是帮了志远还是害了他，反正那天着实让我们兴奋了一阵子。

小伙子，你手里拿的什么？老头随口问道。

小说，杂志社不给退稿，我不想投了。志远说。

是吗？拿来我看看。老头扫了一眼题目，又说，稿子给我吧。志远说，你是谁？那老头掏了好大一会，掏出一张名片，原来是杂志主编。

你先回去，有消息我通知你。老头说，你放心，如果不能用，我把稿子退给你。志远一听，接连说几声“谢谢”，拉上我就走，好像生怕那老头反悔似的。

回到家没过十天，果真收到了主编的回信。信写得比较客气，大意是说小说还不错，准备用一篇，另一篇原封退回。在信的结尾，按照惯例，适当给作者几句鼓励。志远捏着信连读两遍，手微微颤抖着。他兴奋地啊了一声，慌手慌脚地搜出身上所有的钱，买了一斤羊肉，给大家换换口味。

我吃了志远的羊肉，但没能看到他的文章，因为没过几天我去南方上学了。半年后，当我再见志远时，简直不敢相信自己的眼睛——志远头发蓬乱，一脸的懊丧，全然不见原来的风采。我有点心虚，说，大作家，谁惹着你了？母亲接过话说，作家？哼！我知道不对劲，紧张地问，怎么啦？

小说没发。志远不情愿地说。根据志远的叙述，大概情况是主编给他回信后不久出了车祸，稿子没用上。志远还补充说，他是前两个月去杂志社才知道的，因为主编出事，小说也丢了。我留意到，志远说话时手里拿着一本中学课本。

你不写小说，准备再考一次？我无话可说，但必须说点什么。

考呗，不考怎么办？爸一心想让我考，妈呢……你也知道的。志远瞧瞧手中的书说。我点点头，表示完全可以理解。不读大学，还有希望当作家，现在作家也当不成，还能干什么？看来考学是志远目前唯一的出路。

那个假期，我没在家待太久，因为不忍面对志远那张忧郁的脸。然而无论我走到哪里，无论做什么，眼前总会浮现他的影子。我似乎看到了志远那焦躁的眼神，那忧虑的神情，于是我也变得焦躁不安了。这种不安绵延不断，直到高考成绩出来才被另一种不安所代替。

志远的成绩在我们村七八个考生中名列第一。

这本来是件好事，然而事实并非如此。志远分数虽高，却比上一次差远了，而他又只报了那所学校。这也就意味着，他将要再次接受失败的洗礼。

母亲气得要命，指着志远鼻子骂，骂出了她满肚子的知识，满肚子的学问。骂得累了，母亲说，小子，你学谁都好，千万别学你哥，没一点出息。这话几年前恍惚就已经感觉到了。我没理她，在低声怒骂中默然离去。

然而骂归骂，即便骂得再精彩，解决不了任何问题。还是父亲实际，用行动表明了心迹。他拿出两千元钱，扔在桌上说，家里的钱你弟弟上学了，剩下的都在这儿，不够的咱们再想办法。志远惊诧地说，爸，你这是……父亲转过脸，无奈地说，这钱给你结婚用的。

志远接过钱，一声不响。我也没说什么。其实我心里清楚，在这件事上，父亲只是显示器，母亲才是绝对操纵者。她随后一句话，将自己暴露无遗：你看看别人，像你这么大的，谁还没结婚？没结婚孩子也在外面养着了。

我现在还不想结婚，这笔钱……我想用来做生意。志远沉思片刻说。

做生意？母亲不屑地说，你有那个本事吗？志远说，你们相信我，我行的，我并不比别人笨。母亲冷笑着，仍不松口，最后还是父亲说情，才算勉强同意。在父亲的介绍下，志远揣着两千元钱，投奔他一个搞装潢的朋友了。

我一向认为，父亲的决定总是对的，但是这一次，他却大错特错了。志远根本不适合做生意，至少有一点可以肯定，不适合跟人合作。刚开始，志远的确赚了点钱，当资金成倍翻涨时，就被同伙毫不犹豫地掠走了。这些都是母亲跟我说的。向来坚强的母亲说着说着也哭了。

结婚。母亲抹去眼泪，用一种不容置疑的语气说。父亲自知有错，不好说话了。事已至此，志远也没什么好说的。事情似乎就这么决定了。

三天后，在母亲的安排下，志远见到一个说不上漂亮或者丑陋的姑娘。由于母亲的极力撮合，一切进展顺利。母亲与对方当场敲定，明天买东西，月底结婚。

接下来如果事事都像见面般顺利，《上帝的故事》或许会少一种结局。偏偏在这个节骨眼上，出了点纰漏。志远带着借来的五千元钱去市里，心不在焉的，结果被扒手弄走了。母亲二话没说，“啪”的给了他一个耳光。

志远嘴角抽动几下，愣了一会儿，然后带着那个耳光进屋了。他取出诗集，在封面上匆匆写下几句诗。那些诗当时我还看不懂。后来学了西方现代派文学，才知道出自法国诗人波德莱尔的《恶之花》：

当大地变成一座潮湿的牢房，

在那里，“希望”就像一只蝙蝠，

用怯懦的翅膀不断拍打牢墙，

又向朽腐的天花板一头撞去。

诗刚写完，母亲进来了。母亲说，写诗，写诗，你就知道写诗，除了写诗你还有别的用吗？抢过诗，“嚓嚓嚓”撕了几下。我听见志远狂叫一声，仿佛脊椎骨突然抽去了似的，“扑通”跪倒在地上。母亲眼睛一闭，手上猛地一用力。

零零散散的碎片，像黑夜里的纸钱在空中翻飞。微微的风，最终带走了全部纸钱，也带走了志远的灵魂。我常常想，一个人的承受高度有多大？或者说从多高跳下来不会摔死？五米？十米？我不知道，我只知道从二十米高的砖窑跳下来，无论谁也逃脱不了灭亡的命运。

这是志远人生中的最后一个选择，时间是 2001 年 8 月 19 日凌晨。

父亲明显苍老了，母亲更是哭得死去活来。

我没有哭，抱起志远默默走着。夜晚，我守在他旁边，怎么也无法相信死亡的事实。我想志远是去了一个很远的地方，随时都可能回来。他还会给我讲故事。就在昨天晚上，他还讲了一个我似曾相识的故事：

一天中午，上帝还正睡着觉，忽然响起一阵敲门声。那声音轻轻的，柔柔的，仿佛山间的流水，听上去非常舒服。上帝心情舒畅，便决定请他进来。但奇怪的是，他打开门，门口却空无一人。

原来敲门者觉得时间太久，有些不耐烦，于是走了。

上帝微微一摇头，转身进屋了。他刚躺下，敲门声又响了起来。不过这次跟前一次不同，咣咣当当，刺耳得很。上帝很烦，假装没听见，躺在床上动也不动。然而敲门声始终响个不停，瞧那情形，不理恐怕会一直敲到天黑。上帝终于受不了，破窗而逃。

长阳往事

黄岩家住武汉，读大学也在武汉，毕业工作，却出乎意料地来到了长阳。统一分配的年代，不可能人人都顺心。分到哪儿是哪儿。有人去上海，有人去北京，更多的人留在省城，唯独黄岩去县城。黄岩自然心有不甘。虽说长阳民风朴实，风光秀丽，还可以随时听到缠绵多情的土家族山歌，但跟武汉比，总显得不够大气，难盛下大菩萨。黄岩早盘算好了，他不会待这儿太久的，最多一年。

两个月前，不是黄岩过于固执，根本不必来长阳。

黄岩学的是物理。那届毕业生少，前面说过，去向大都还不错，最差的也是回本地市区。黄岩去长阳，实在是事出有因。现实生活，往往比想象中的更富戏剧性。

同届学友中，黄岩可谓出类拔萃，专业扎实，逻辑周密，继续深造的话，学术上不难有一番成就。而要深造，也就意味着，黄岩必须放弃工作留校读研。这是一条险路，犹如挤一座比高考更窄的独木桥。黄岩报考的方向仅一个名额。黄岩基础好，估计问题不大，但为确保万无一失，仍做了大量准备，结果成绩遥遥领先。录取几乎没有任何悬念。黄岩也沾沾自喜，竟忽略了一件重要的事——系里有个青年教师也报考了，或许实力不如黄岩，但近水楼台，专业课稍胜一筹。一个应届生，一个本系教师，这二者并非同一起跑线，随意使用同一标准，显然有失公允。系里不管那么多，在名额受限的情况下，毫不犹豫录取了“自己人”。哪怕修养再好，轮到这事也恼火。更让人愤怒的是，新教师不久前刚刚成为导师的女婿。

昏昏沉沉睡了两天，黄岩严谨的思维失控了，居然跑到系里，冲动地大吵一番。这与他平时的沉默寡言迥然不同。结果可想而知，只能是自取其辱。名单已确定，绝无更改的可能，黄岩不仅未能扭转乾坤，还得罪了系主任。临近毕业，黄岩的单位迟迟未落实，当大家开始收拾行李时，才得知被流放到偏远的长阳。也算是小小的惩罚。这在当年被视为一条大新闻，流传过很长一段时间。

据知情者说，黄岩是一路骂着离开武汉的，从系主任到导师，再到导师的女儿女婿，甚至研究生处和校领导，一个都不放过。骂到长阳才作罢。不过骂归骂，若想读研，明年还得考那导师。

来到长阳，黄岩颇有些傲气。黄岩想，作为武汉人，在长阳这种小地方，傲一傲也很正常。好歹也是省城来的。好歹也来自名牌大学。好歹在武汉他也响当当。黄岩就对当地人有些瞧不上。他心里清楚，自己明年夏天就走，没必要看谁脸色。考场上有绝对把握，而导师出于愧疚，临行前安慰他一番，同时也暗示，来年肯定鼎力相助。除非导师立刻生个女儿，或者他女儿离婚，否则，几乎不可能再讨女婿了。这在中国是不允许的。黄岩想不出，明年还能有什么意外？

因为没有心理负担，黄岩显得很轻松。黄岩不像其他老师，对校长、主任百般讨好。路上遇到马名远，遇到杨金岸，顶多点点头，不卑不亢，表现得十分得体。不高兴了，招呼也不打一个。至于其他同事，来往的更少。空闲的时候，黄岩更愿意一个人仰望天空。

这就是黄岩的傲慢之处。黄岩的傲气，不在于他说什么，而在于什么都不说。上课之余，黄岩喜欢翻翻书。都是些精深的专业书籍。有时也读读诗歌，顾城，海子，于坚，谁的都有。至于集体活动，黄岩只对排球有兴趣，傍晚两节课一结束，操场凑人了，不请自到。这项活动人员杂乱，从校长到普通教师，只要来得早，都有机会。活动中，黄岩只管传球扣球，不多说话，仍可保持自己的独立性。对马名远一视同仁。不说马名远人品，单就球技讲，也还不错，再者大家也怵着点，胜多负少。黄岩加入战局，情形便有些不同。一般说来，黄岩跟马名远搭档，马名远准赢，二人对阵，黄岩胜的几率大。几次下来，大家都意识到了，暗暗指责黄岩过分。

在排球上，其实黄岩还不过分，毕竟是集体活动，责任不在一人。真正出格的，还是那次乒乓球比赛。除教学弱些，马名远样样精通，乒乓球更堪称一绝，不幸的是，这恰恰也是黄岩的强项。迎国庆，学校举行乒乓球赛，一向稳操胜券的冠军得主马校长，这次却屈居亚军了。被黄岩打得狼狈不堪，直流冷汗。校长不愧是校长，输球之后，很快镇定下来，拍拍黄岩的肩呵呵笑道，长江后浪推前浪，年轻人有前途。假惺惺的。让人看着就恶心。黄岩耸耸肩，好像那儿落了一堆鸟屎。

黄岩的鄙视不言而喻。有人担心，黄岩如此嚣张无礼不顾后果，会给以后添麻烦。也有幸灾乐祸者，静观好戏上演。黄岩是聪明人，应当不会想不到这一点。或许黄岩本性如此，或许他就想看看，我行我素，对方又能将自己怎样？事实上，也就在一个月后，马名远手指轻弹，旋出温柔一刀，远远超出了黄岩的承受能力。这是黄岩的疏漏之处，只需稍作妥协，绝不致如此，但此时已后悔莫及。另外，在对曹洁华一事上，黄岩的表现仍存有疑问。

教师进班前，会从教导处杨主任那儿领一份名单，说明某某公子背景如何，某某小姐须特殊照顾。在黄岩班上，曹洁华就是这种人。曹洁华相貌出众，脸蛋身材无可挑剔，也会打扮，T恤衫配牛仔裤，简简单单，却有种鹤立鸡群的感觉。这些都不算什么。关键一点，她是曹副县长的千金，不要说普通老师，就是马名远也招惹不起。

长阳女孩子内向，乖巧，惹人疼爱，但在曹洁华身上，非但看不到羞涩与腼腆，甚至可以说很风骚。班里的男生，稍微像样一点的，没哪个她没勾引过。这种事十拿九稳，交往两个月，再一脚踢开。唯一的失败纪录，是班长傅苏。傅苏高高瘦瘦的，言语不多，眼睛里时常流露出一种忧郁与孤傲，与黄岩倒有得一拼。曹洁华受到冷落，曾想过找人修理他一顿，最终大度地放手了。现在，她的新目标是英俊的黄岩老师。

毫无疑问，黄岩是知道她的。退一步说，即便撇开她的家庭背景，就曹洁华那脸蛋，那身材，那打扮，谁又能视而不见呢？傅苏之外，似乎还只有黄岩。

对待曹洁华，黄岩绝对没有任何偏见，不特意提问，也不故意绕开她。一次课上，黄岩叫曹洁华一排四个同学上黑板，默写公式，其余三个人默完回去，只曹洁华默不出。默不出就默不出，曹洁华也不当回事。她装模作样，写几笔又擦掉，身子一旋莞尔笑道，黄老师，我忘记了，你帮我补充一下吧。握着粉笔的手指葱一般白嫩。若是其他老师，或许会笑笑，将公式补充完整，再温和地开个玩笑。但黄岩不是他们。黄岩有自己的风格。黄岩接过粉笔，“啪”的扔在讲桌上，瞧着它断为几截，淡淡地说，你下去吧。虽没有一句严厉话，但让人堵得慌，比骂人更狠。曹洁华脸色阴沉着，很难看。

学生们面面相觑，都以为曹洁华不会善罢甘休。这不是公然挑衅吗？曾经有个老师，因说话不当，无意中得罪曹洁华，结果被驱逐出长阳。他们害怕黄岩会重蹈覆辙。想不到的是，曹洁华这次很宽容，没任何报复之意。再见到黄岩，仍笑吟吟的。甚至比先前对他更热情，胶水似的粘着。黄岩冷冰冰的，仍不为所动。

无论在武汉，还是在长阳，除却那件不开心的事，或许黄岩都还算顺利吧。毕竟不管怎么说，黄岩都是个人物。

应当说，黄岩天生就是个人物。

黄岩的武汉故事，伊霞是听好朋友杨思敏说的。当时她愣了好大一会儿。伊霞暗想，这个黄老师，看起来不声不响的，竟还有这些个传奇故事。想到瘦瘦的身影，不觉脸上泛起笑容。

伊霞是地道的长阳姑娘，秀气，聪颖，浑身透着机灵劲。十七岁的生命中，过得平淡从容。不知道何为忧愁。也不知道何为相思。至于“怦然心动”的感觉，更是从未领略过。这种感觉，是黄岩带给她的。不知为什么，只看他一眼，伊霞立刻明白了，怦然心动并非只活在纸上。伊霞激动得直想哭。任何与黄岩相关的故事，发生在长阳，或是武汉，她都很着迷，时而兴奋时而忧伤。见他与曹洁华发生冲突，又着实捏了一把汗。

武汉毕业的，又是名牌大学，到长阳来，是不是太可惜了？开学伊始，杨思敏介绍黄岩，伊霞感叹说。

是呀，假如当时冷静点，就算不能读研，留在武汉肯定没问题的。杨思敏深有同感，附和一句，却又诡秘地笑笑，说，他来长阳也好，不过来，你们俩怎么见面？伊霞轻轻地笑着。她的心思，这位好朋友一清二楚。伊霞说，可是他呆不久，明年就走了。杨思敏说，那怕什么，你加把劲，也考到武汉，你们不是还在一起？伊霞说，武汉是大城市，哪那么容易考的？再说就算考过去，黄老师……杨思敏说，黄老师什么？你这么漂亮，脾气又好，黄岩会无动于衷？说不定……现在正想你呢。伊霞陷入沉思之中，没听明白，反应过来后笑着打她。

打闹片刻，伊霞突然说，思敏姐，我想……麻烦你帮个忙。杨思敏说，你说吧，只要帮得上，我还能不帮你？伊霞吞吞吐吐的，说，我想当……各科正选科代表……物理科代表还没人，你说杨伯伯会同意我做吗？杨思敏手指点点她，笑道，噢，想当科代表，多接近心上人？你的心思我不知道？伊霞脸臊得通红，连忙说，什么呀，我物理不好，想督促学习嘛。杨思敏说，督促学习，说得多好听？鬼才信呢。伊霞说，你……杨思敏说，我什么我？伊霞说，你帮不帮？杨思敏说，这还用说？故意停顿一下说，当然得帮了。

杨思敏的父亲杨金岸，教导处主任，各班主任都归他管，安排个科代表小菜一碟。他还当伊霞下定决心学物理，却不知这丫头动歪脑筋。伊霞如愿走马上任，常跑办公室，接触频繁了许多。然而遗憾的是，黄岩似乎没感觉，始终未对她另眼相看，有时她进办公室，连头都不抬，该干吗干吗。伊霞赌气想，不看就不看，只要看到他就行。她时刻留意黄岩的举动，每天傍晚，排球一开始，立刻赶去操场助威。杨思敏本来没兴趣，受她影响，有时也过去看看，喝几声彩。

黄岩打得真精彩，一记狠扣，伊霞欢呼起来，不想杨思敏碰碰她，低声说，小霞。伊霞问，怎么啦？顺着她眼光瞧去，却是班长傅苏，纹丝不动盯着球场。伊霞脸微微一红。他看他的，我看我的，大家各不相干。伊霞暗自嘀咕着，不再看他。甚至不愿提傅苏这名字。提及他名字，只能想到“讨厌”一词。这人初中就追自己，都说不喜欢他了，还缠着不放。伊霞想，谁脸皮有你厚呀？

假装着专心看球，谁知道心里想什么？伊霞怀疑，他不时用余光往这边看。还有曹洁华的事，如果不是迷恋自己，怕一样难拒绝她的诱惑。伊霞对他实在没什么好感。

伊霞改变这种观点，是好久之后的事——这人还不错，只因讨厌他对自己有所企图，才一概否定了。平心而论，傅苏除话语不多外，成绩优异，相貌也好，还爱帮助人，想想长处还真不少。而他追自己，并未有过出格举止。当然，跟黄岩比，远不是一个档次。伊霞的心，已经全部被黄岩占据了。

看着黄岩冷漠的脸，伊霞想，不知什么时候，他也能开心笑一回？

黄岩的笑容仿佛魔鬼的影子，伊霞始终没有看到。黄岩说不上舒心，但也算风光过一阵子，两个月后，曾经的风光不见了。当时期中考试刚刚结束。这倒不是说黄岩教学能力差。用黄岩的话说，教书很简单，只要他随便用点心，都不比本地人教得差。事实证明，黄岩所带的班级跟他考研一样，成绩遥遥领先。黄岩的苦闷缘于校长马名远。

据杨思敏透露，考研必须单位同意，马名远虽然没有阻止他报考，却也不点头盖章。

十一月中旬，考研报名头一天，黄岩早早赶到市里，递上毕业证。也就这时候，他才听工作人员说，考研需要单位的证明。黄岩心里“咯噔”一下。这是他没想到的。黄岩想，在校不是随便考嘛，什么时候改的规矩，又要证明啦？

稍微明白一些内幕，都不难猜测，这事不会顺利的。马名远鸡肠狗肚，没那么豁达。黄岩决定瞒着他找杨主任盖章。杨金岸说，章在秘书室，一般人轻易拿不到，你还是找马校长说说吧。黄岩说，不找他行不行？杨金岸笑着摇摇头。杨金岸说，找马校长试试看，他挺好说话，不会拖着你不放的。黄岩点点头，自己都不明白什么意思。既然非找他不可，那就赶紧去，但愿姓马的别太把这当回事。

杨金岸所言不差，马名远没有拒绝他。人家要去读书，要去深造，这难道也有错吗？不但没错，还是上进的表现。马名远笑呵呵地说，好事嘛，读书当然是好事。黄岩松了口气。不料马名远话锋一转说，但这不归学校管，档案在局里，让不让考得局里定。黄岩想，如果事情真是这样，跟你没关系，应当更好办些。一口气跑到教育局。黄岩刚开个头，局长挥挥手，不耐烦地说，找我干吗，看不见我正忙着呢，找你们校长去。黄岩突然想骂人，却骂不出来，小心地说，马校长让我过来的。局长说，我说了，这种事局里不管，找你们校长去，我说的又不是外语，你听不懂？就你这智商，怎么读的大学？黄岩咬咬牙，尽量平静地说，局长……局长又挥挥手，懒得再理他。黄岩讪讪地退出来。市里、学校、局里不停地跑，黄岩筋疲力尽，又碰了一鼻子灰，心中窝火，骂骂咧咧找校长去。

黄老师，看你平时挺聪明的，怎么突然糊涂了？马名远说，你说说，论权力我大局长大？局里让你考，我敢拦着不让考？但如果局里说不行，找我也没用。权力还在局里。黄岩沉吟片刻，说，马校长，不管局里同不同意，您先盖个章，再去教育局，我也有个依据。马名远说，又犯傻了不是？局长大人不发话，我乱盖章，还不把我骂死？你是武汉人，敢闹腾，我可是闹不起。黄岩一时手足无措，表达也语无伦次，可是……我……现在……马名远推他一把说，你要不想耽误事，还得找局长。

顾不得啰嗦，黄岩又跑教育局，结果比预料的还糟糕，被局长臭骂一顿，搞得灰头灰脑的。这是前不久去系里喊冤的另一个版本。只得再找马名远，再跑教育局。如此反复折腾扯来扯去，报名日期过去了。一切又已成定局。再不用跑了。刚犯下致命错误，不到半年，又遭受到致命打击。

黄岩躲在宿舍里，足足睡了一天一夜。还好是周末，否则的话，又麻烦了。

自此之后，黄岩不牛了，像个泄气的皮球，瘫成一堆。或者说秋后的蚱蜢。再不就是霜打的茄子。黄岩眼中不仅仅是忧郁，还多了一些郁闷，烦躁。排球场不去了。乒乓球更不碰了。总而言之，虽然仍沉默寡言，黄岩却像变了个人。

这小子，现在不横了吧？哼，以后有他好看的。只要我在长阳一天，就没他露头的份。今年不能考，明年不能考，后年同样也别想考。他不是会蹦跶吗？就在这学校，就在我眼皮底下，我看他能蹦跶多久。马名远斩钉截铁的名言，迅速在校园中传播开来。杨金岸听到了，之后杨思敏听到了，伊霞听到了。最终黄岩也听到了。

黄岩知道后，冷笑一声，愤怒地望着远处。

面对黄岩的遭遇，同情者有之，嘲讽者有之。伊霞暗中祈祷，黄老师，一定要坚持住，去武汉读研当然好，实在读不成，老老实实待在长阳，也没什么不好的。

黄岩报名失败时，曹洁华已不在学校。她是后来听说的。曹洁华基础太差，又不想学，期中考试前，终于选择了潇洒地离开。她不上也好，这样混着意义不大。如果长阳有高校，再不她老爸任省长，走走后门，轻松点读几年大学，拿个文凭也可以。可惜二者均不成立。既然如此，倒不如早点工作，早点赚钱。曹洁华去了税务局。这个刚刚热起来的行业，后来很吃香，清闲待遇好，而且文化要求不高。多少人想进进不去。曹副县长眼明心亮，知道女儿难成才，当机立断给她弄个位置。

曹洁华退学，许多老师松了口气，但最高兴的还是伊霞。

有段日子，曹洁华着了魔似的，不管真假，老缠着黄岩不放。走到哪儿跟哪儿。办公室如履平地，单身宿舍不在话下。这一点比伊霞来得干脆。伊霞虽有心，毕竟只限于办公室，不敢去住处。面对曹洁华的性感打扮，更只能甘拜下风，自叹不如。

伊霞坚信，以黄岩的定力，即便曹洁华再骚情，终归无法得逞。然而女人蝴蝶似的转来转去，总让人心烦。伊霞冥思苦想，终于想出个办法，向黄岩借书，周末休息办公室没人，就只能去宿舍还了。伊霞借了几本诗集，一本一本还，这样能经常过去。十有八九，都会碰到曹洁华，或穿牛仔裤，或者皮短裙。这在当时很新潮。尤其是小县城。自然有人认为过于招摇，看不惯。伊霞因为她老缠着黄岩，没太多好感，但对衣着倒还认可。甚至感觉有压力。后来她离开，竟有种解脱的感觉。

半个月后，期中考试开始了，没多久，黄岩遭受重大挫折。这事很快传遍长阳县城。曹洁华不知道，只因当时在外地。单位组织公费旅游，昆明、桂林兜一圈，顺便又去了趟海南。回来第二天，听说黄岩报名的事，赶过来看他。恰逢周末，伊霞也在黄岩宿舍。

曹洁华打扮得很职业化，盘起长发，涂着淡淡的口红，愈发显得成熟迷人。伊霞不得不承认，她是很漂亮。一时不知说什么好。曹洁华向她笑笑，问起黄岩的事。黄岩支支吾吾的，挑重要的说，有些难堪避开了。

这个马矮子，一点人情味没有，这么大学校，哪缺一个老师？人家考研，可是一辈子的事。曹洁华忍不住骂道。黄岩不作声。伊霞也不作声。曹洁华又说些马名远的不是，瞧瞧手腕说，黄老师，我有点事先回去了，你好好休息吧。黄岩站起身，将她送到门口，说，谢谢你来看我。曹洁华说，黄老师太客气了，假如欢迎，以后我会经常来看你的。又向伊霞笑了笑。

黄老师，明年报名的话，事先告诉我一声。临走前曹洁华说。

找曹洁华帮忙，不失为一条门路。伊霞想，曹洁华背后有曹副县长，马校长还敢故意刁难？黄岩却没多少欣喜。伊霞说，黄老师，你不妨试试。黄岩冷冷地说，没什么试的，无缘无故的，她怎么会那么好心？伊霞想，这可不好说，她喜欢你，怎么能说无缘无故？总是不好反驳。黄岩又说，猫和老鼠的游戏，她怕还没玩够。

试一试，反正也没什么损失。伊霞说。黄岩摇了摇头，说，我不想自找难堪了。伊霞久久没有开口。她想，只要有机会，能去武汉读研最好了。再过一年，就要高考了，伊霞绝不留宜昌，也不报上海、北京大城市，全部填武汉高校。

伊霞与黄岩频繁交往，是在曹洁华退学后。确切一点说，是介于黄岩报名失败与元旦之前。伊霞想，黄老师心情不好，应当多给他些安慰。有空就去看看他。黄岩起初冰冷冷的，后来虽仍称不上热情，但总算温和了许多。伊霞倍受鼓舞，跑得更勤了。

将近两个月，一到周末，伊霞必去黄岩宿舍。

毕竟与曹洁华身份不同，伊霞不敢太声张，尽量避着人。这事杨思敏知道，另一个知情者是傅苏。有过几次，伊霞走近黄岩宿舍，四处瞧瞧，总会发现傅苏熟悉的身影。傅苏如受惊吓的兔子，赶紧逃掉了。

若是以前，伊霞又得怪傅苏，卑鄙，无耻，暗中跟踪人。突然间，她就不这么想了。望着他的背影，她想他也挺不容易。都快三年了。再者说，傅苏对谁都不坏，对曹洁华也是如此，从未让她尴尬过。曹洁华曾扬言报复傅苏，最终不了了之，或许也与此有关。伊霞想，其实傅苏也蛮出色的，但感觉这东西，与是否出色或许相关，但绝不是一回事。她决定找机会跟他谈谈，免得再延误下去，对谁都不好。

他们的谈话是在傍晚进行的。傅伊二人擦肩而过，傅苏想逃，伊霞脱口叫道，傅班长！傅苏愣愣的，说，你叫我？伊霞点点头。两人认识那么久，伊霞从未主动打过招呼。傅苏感觉手微微发抖，偏过脸说，有什么事？

事后想想，那次谈话真的很俗。一切都像在演戏。伊霞夸奖傅苏几句，幽幽地说，你对我好，我心里明白，可是……我们真的不合适。连表情都像是排练过的。傅苏一声不吭。伊霞笑笑，当然还不会忘记，祝他找个心仪女子。傅苏说，就这些？伊霞说，你还想听什么？傅苏说，你去黄老师那儿，最好避着别人一点。说完转身就走。伊霞怎么也想不到，他会跟她说这个，见他走远，又愣了好一会儿。

可惜他是傅苏，如果黄老师这样……伊霞叹了口气。

伊霞仍去找黄岩。一走进黄岩宿舍，伊霞就有种幸福感。只不过，屋子摆设太简单了，空荡荡的，让人看着就心酸。一张床，一张桌子，几乎再没其他东西。当然还有一堆书。大部分伊霞看不懂，很少几本，诗歌和散文，伊霞都非常喜欢。那些书她能随便翻。顺便也理理书籍，理理桌子。开始黄岩不习惯，后来也渐渐默许了。伊霞想，成功离她不远了，于是愈发勤快，甚至发展到帮他洗衣服。

那是周日的上午，难得阳光明媚。黄岩躺在床上翻杂志。伊霞理干净桌子，见脸盆里泡着脏衣服，跟他打声招呼，拿出去洗了。黄岩随口答应一声，待反应过来，伊霞已经出门了。他也没去追，继续躺在床上休息，半晌突然想到什么，爬起来往外跑。伊霞已经晒好衣服回来了，差点撞进他怀里。

黄老师，你有事要出去吗？伊霞脸色微红地说。

没事。黄岩说，谢谢你，中午我请你吃饭。伊霞摇了摇头。黄老师经济紧张，怎好再让他破费？拒绝之后，立刻后悔了，为什么不一块吃呢，可以自己付钱呀。伊霞为错失良机而懊恼不已。她犹豫片刻，掏出二十块钱，塞给黄岩说，黄老师，这点钱不多，你先拿着用吧。在那个年代，二十块钱虽称不上天文数字，但也够惊人的了，尤其对一个学生来说。

黄岩脸色立刻变了。什么意思？取笑自己穷？想都不用想，她肯定看到那件衬衫皱巴巴的，看到衬裤上打了补丁，还有两双袜子都破了洞。黄岩仿佛做了贼，被人当场揭穿老底。他猛地挥手一拨，大声吼道，不要！两张崭新的钞票，飘飘洒洒落在地上。

这回轮到伊霞发懵了。那是一张惊愕的脸。甚至有可能，一不小心就会泪流满面。伊霞想，我到底做错什么了？捂着脸跑出宿舍，委屈的泪水哗哗而下。伊霞相信，如果换成别人，肯定不会这样的。事实上，傅苏的影子从她大脑中一闪而过。

痛哭一场，伊霞感觉舒服些，擦干泪，再去黄岩宿舍。伊霞考虑不周，伤了黄岩的自尊，确实不对，但是黄岩作为老师，也不该那样。不管怎么说，总归有些过分。伊霞期盼黄岩能向她道歉，哪怕一个眼神也好，但她失望了。黄岩将钱还给她，淡淡地说了声“谢谢”。伊霞接过来，使劲搓着，心想，算了，或许他还不懂自己的心，所以才看重虚面子，否则的话，肯定不会动怒了。在心爱的人面前，这些根本都无所谓。伊霞犹豫不决，要不要向他表白？不说害怕以后后悔，可是要说……一个女孩子，这种话怎么说出口？

伊霞向来很聪明，在这件事上却犯糊涂了。她始终担心黄岩不明白。试想杨思敏看得出，傅苏看得出，黄岩那么敏感，反而会感觉不到？

当时已将近年底，因为二十块钱闹得不愉快，黄岩的宿舍伊霞很少再去了。

伊霞发觉黄岩喜欢吃肉，似乎在期中考试后。伊霞仔细想想，以前黄岩偶尔也会逛街，并未见他买过肉。而现在呢，几乎每周都去买，或多或少之说。

猪肉摊设在学校旁边。兄妹俩一起干的。姓田。田屠夫三十来岁，又黑又壮，外号田胖子，倒也适合干这一行。他妹妹年幼，看起来不到二十岁，但发育得很好，丰满，胸部鼓鼓的，许多人不单单买肉，还是去看她。

八十年代，猪肉还是奢侈品，并非每家每户都吃得起的。不是想吃就吃的。机关干部居多，做生意的居多，一句话，不是大爷就是大款，有权或者有钱。有权最终还得有钱。田屠夫乖巧得很，一律笑脸相迎。这也是生意人本色，和气生财。田小妹同样好人缘。男人们买肉，总好跟她开玩笑，妹子妹子叫个不停。田小妹甜甜一笑，顾客们呵呵一乐。

只是轮到教师买肉时，情形便大为不同，装久的孙子变成了大爷。

当时的状况是，所有拿工资人群中，教师最穷，基本属食草动物。田屠夫没权，也不领工资，但经常可以吃肉，应算肉食动物中后一类，也就是款爷。食肉食草，分明是两个阶层。学校里的人，田屠夫一概很鄙视。也就对马校长、杨主任少数几个客气些。领导终归是领导，与常人不同。一般教师，很难见田屠夫笑脸。黄岩过去更是如此。黄岩高高瘦瘦的，田屠夫称好肉，扔到一边，理都不理他。黄岩自然拿他没办法。

遭遇田屠夫冷眼，到田小妹那儿，总能得到些补偿。这个长阳小妹妹，跟其他长阳女孩很相似，也对黄岩有好感，趁哥哥不留心时便照顾他点，随手赠送一块猪油，或两根排骨。田屠夫看不到，一切好说，如若察觉，必定狠狠瞪他们几眼。甚至有几次，猪油已经装入袋子，仍被他掏了出来。

一个杀猪匠，有什么好神气的？伊霞路过，凑巧撞到过几回，情形大致相同，田屠夫一脸不屑，黄岩一声不吭。伊霞怨田屠夫无礼，也怪黄岩窝囊。猪油是他妹妹送的，又不是自己要的，干吗白受气？换成自己，非得挫挫他的霸气不可。

再次看到黄岩买肉，伊霞想，好久没去他那儿了，得有一个月了吧？自从发生那件不开心的事之后，再没进过他宿舍。教室之外，只在大街上见过。科代表一职也请杨思敏代劳了。伊霞瞬间心血来潮，有种强烈的冲动，去看看黄岩。不想还好，一想到这个，心又“怦怦怦”乱跳，激动不已，恨不得立刻过去。

黄岩宿舍随时可去，不想太招摇，最好还是周末。伊霞准备两个题，过去也有话说。当然不仅仅是请教，伊霞也想赌一把。不是怕黄岩不懂吗？末尾附上两句诗，请他点评点评，看他懂不懂。诗是泰戈尔的名句，流传很广：如果你不能爱我，就请原谅我的痛苦吧。伊霞手心渐渐冒出汗来，走到门口，又想空着手不好，带点东西吧，掉头买了块猪肉。三块钱的。看到田小妹，伊霞不知怎么回事，突然想开个玩笑，“喂”一声说，这是给黄老师买的。田小妹说，哪个黄老师？伊霞说，黄岩呀，你不送块猪油吗？田小妹愣了一下，表情怪怪的，装好肉递给伊霞，转过身去。伊霞讨了个没趣，快快而去。

黄岩在家，胡乱地翻着书本。伊霞叫了声“黄老师”，放下猪肉，说有几个题不懂，想请教一下。黄岩点点头。伊霞感觉特别紧张，借口上厕所，深深吸口气，回来听黄岩讲解，一直心神不定。黄岩说，懂了吗？伊霞稀里糊涂点头。黄岩说，弄清楚了就好。伊霞说，其实还有首诗……黄老师……黄岩“嗯”了一声，说，看到了，还夹在你书本里。伊霞抓起书就跑。黄岩叫道，伊霞，把猪肉带走。伊霞已经跑开了。

黄岩会怎么评价呢？写上一封长长的回信？恐怕不可能，自己出去那会儿，时间很短，他来不及说太多话。那就简短些，一针见血？对于这一点，伊霞同样信心不足。她猜黄岩只是看了，淡淡地一笑，不着一字，尽管可能他也很迷泰戈尔。躲到无人处，翻开书本，诗后多出四个字，龙飞凤舞的：无病呻吟。

仿佛心被突然抽空一般，伊霞傻掉了。许久之后，伊霞叹口气，狠狠将纸揉为一团，扔进路边的垃圾筒。她想一切该结束了。

很快到了元旦。然后是期末考试，放寒假。学生自然忙着回家，老师也是，有些长阳乡下的，赶早返乡过年。只有黄岩按兵不动，一如既往。伊霞想，难道他不回武汉？不久迎来一场大雪，铺天盖地的，气温骤然下降许多，行动怕是更加不便。还好雪过天晴，朝阳娇艳，让人看着也舒心。

伊霞约杨思敏去看黄岩。她借他的诗集，突然发现，有一本还没还呢。

两人说好地方坐车碰头，然后步行去学校，一路说说笑笑的。不时还会争辩几句。校园出奇的静，几乎没什么人影，雪后美景，保存得相当好。伊霞由衷赞叹一番。杨思敏说，别抒情了，快去还书吧，我在校园先转转。伊霞说，你别走远，我马上就回来。

黄岩宿舍门关着，没上锁。伊霞试着未能推开。她轻声敲两下，叫道，黄老师，黄老师在吗？里面立刻应道，谁呀？声音尖尖的。伊霞一愣，然后看到一张熟悉的圆脸。是田小妹。伊霞第一反应是，她在这儿，难道不要卖猪肉吗？

黄岩斜倚在床上嗑瓜子。田小妹过去，一屁股坐在他身旁，搬开他的腿，显得关系很亲密。田小妹说，瓜子吃吧？伊霞一时心慌，竟不知如何作答，只是连连摆手。黄岩说，有事吗？伊霞显得有些口吃，这是……这……这是以前借的书……忘还了。黄岩仍那么躺着，往桌子努努嘴，不再理她。

伊霞感觉太憋闷，一刻都待不住，飞也似的逃出那间小屋。

瞧你慌慌张张的，没事吧？杨思敏发觉不对劲，试探着说。伊霞摇摇头，考虑要不要告诉她，终于说，黄老师与田小妹……在床上……吃瓜子。只听前面的，杨思敏心悬到嗓子眼，听完后面三个字，忍不住“扑哧”一笑。杨思敏说，你说在床上，我还以为干吗呢。伊霞说，你以为他们干吗了？两人你掐我一下，我掐你一下，笑成一团。

这个黄岩，居然会看上田小妹，真是想不到。杨思敏摇着头说。伊霞说，俗话说萝卜青菜各有所爱，人家喜欢没办法。杨思敏“嗯”了一声，说，别说这些扫兴的话，天气这么好，我们出去逛逛吧。伊霞说，好啊，我也想逛逛呢，正好散散心。刚出校门，还没走几步，就碰到班长傅苏了。伊霞觉得难为情，杨思敏大方地打声招呼。

大班长，今天这么悠闲？杨思敏说。傅苏显得很拘谨，勉强挤出一丝笑容，支吾着说，放假了，整天待在家里太闷，出去随便走走。你们俩这是……杨思敏说，没事，也都瞎转悠。傅苏说，倒是挺巧的嘛，我们……说到一半停住了。杨思敏说，我们？我们干什么？傅苏红着脸笑笑。杨思敏也笑笑，说，既然大家都有空，一起逛逛吧，难得这么巧碰到了。其他二人没意见，算是通过了。

临近春节，县城比以往热闹，一路走过去，到处都设有小摊子。好玩的小玩意不少。杨思敏这也摸摸，那也瞧瞧，很新鲜似的。看到特别有趣的，还跟同伴讨论讨论。杨思敏要么说，伊霞，你看这个多漂亮，配你最合适了。要么说，大班长，你看看这个，买下来送给你妹妹，保准她喜欢。

因为傅苏在，伊霞起初与他一样拘束，话不多，更不轻易动手。走过一段路，渐渐也就放开了。挑起东西比杨思敏还在行。没多久，伊霞看中一条围巾。围巾是天蓝色的，无论颜色还是式样，都很漂亮，摸上去手感也好。老板要十五块。一番讨价还价，仍不低于十块钱。十块钱还是贵。伊霞给黄岩二十块钱无所谓，花一半钱买围巾，倒觉得心疼了。最终只能忍痛放弃。

转过几条街，已近中午。傅苏说，干脆咱们别回家了，一起去吃饭吧，我请客。杨思敏瞧瞧伊霞，伊霞眼望别处，随时要走的样子。杨思敏就说，以后吧，如果你真想请，以后肯定还有机会。傅苏鼓起勇气发出邀请，遭到拒绝，难免有些不自在。杨思敏朝他笑笑，宣布解散。只伊霞不笑，也始终未接傅苏的话。三人住三个方向，各自去乘车。

伊霞赶回家，父母正等得着急，埋怨她不打个电话。伊霞调皮地笑笑，洗了手吃饭。之后父母都上班了，她独守家中，准备休息一会儿，然后看看书。正要上床，忽然听楼下有人喊，声音怯怯的。伊霞心想，谁呀？突然心里“咯噔”一下，探头一看，果然是傅苏。

这家伙，怎么找上门来啦？伊霞暗自叫苦。幸好父母不在，否则又要疑心了。

伊霞，我这儿有你一本书，你方便下来拿吗？傅苏问道。伊霞疑疑惑惑的，心想，我哪有书在他那儿？但还是下去了。傅苏双手藏在背后，拎出一只袋子，塞给她就走。伊霞叫道，傅苏……傅苏跑得更快了。

袋子轻轻的，不像是书。伊霞想，一声不吭就走，搞什么鬼呀？突然意识到什么，心想不会是……立刻打开来，揭开一层一层包装，果真是那条天蓝色围巾。刹那间，伊霞有种说不出的感觉，电流一般袭遍全身，意外？激动？幸福？好像是，又好像不是。伊霞想不明白。恍惚竟然还有一丝悲壮。人的感觉有时就是这么奇怪。伊霞摩挲着围巾，缓缓上楼去。回到家中，将围巾摆在书桌上，凝视着它，足足有半个钟头。

第二天早上，伊霞匆匆吃了饭，跟父母说看个朋友，就出去了。其实是找傅苏的。不管傅苏什么意思，伊霞不能装糊涂。她当然没去过傅苏家，但听同学说过，好像住在医院家属楼。伊霞想，傅是小姓，打听应当不难。也该她走运，刚到家属区门口就碰到傅苏了。

真巧，我正找你呢，你就来了。伊霞微笑着说。看得出来，傅苏略微有些紧张。傅苏说，你不是……打算还我围巾吧？伊霞灵机一动，说，还你什么围巾，你说给我书的，书呢？袋子里可没有书。傅苏轻轻笑了。伊霞发现他笑比不笑好看。掏出十块钱说，开玩笑呢，不还围巾，我得给你围巾钱。傅苏不接。傅苏说，一条围巾，我送你不行吗？伊霞转过脸说，不用，这样子不好。傅苏说，我拿你钱也不好。两人推来推去，都不肯退让。最后傅苏说，要不这样吧，钱谁都不要，拿去吃饭？伊霞说，去哪儿吃？傅苏想想说，只要不是武汉，去哪儿都行。去宜昌都行。伊霞“扑哧”笑了。伊霞说，不过一顿饭而已，有必要跑那么远吗？真去宜昌，就这十来块钱，光吃米饭，怕都得跑着回来。傅苏又笑了。

两人转了几个地方，中午时分，伊霞给家里打个电话，然后一起吃饭。要了两份羊肉水饺，炒两个菜。傅苏吃得太急了，额上满是汗珠。伊霞忍不住偷偷笑，给他拿纸巾，交接之际，手被傅苏抓住了。抓得死死的。伊霞脸“腾”地红了，但也没使劲挣。

傅苏瞧了瞧四周，没人，低声叫道，伊霞妹妹！这话太轻薄。伊霞耳根都红了。

爱一个人，本来不必那么痛若，被别人爱，其实也可以很幸福的。忽然间，伊霞明白了这个道理。

伊霞想，自己跟傅苏的事，该怎么跟杨思敏说呢？老瞒着她也不行。迟早会发觉的。既然如此，倒不如主动坦白的好。但是杨思敏……会不会认为自己……说得不好听，叫作水性杨花？喜欢黄岩，又喜欢傅苏，看起来非常可疑。伊霞清楚不是这么回事，问题是，杨思敏是否也清楚？

春节过后，开学前夕，杨思敏约伊霞逛街。伊霞想机会来了。她给傅苏打电话，傅苏沉吟说，缓些告诉她，太突然了不大好。伊霞说，我也是这个意思，就怕她……傅苏说，杨思敏没事的，倒是你……把握好分寸。伊霞想，她对傅苏太冷淡了不好，过分热情更不行，按傅苏说的，慢慢来，先做个铺垫。像上回一样，凑巧遇到了，将近中午，傅苏同样提出请客，两位小姐欣然接受。伊霞甚至开玩笑说，不吃白不吃。

杨思敏心思缜密，吃过这顿饭，肯定会有所察觉的。对此伊霞很自信，但奇怪的是，为何她没一点反应？

正如伊霞估计的那样，杨思敏的确有感觉。当然，得到确切消息，还是在返校之后。放假期间，所有信件集中在秘书室，开学分给班主任，再分发给各个同学。杨思敏去办公室取信，邀伊霞陪着。她收到三封来信，都是武汉的，从笔迹看，显然出自一人之手。他叫李寅，伊霞知道的。伊霞叫他小武汉。

李寅是武汉人，外婆在长阳，从小住在长阳乡下，与杨思敏为邻。他比杨思敏大两岁，高她三级。自小两人以兄妹相称。读高中时，李寅开始给杨思敏写情书，后来去武汉读大学，写得更加出色了。甚至有些话很肉麻，即便杨思敏抵抗力强，也不禁脸红心跳。幸亏班主任开通，若是截下交给老爸，那可就惨了。杨金岸最痛恨早恋，越是出在自已人身上，越是管得严。不过坦白说，老杨发现也没什么，顶多是扣下信，杨思敏处于被动地位，怎么也算是受害者。至于李寅，杨金岸看着他长大，论辈分，还得喊他声“舅舅”。但那又怎么样？杨金岸再牛，还能跑到武汉揍他一顿？所以李寅根本不怕，两周一封信，从不间断。

他倒挺痴心的，追你有几年了吧？伊霞说。

傅苏不痴心？见过那么多人，还没见过比他更痴心的。杨思敏反问道。伊霞笑了。

思敏姐，如果说……我答应傅苏，你觉得奇怪吗？伊霞问。杨思敏略略一愣，微笑着说，什么时候的事？伊霞说，就是那天……买围巾那天。说明是第二天了，其实当时……

这有什么奇怪的？是喜事嘛，恭喜你们了。杨思敏说。伊霞忸怩地笑笑。杨思敏又说，不过……得做好保密工作，千万别让我爸知道。伊霞说，我明白，杨伯伯……厉害着呢。杨思敏点点头，说，另外，还不能影响学习。伊霞答应一声，反过来问她，思敏姐，你跟小武汉……怎么样啦？杨思敏说，就这样，还能怎么样呀？伊霞说，他真对你挺好的，你们如果成了，以后你去武汉，我跟傅苏也过去，大家仍然可以经常见面。杨思敏说，你想得倒远，这个以后再说吧。伊霞说，哪里远，明年就要高考了。

连读大学都想到了，连工作都想到了，还说不远？杨思敏说，你这个丫头，人小鬼大，不会是连以后……凑在伊霞耳边，呵呵呵地笑。伊霞羞红了脸，轻轻捶了她一拳，佯装生气地说，净胡说八道……

进入四月，天气渐渐转暖了。伊霞想，怎么形容它呢？应当说春暖花开吧？山上草木开花，黄岩却是脸上开花。

传言黄岩被打时，伊霞和杨思敏刚吃好饭。

思敏姐，咱别回宿舍了，快去看看吧。伊霞说。两人急匆匆往外跑。无须打听，田屠夫肉摊前围了一圈人，乱得不可开交，肯定是那儿。伊霞拨开人群，挤到前面去，只见黄岩趴在地上，被田屠夫狠狠踩在脚下，满脸是血和尘土，狼狈不堪。目光中充满了愤怒。四周聚了那么多人，指指点点的，却没一个上前劝解。田小妹也站在一旁，不安地搓着衣角。

伊霞看到血，一阵晕眩。她抓住杨思敏胳臂，努力让自己镇定，心中暗想，太过分了。伊霞想她得帮黄岩。正准备出去，过来一个长发女子，穿着黑风衣，一把拨开田屠夫。

他妈的，敢跟老子动手，我看你八成活腻了。田屠夫叫嚣道。当他看清来人时，态度立刻变了，傲慢的黑脸上堆满笑容。伊霞也看清那人了，是曹洁华，以前曹副县长的千金，如今曹副书记的千金。

我是活腻了，你想怎么样？曹洁华板起脸说。

曹小姐，对不起对不起，怪我田胖子瞎眼，不知道是你来了。田屠夫赶忙道歉。旁边有人轻声笑着。田屠夫瞪着眼睛，似乎想找发笑之人。曹洁华不理他，扶起黄岩，掏出花手帕，帮他擦去脸上的血。田屠夫说，曹小姐……曹洁华冷冷地说，有话就说，有屁就放。还好田屠夫脸黑，红也看不出来，嗫嚅地说，曹小姐，这人跟你过不去，你还帮他干吗？曹洁华破口骂道，你小子从哪个窟窿钻出来的，敢管姑奶奶的事？卖好你的肉，少惹是非。

不是我惹事，这小子太过分了，想搞我妹妹，我才揍他的。正愁找不到他呢，自己送上门了。田屠夫争辩道。

伊霞暗自冷笑一声，极为不屑。杨思敏也嘀咕道，田屠夫真蠢，这种话也好意思说？话未出口，就听曹洁华骂道，你以为你妹妹是仙女，谁逮着都想搞一把？回家去，给她买个镜子。田屠夫说，还买镜子干吗，我们家……曹洁华说，让她好好照照自己。人群中爆笑如雷。田屠夫搞得很难堪，只得不作声。见曹洁华要走，又赶忙讨好道，曹小姐，像你这么宽宏大量的，长阳县可没几个人。

你他妈的有完没完？你是猪？猪也没有你笨。曹洁华回头瞪他一眼说。众人再次哗然大笑。伊霞本来心情郁闷，这回也笑了。

黄岩走了。曹洁华陪他去医院。人群也渐渐散去。自始至终，黄岩一直未开口，表情也始终如一，仿佛一截木头。只是临走之际，偷偷扫了众人一眼。看到伊霞时，黄岩眼中的愤怒不见了，更多的是一种羞愧，赶忙闪躲。伊霞也一样。

站在午后的街上，伊霞想哭，却找不到一个哭泣的理由。

黄岩本就郁郁寡欢，挨了打之后，话更少了，课外几乎像个哑巴。大家随口议论几句，也不太当一回事。只有马名远在全体教师会议上大发雷霆。马名远说，某些教师平时不加强政治学习，过于随便，乱搞男女关系，结果不光使自己难堪，还影响到学校名声。马名远说，这种人道德败坏，是绝对不能容忍的。马名远还说，作为教师，首先要严于律己，然后才能严于律人。

马名远说得好听，没过多久，他自己竟出事了。让马名远出丑的，是二把手程副校长。

关于马名远的事，伊霞听到过几个不同的版本。一种说法是，外语组的陈玲玲天性风骚，不守妇道，为了挤进领导层，利用自身资源取悦校长，正在进行交易时，被程副校长逮个正着；一种说法是，马名远早有色名，还经常去外面嫖娼。他看中陈玲玲后，先是利益诱惑不成，又威逼恐吓，终于迫使其就范。还有一种版本流传更广，则属于政治斗争——程副校长跟马名远不和，故设计陷害，先让其姘头陈玲玲挑逗敌人，待对方无法自持落入圈套后，再闯入当场抓获。陈玲玲本来就名声不佳，而且已经离婚了，根本不在乎。程副校长曾承诺，只要好好配合工作，一旦成功，可将陈玲玲调往更好的去处，另外安排她妹妹的工作，报销她母亲的大笔医药费。后者似乎更可信，否则的话，程副校长哪会赶得那么巧？还有，据说进去捉奸时，校长室没闩门，想必是陈玲玲故意留的。当然，无论哪种情况，有两点确定无疑：马名远作风有问题；程副校长始终盯他的梢。

消息传出来，学校沸腾了一阵子。应当说，这种事并不新鲜，以前也出现过。那是在另一所学校，发生在一个副校长身上。副校长年轻，有才华，有胆识，长得也很潇洒，再加上他婚姻不幸，深得异性欢迎。副校长与本校好几个女老师关系暧昧，最终露馅，是因为被校长堵在他老婆床上。大家都认为这个副校长完了，不料副校长上面关系硬，趁机又花一笔钱，反被提拔了，去另一所学校当校长。因为有此先例，马名远不慌不忙，心想多大的事，不就是花点钱吗？马名远当然也不指望提拔了。他想平调也可以，换个地方换换口味。

钱花过之后，事情的发展并不像马名远希望的那么乐观。这回上面发狠了。相关部门开两天会，经过一番激烈的争辩，决定拿马名远开刀，严惩不贷。公职要开除的，党籍也要开除的。念其奉献了几十年，可适当照顾，去伙房烧锅炉。性质是临时工，但待遇不会太低。马名远气得跳起来骂娘。马名远想，我堂堂一名校长，好歹也是露过脸的，能去烧锅炉吗？简直是开玩笑！玩笑开得太大了！

一怒之下，马名远什么都不要，去清江河边种柑橘，乐得逍遥自在。这是老马的聪明之处。自己不缺钱，干吗受那份闲气？

国家不可一日无主，学校不可一日无头。马名远走后，程副校长级别最高，暂时主持工作。不久之后，副字去掉，真正成了一把手。而杨金岸作为几个科室资格最老的主任，也终于提为副校长。又提拔一个主任，两个副主任。新一届领导班子形成了。

好像就在杨金岸升职不久，马名远事件又多出一种版本，或者说第三种的补充版——程副校长为了夺权，联合杨金岸，共同搞掉马名远。当天捉拿马名远，的确以他二人为首。杨金岸为人严肃，脾气暴躁，容易得罪人，关于他的传言就更多了，说什么的都有。别人听听倒也无妨，杨思敏听了，感觉特别不舒服。有那么几天，同学看她，眼光都有些异样。杨思敏如坐针毡。她找不到人倾诉，只能跟伊霞说。

别人爱怎么说怎么说，杨伯伯不是那种人，怕什么？伊霞安慰她说。杨思敏叹了口气。伊霞说，谣言必定不攻自破。

还有一句话，伊霞没跟杨思敏说。伊霞想，其实就算外面的传言不假，杨伯伯真整他了，那又怎么样？是马矮子自作自受，如果马矮子有节操，不贪色，即便陈玲玲硬钻他怀里，硬脱他衣服，也不会搞臭他的。苍蝇不盯无缝的蛋，要怪只能怪他自己无耻。伊霞相信，马名远无德无才，这是他的必然下场。

不知为什么，一提到马名远，伊霞心中立刻充满憎恶。

上一届学生毕业了，高二年级升高三，成了新的毕业班。为提升高考上线率，当年暑假，在杨副校长的提议下，高三学生首次进行补课。这也是迫不得已而为之。别的学校都抓紧了，纷纷加大力度，咱们不超前，但也不能落太远。七月份太热，上课只限于八月。因是假期，跟平时上课还不同，不要求早晚自习，方便走读生，住校的学生其他时间也可以自行安排，放松一下。

灾难的发生，就在这年八月底，补课即将结束之时。

那天是周末，下午许多同学都回家了。傅苏没回去。因为伊霞也没走。两人约好出去逛街，在清江河边散步，然后吃饭，回到学校将近八点钟了。月亮早已升起来，皎洁的月光笼罩着校园，缓缓的，静静的，朦朦胧胧烟雾一般。这样的夜晚，可以坐在床上静望窗外，或者依偎着说说话。都挺有意境的。可惜学校没地方。

我送你回宿舍吧。傅苏说。伊霞说，现在不想回去，我想再待一会儿。仰起头问傅苏，你不想……跟我多待一会儿？傅苏握住她的手，轻轻笑了。

不能总站在路边。会显得怪怪的，很刺眼。傅苏说，要不去教室吧？他有教室钥匙，两个人待在里面，可以欣赏月光，又没人打扰。灯自然不能开的，否则太糟蹋月光了。烛光倒能营造气氛。伊霞让傅苏闭上眼，捧出一支红蜡烛，偏着脑袋问，好不好？傅苏说，好是好，就怕有电点蜡烛，别人会觉得奇怪，过来拜访我们。伊霞呵呵呵笑着，鼓起嘴巴，徐徐吹灭了。见傅苏一直笑，霸道地问，笑什么？傅苏说，笑你那样子好玩。伊霞“嘤”了一声，掐了他一把。

两人手牵着手，坐在后排角落里。起初之间还有距离，轻轻说着话，后来越凑越近，话也不说了。伊霞靠在傅苏胸前听他的心跳。傅苏揽住伊霞的腰，默默祈祷着，但愿时间不再前进，永远停在这一刻。

透过窗子，月光照在桌子上，照在地板上，恍如隔世。似乎过了几个世纪。似乎又只是片刻。

小霞！傅苏凑在伊霞耳边，轻声地叫道。伊霞感觉痒痒的，“嗯”了一声。傅苏捧着她的脸，凝视着她。伊霞一双眼睛特别明亮。两人默默注视着，终于分开了。后来伊霞闭上眼。再后来，正如想象的那样，傅苏低下头，轻轻吻她。嘴唇很热。伊霞心猛地收紧了。伊霞想，这就是甜蜜的感觉。伸出手钩住傅苏的脖子，热烈地吻他，吻得越来越疯狂。

傅苏渐渐失去了理智。傅苏一手托着伊霞的背，一手揽在她腰上，腰上那只手，又缓缓钻进她怀里。衣服太薄了，根本挡不住侵袭。伊霞以为她会反抗，却只呻吟了几声。傅苏又叫道，小霞，小霞！伊霞胡乱地应着。傅苏说，我想……我想……显得很急躁。伊霞又“嗯”了一声。

那种感觉，伊霞不知怎么形容。好像揣着小兔子，慌慌的，激动、兴奋与不安兼而有之。傅苏双手不听使唤，抖动个不停，费了好大的劲才解开伊霞的纽扣，头凑在她胸前。伊霞又有种抽搐的感觉，搂住傅苏脖子，死死揪住他头发。紧接着，感觉裙子被撩起，内裤被褪掉，身子被顶在墙壁上，凉飕飕的。伊霞如在梦中，皱着眉叫道，哥哥，疼啊。傅苏没动弹。后来伊霞不叫唤了，他才敢动。恍惚之中，伊霞想到几个词，显得杂乱无章，诸如美妙、仙境、快感之类。伊霞想，其实幸福也很简单。

遗憾的是，幸福来得过于仓促。两人才刚刚开始，灯亮了，梦中的美妙倏忽消失。

几乎灯亮的同时，伊霞睁开了眼。两个人鬼影似的闪动着。是黄岩和杨金岸。伊霞突然意识到，忘记锁门了。她“啊”了一声，想赶快推开傅苏，放下裙子，但事实上什么都没做。傅苏本能地回过头，顿时懵掉了。

接下来，无异于一场漫长的噩梦。伊霞脑子里一片混乱。感觉杨金岸很愤怒，吼了一句，不知说了些什么，好像在将他们跟畜生作对比。然后傅苏去秘书室，自己也跟着。腿上灌了铅一般，沉重得很。在秘书室，杨金岸狠狠扇了傅苏两耳光。这两巴掌好厉害，打在鼻子上，豆大的血滴“啪啪”落下来，渐渐扩散碗口大小。

伊霞最见不得血，当场晕了过去。

也不知过了多久，伊霞醒来，发现四周非常安静，自己躺在沙发里。是在杨金岸办公室。杨金岸坐在对面，闷着头吸烟。伊霞脸上湿湿的，泪又涌出来，叫道，杨伯伯。杨金岸望她一眼，挥挥手，示意她可以走了。伊霞张张嘴，杨金岸再次挥挥手。

伊霞一路跑回去，发了疯似的。咬紧嘴唇不敢出声。回到宿舍，再也忍不住，猛地扑到被子上，失声痛哭。哭得肩一耸一耸的。哭得眼泪都干了。声音渐渐小下去，听到身后有脚步声。是杨思敏。接着室内一片光亮。这里简单交代几句，虽然杨金岸任主任，后又提为副校长，但一直住单身宿舍，家还在乡下，所以杨思敏也始终跟伊霞住在一起。

小霞，你怎么啦？出什么事了？杨思敏问。伊霞坐起来，表情木呆。杨思敏也不追问，给她倒杯水。伊霞口干得厉害，贪婪地喝光了，喃喃地说，思敏姐……一副欲哭无泪相，绝望得要命。杨思敏说，你不好说，那先休息吧。宿舍里就两个人，没什么不可以说的。伊霞说，思敏姐……缓缓说出经过，杨思敏静静听着，先是担心，最终深深叹口气。

思敏姐，你说杨伯伯……他会怎么处理？伊霞说，这事如果传出去，我也不想活了。杨思敏沉吟一下，说，傅苏呢？伊霞摇摇头说，不知道，醒来就没看到他。杨思敏说，看你样挺憔悴的，先躺一会儿吧，我去找我爸。伊霞叫道，思敏姐……杨思敏说，你放心，我知道怎么说。照顾伊霞睡下，帮她关上灯。

熄灯的瞬间，伊霞眼前一片漆黑，心中一片漆黑。

恐惧感萦绕心头，伊霞一夜没睡好。别说一个小姑娘，就是成年人，摊上这种事，也睡不着。快天亮时，杨思敏回来了，带来一个好消息，说是经过研究决定压住此事，伊霞才稍微安心些。然而不到两天，又出现新的变故，情况急剧恶化。

你说没事的，怎么会弄成这样？伊霞说。声音冰冷冷的。月光里，她跟杨思敏并排坐在操场上。伊霞想，两人靠得这么近，这或许是最后一次了，以后……杨思敏玩弄着草根，眼望远处说，本来是没事的，哪知道……伊霞打断她说，说实话，你是不是挺恨我的？杨思敏愕然一愣，惊诧地说，小霞，你怎么会这么想？伊霞淡淡地说，我知道，你一直都喜欢傅苏。

杨思敏没有反驳。就像伊霞的事瞒不住她一样，她的眼睛也骗不了伊霞。

你说得对，我是喜欢过傅苏，不过自从认识起，我就当你是自己的妹妹，这一点从未变过。杨思敏说，以前你喜欢黄岩，我想你们好，那是你的心愿，再者……确实也希望傅苏能回心转意，后来我知道，这根本不可能的。傅苏喜欢你，就喜欢你，不会再喜欢别人了。再后来，你接受了傅苏，我也真诚祝福你们。

伊霞扭头看看她，没说什么。杨思敏继续说，你跟傅苏这件事，我知道后也很着急，问我爸，他的确说事情已经压住了。至于后来发生的一切……伊霞说，为什么会这样呢？杨思敏说，说出来怕你不信。伊霞沉吟着，许久说，你说吧。杨思敏无奈地苦笑一下。

原来假期轮流值夜，那晚正好轮到杨金岸和黄岩，结果就给撞上了。事发之后，杨金岸跟黄岩商量，意思说这事传出去影响不好，将他俩狠狠批一通，翻过去算了。黄岩说，这可不是一般的小事，不跟程校长汇报能行吗？黄岩这么说，杨金岸也不好过于强硬，只得说，你去把程校长叫来。黄岩走两步，返回来说，杨校长，你们领导说话方便，还是你去好一点。杨金岸心想，这样也好，先跟程校长通通气，不至于说话被动。

杨金岸跟程校长说了全过程，两人达成一致意见，回到秘书室，却发现门锁上了。走道站着两个主任。杨金岸说，你们怎么过来了？那两人说是黄岩叫来的。一问黄岩呢，都说不知道。不一会儿，黄岩也过来了，身后跟着几个主任、副主任。杨金岸心道不妙，怕是要出乱子。幸亏他跟程校长通过气，尽管大家意见分歧，最终程校长一锤定音，其实也是杨金岸的意思，大事化小，小事化了。两个学生违反纪律，必须处分，但考虑年纪太轻，一时冲动，也不利于学校名声，作内部处理，不往上报。

杨思敏先前听到的，就是这些。想不到的是，想瞒着局里，上面仍然知道了，认为处理不当，应从严处置。开除不足以解恨，还要通报各个学校，以此为戒。

杨金岸密切关注此事，接到通知，立刻去了局长室。杨金岸怒气冲天，敲着桌子说，怎么可以这样？这两个还是孩子，以后的路长着呢，如此闹腾，让他们还怎么做人？这样会毁了他们的。处分的目的是教育，而不是彻底毁灭。前两年，有过老师跟学生的事，性质更加恶劣，结果不也内部处理了？为何偏偏不肯放过他们？杨金岸威望颇高，又言辞激烈，令局领导无言以对。最终双方各退一步，此事不声张，学籍也还保留着，但两人必须离开学校，长阳任何一所中学不得接收。他们可以在家复习，明年来参加高考。

说到这里，杨思敏吁口气，心情也轻松许多。

黄老师……他为什么要这样，我又没得罪他。伊霞委屈得想哭。杨思敏揽住她肩膀，脸上也挂着泪花。杨思敏说，事情总算结束了，幸运的是，还没一败涂地。

可是不上学，明年怎么高考？伊霞说，再说，跟我妈……我也没法交代。杨思敏说，这个别担心，我爸有个同学，在邻县当阳任校长，已经跟他联系过了，你可以过去跟着上课。至于你家里，我爸会去做工作的。伊霞心中一块石头落地，情绪稳定了许多，又问道，那傅苏呢？他能不能去当阳？杨思敏笑着说，傻丫头，当然一起过去了。立刻又补充一句，到那边老实点，别再惹事了。伊霞脸红扑扑的，讷讷地说，思敏姐，我真得谢谢你。杨思敏说，跟我还客气？以后你和傅苏去武汉，说不定，我还有事找你们帮忙呢。伊霞不解地望着她。杨思敏说，你忘了自己怎么说的啦？你说，如果我跟李寅成了，以后你们也去武汉，大家还可以经常见面。伊霞说，思敏姐，这么说你跟小武汉……

几个月前，黄岩挨打的那个周末，我回家一趟，晚上怎么也睡不着，想到好多人，好多事。杨思敏说。伊霞问，都想到谁了？杨思敏说，想到你，想到傅苏黄岩，还有李寅，以及那些长阳乡下的事。当时我们常在一起。李寅这人很有趣，我不高兴，他就想法子逗我笑，帮我做这，帮我做那……想到这些，突然就特别想他，想得……停顿一下说，于是我爬起来写信，写给李寅。再后来，我跟你一样，终于也缴械投降了。说到这里，杨思敏笑了。

思敏姐！伊霞叫了一句，紧紧搂住杨思敏。杨思敏也搂住她，笑着，流着眼泪。伊霞也一样，一边笑一边流眼泪。

笑着流泪的感觉，同样令人难忘。

伊霞九月初去了当阳。临走之际，她始终无法释怀，总想见黄岩一面，问个究竟。杨思敏心想没必要，却也不便阻拦她。杨思敏不光不能劝，还得陪她去，有些事情，是绝不能含糊的。黄岩不在宿舍。伊霞想，他会去哪儿呢？去田屠夫摊子转转，结果惊奇地发现，摊子不见了，只留下一大片空地。

这兄妹俩也失踪了？他们何时搬走的？伊霞很奇怪。

转了一圈，没找到黄岩，伊霞准备回宿舍，收拾东西离开学校。就在这时候，黄岩闯入了视线。跟他一起的还有曹洁华。曹小姐显得更加成熟了，熟练地挽着黄岩，如同挽着情人一般，格外亲密。黄岩脸上挂着微笑。那是一种无法形容的笑容。伊霞想，一个读过诸多诗歌的人，为何看上去没一点诗人气质？

杨思敏说，过去问问他吧？伊霞缓缓地摇头。伊霞说，不用了，我想去当阳。当天下午，伊霞离开了长阳。在当阳，伊霞学会了忘记，还学会了拼命学习。终于要过年了。终于要高考了。终于，伊霞要去读大学了，去武汉，去那个繁华都市。

古书上说，弹指一挥间。光阴似箭，不知不觉，十好几年过去了。伊霞一切还算顺利，读本科，读硕士，读博士，然后留校工作，评讲师，评副教，评教授。听起来像流水账。同龄人中，可谓出类拔萃。二十八岁那年，嫁给一个同乡作家，生育一双儿女，非常可爱，如今已经读书了。至于长阳，伊霞很少去，偶尔一次也是来去匆匆，不多作停留。母校更是从来不提。倒是父母想念她了，时常来武汉看看。为免除奔波之苦，五年前，伊霞将父母接到武汉，长阳去得更少了。

伊霞读大学那年，傅苏也去武汉读书，本科毕业后，留在杂志社上班。傅苏是写小说的，留在杂志社挺清闲。傅苏的小说发得很顺利。但让傅苏不爽的是，发了那么多小说，没多大影响。偶尔一次，傅苏以家乡小城为背景，写了个短篇《在长阳》，感觉非常好。此后傅苏创作一批小说，均以长阳为背景，形成著名的长阳系列，一时间名声大噪。对于傅苏的小说，伊霞向来不予过高评价。伊霞想，傅苏是个聪明人，应当能写出更好的作品。最最聪明的一点，从未放弃对自己的追求。

在武汉，伊霞和傅苏最好的朋友，是同乡杨思敏夫妇。当年高考，杨思敏一番拼搏，如愿考到武汉，成为李寅的校友。毕业之后，杨思敏跟父亲一样，也从事教师行业，现已提升为副校长，绝对的骨干力量。四人之中，只有李寅不领工资，自己开公司，却是收入最高的。隔个两三周，或者一个月，四人总会凑在一起，吃吃饭，打打牌。一般组合，伊霞杨思敏搭档，共同对付敌人。李寅的名言是，打牌不能赢女人，所以这种时候，都是男人输的多。一旦结构打破重组，情形就会变得颇为奇妙，不是伊霞称赞李寅牌技高超，就是杨思敏夸奖傅苏有大师风度。再不就是伊霞揭露傅苏耍赖，杨思敏责怪李寅不规矩。一场牌打下来，吵吵闹闹，难解难分，搞得人人头昏脑涨，自然也其乐无穷。

牌局结束，四人喝茶时，时常聊到一些熟人，提及最多的是杨金岸。大家都有话可说。尤其是伊霞，更是对他充满感激。杨金岸兢兢业业，成绩突出，但因年龄关系未能扶正，副校长一直做到退休。之后说服老伴，买了房子闲居长阳，达十年之久。杨思敏有意接二老同住，遭到断然拒绝。母亲去世后，杨思敏怕父亲孤单，又生此念，伊霞也极力邀请，终以失败告终。唯其情绪特别高涨，才过来小住几日，喜欢议论时政，却不提长阳的事。杨金岸在县城生活惯了，每日早起散步，身体也结实，七十岁那年却意外死于车祸。

杨金岸去世，杨思敏李寅自然得回去，而伊霞念其旧恩，也与傅苏同去长阳。两对夫妇坐火车至宜昌，又转乘汽车。追悼会由学校主持。地点距校区不远。参加完追悼仪式，杨思敏虽然心情不好，但考虑伊霞好几年未来，也陪她四处转转。经过学校时，四人不约而同停住脚步。

要不要进去？李寅望着杨思敏，傅苏望着伊霞。最后目光都凝聚在伊霞身上。伊霞说，进去看看吧，这么多年过去了，不知还留下多少旧时的影子。

将近二十年，除了校名未变，其他一切都变掉了。连门卫也换了。这是意料之中的事。当年教室处建了图书馆，当年的办公楼已变为宿舍楼。四人边看边议论，转悠半天，正准备回去，伊霞突然“啊呀”一声。傅苏紧张地问，怎么啦？伊霞手指左侧说，你看那个人……傅苏扭过头，看到一个老头，身材臃肿，提着蛇皮口袋匆匆而去。

看背影有些眼熟。傅苏没有作声。伊霞握住他的手，轻声说，不会是……他吧？傅苏笑了笑，反过来握住她的手。

来到门口，傅苏向门卫问道，师傅，你们学校里……有没有一个叫黄岩的老师？老师傅说，黄岩？你们认识他？傅苏说，以前我在这儿读书，他刚过来当老师。老师傅点点头，说，黄岩是有一个，不过早就不当老师了。

老师傅后面一句话，证实了伊霞的猜测。老师傅说，刚才过去的那个老头，就是黄岩。

黄岩后来的故事，都是听老师傅说的。当年首次考研未报上名，黄岩不考了，大概伊霞大二那年，跟曹洁华结了婚。此时其岳父已升为县长。两年后，再上一个台阶，成为县委书记，其关系在长阳盘根错节。因为后台硬，黄岩也是平步青云，从副主任做到主任，再到副校长。长阳那么多所学校，副校一级的，黄岩年纪最轻。看情形，以后做校长，做局长都不成问题，甚至副县长也不无可能。

事情往往就是这样，人算不如天算。九十年代中期，黄岩风头正劲，准备要提校长时，其岳父突然出事了。据说经济问题非常严重。

树倒猢狲散，哪个年代都一样。跟曹书记过从甚密的，无不列入调查之列，出问题的抓起来，没问题的赶忙躲开。黄岩作为乘龙快婿自然要重点调查。还好没查出什么，平安无事。只是提校长之事被无限期搁置了，不久之后，又调来一个新校长。其夫人曹洁华，事先得到风声，跟一个老板去了南方。丈夫和两个孩子无力照管，也就不管了。突然间，风光无限的黄岩，陷入一片慌乱之中。

是很不幸，但这不是黄岩的错。伊霞说，老实一点，做好他的副校长，谁也不能怎么着他。老师傅笑着摇摇头。

他当然想这样，可哪有这种好事？老师傅说，曹书记当官几十年，得罪不少人，他自己下台了，女儿又走了，还不都找黄岩算账？当时学校其他几个领导，都对黄岩有意见。傅苏说，黄岩不是长阳人，应当离开这儿。老师傅说，他是想回武汉去，也不想平级调动了，能找个单位就行。但局里不肯放。李寅说，不放怕什么，自己也可以走。老师傅说，一般人都不想这样，黄岩肯定也不想。他局里有个好朋友，还想通过他，正正规规调走，手续没办就出事了。伊霞说，怎么啦？老师傅说，我也不太清楚，好像是作风问题。

据老师傅说，黄岩出事是在一天夜里。当时还下着细雨。老师傅刚上床，忽然听外面很吵，出来一看，门口聚了七八个人。这其中就有黄岩。黄岩站在边上一声不吭，很胆怯的样子。老师傅问怎么回事，旁边校长说，黄校长耍流氓，被人逮住了。老师傅这才明白，黄岩非礼女教师，被她丈夫带几个人堵在屋里，狠狠揍了一顿，一棍子打在头上，打得神志不清，先送到公安局去。旁边确实有个女子，轻轻抽泣着。另外几个人，一个个面目狰狞，凶光毕现。

又一个马矮子！伊霞说，黄岩明知处境特殊，还乱搞，也太没分寸了。杨思敏李寅随声附和着。傅苏却不这么认为。傅苏说，黄岩跟女人的事，哪些人亲眼看到的？老师傅说，应当就那几个男人，别人没听说。不过校长也这么说，难道还有错？傅苏说，女教师后来怎么处理的？老师傅说，不知道，听人说，调到别的单位了。傅苏淡淡一笑。

你怀疑……伊霞说，并非黄岩主动，也是别人勾引的？

就算别人先勾引的，黄岩把持不住，也活该。杨思敏说。傅苏说，可能还不是这样。沉吟一下，傅苏接着说，黄岩是个聪明人，又经历了那么多事，当时那种情况，不至于……就算别人引诱，他也不会上当的。不过如果有人一心整他，而且有权有势的，那就难说了。傅苏说完摇摇头，其他三人，也不说什么，继续听老师傅介绍。

大概过了一个星期，黄岩回来了，脸上青一块紫一块的，显然挨得不轻，思维更加混乱了。对他的处分是撤销职务，开除党籍。当然，也适当照顾些，有两条路供选择，一是回老家武汉，一是在学校看水房。黄岩这样子，回武汉能干什么？只能被人笑话。黄岩选择留在长阳，不说不笑，认认真真看水房，形容日益苍老，刚刚四十出头，看起来却像五十多。

曹洁华走后，再也没回过长阳。黄岩带着两个孩子，日子很艰辛。有个热心人，帮他介绍对象，就这附近的，负责学校卫生工作，也捡着剩饭剩菜喂猪。女人比黄岩大七八岁，丈夫前两年出车祸死了，除了三个孩子，没给老婆留什么。经人撮合，两人同意了。黄岩显老，但跟老婆在一起，倒显得年轻些，不知道的人，还以为他们母子呢。

现在黄岩还看水房？傅苏问。老师傅说，还看水房，不干活，他指着什么吃饭？神志不清的，总不能去上课吧？这家伙，据说当初来的时候……老师傅进屋边倒水，边说，还挺风光，是不是真的？傅苏没应他，只说，师傅我们走了。伊霞向他笑笑，拉杨思敏的手说，走吧。

这一晚，伊霞住在长阳宾馆，枕着丈夫的胳臂，想了好多。

在回武汉途中，伊霞躺在卧铺上，一直想，雪后的冬天，黄岩穿着臃肿的破棉衣，头发凌乱，胡子拉碴，身边跟着个大他七八岁的妇女，再领着一群孩子，该是怎样一种情景？

永远不说再见

苏北抵达水城时，正是傍晚。夕阳斜挂在天边。仿佛在微笑着俯视大地。苏北走下车，稍一愣怔，望一眼如火的夕阳，深深地吸口气。

清新的空气让他感觉很舒畅。

在苏北身后，范东林、张思伟、俞信阳依次下了车。

路边早已停着一辆驴车。驴子掉个头，猛地打了个响鼻。车上坐着一个男子，看上去三十几岁，正在打瞌睡，听到声响跳下车来。苏北等人凑了上去。男子笑呵呵的，说，你们几位……是去水城的吧？苏北说，我们去水城小学，请问您……那男子搓了搓手，兴奋地说，好，好好，我是水城小学的……

你是水城小学的？范东林说，我一看就知道，专程来接我们的，是不是？太好了！那个男子说，就是来接你们的……范东林不等他说完，已经把行李扔到了车上。

其他三个人陆续将行李搬上车。

范东林以往没见过驴车，新奇得很，围着驴子转来转去，还要逗它玩。摸摸它的头。再扯扯它的尾巴。驴子恼了，不住地抬蹄要踢他。

苏北担心，万一驴子真踢到范东林，闹出笑话就不好了，忙招呼大家上车。

师傅，请问您怎么称呼？张思伟问道。

我姓陈。那个男子愣了一下，旋即笑道。

陈师傅，从这儿到水城，还得多长时间啊？张思伟又问。

很快的，很快的，我们走得从容一点，也就半个多小时。陈师傅说。

起初苏北还不明白，为何要走得从容，等到车子拐到小路上，立马明白了。这路太破了！高高低低的，就没一处平整地。把它叫路简直抬举它了。或者说太委屈路了。走在这路上想不从容都很难。驴子走两步，车子就要颠一颠。颠得范东林直叫唤。范东林说，陈师傅，我屁股都颠疼了，你能不能再从容点？

好的，好的。陈师傅说着，用力勒了勒缰绳。驴车本来就走得慢，这下走得更慢了，好在大家都不急，任它晃悠吧。

平时乘车，苏北喜欢翻翻书，只是坐在驴车上颠来颠去的，根本没那个耐心。看看张思伟、俞信阳，都在打瞌睡。范东林也闭着眼睛。不过他的手机还放着歌。放一首香港歌手的流行歌曲。苏北不喜欢这首歌，也不去管它，转过头来，专心在欣赏夕阳。或许是因为远离城市吧，夕阳显得特别安宁，显得特别美。苏北看得都陶醉了。

一时之间，苏北竟忘了身在何处。

太吵了，把声音放小点！突然张思伟说道。

他这一嗓子，把苏北吓了一大跳。范东林也睁开了眼。范东林瞧瞧张思伟，想说什么，终于没有说，不情愿地把声音调小了。

驴车继续吱吱呀呀地走着。那吱吱呀呀声，很像是一首催眠曲。苏北感觉有些乏了。想睡觉。但是他又不敢睡。这驴车没有栏杆，身子晃来晃去的，一个不小心，说不定就能摔下去。苏北双手抓牢木撑，闭目养神。车子走了将近一个小时，突然停住了，陈师傅跳下车说，各位老师请下车吧。

坐了那么久的车，大家都有些劳累，下了车，纷纷舒展筋骨。

此时已将近日落，夕阳的余晖铺满了大地，不远处有方水城，波光闪闪耀眼得很。

苏北突然有种感觉，说不清，道不明，在心中绕来绕去。似乎一不小心就溜走了。如果能制造一部特殊的相机，把感觉留住就好了。

当然这是不可能的。

至少现在是这样。

因为有这种可爱的想法，苏北禁不住笑了。

我们这里路不好，到处都是大坡小坡的。陈师傅说，学校在山坡上，不太远，我们一起过去吧。把驴子拴好走在前面。苏北不再东想西想，跟着往前走，很快看到一大群学生，穿着五颜六色的衣服。苏北还看到许多双欢呼的手掌。还听到一阵热烈的掌声。啪啪啪啪，啪啪啪啪，很实在。没一点虚假的成分。苏北就有点激动。

在掌声中，渐渐露出一条大横幅，由两个学生扯着，上面写有“热烈欢迎各位老师来水城小学支教”字样。字倒也一般，但很厚实。看来墨用得很重。

来吧，来吧。陈师傅仍走在前面。迎上来两位老师。一个男的，一个女的。那女的叫声“陈校长”，又跟苏北几个人打招呼。苏北惊讶地说，您是陈校长？陈校长笑着说，我叫陈赛先，是咱们水城小学的校长，感谢各位来到水城。张思伟一路叫他陈师傅，不好意思地笑笑，说，陈校长，不知道您是校长，还把您当作是……陈赛先说，没关系，没关系，只是我们条件……委屈各位老师了。向着学生说，大家欢迎新老师！随即又是一阵掌声。

陈赛先把苏北等人介绍一遍，又介绍那两个人。男的叫张文杰，是教务处主任；女的叫吴雅兰，是办公室主任。张文杰表情严肃，吴雅兰倒挺热情的，陈赛先跟他们低语几句，两人先后离开了。

往里走，校门口挂了块牌子，上面写着“水城小学”四个大字，灰乎乎的。大片的地方漆都脱落了，勉强能认得出来。似乎已经挂了很久。

据陈赛先介绍，水城以前有两个学校，一个中学，一个小学。小学是村里的。中学是镇里的。之所以把中学设在这儿，是因为离镇政府不太远。走路也就半个小时左右。镇政府周围没合适地方，中学就落户水城了。后来为了发展其他地区，镇政府进行了搬迁。中学也随之迁走。水城中学的校舍还在，只是破烂些。村里考虑小学更加破败，无法上课，就将中学做了修葺，将小学搬了过来。中学迁到新镇上，很多学生离得太远，不方便，于是又在水城小学设了个初中分部，初一、初二、初三，每个年级一个班，暂时在这儿上学。

这么说水城不仅有小学，还有初中？苏北问道。

没错，就是这样的，这也是水城小学……跟别处不同的地方。陈赛先说，学校总共八个班级。每个年级一个班。

八个班级，规模不算小，得需要不少老师，学校这方面情况怎么样？苏北又问。

学校的老师……陈赛先说，哎，先不说这些，吃饭的时候再聊吧。

都说这儿有多穷，吃不好，穿不好，看小孩子穿得挺漂亮的。范东林说。

这是他们最好的衣服了。陈赛先苦笑一下，说，他们听说新老师要过来，都高兴得不得了，把过年的衣服都穿上了。大家听着，顿时都不作声了。

从门口来到所谓的食堂，一路上破破烂烂，脏兮兮的，就没有看到一处好地方。食堂更糟糕。这是苏北见过的最糟的食堂。严格地说，根本不能算食堂。几张石凳杂乱地摆着，四周有木柱，有的上面搭着几张破布，遮住了一些地方。更多地方露在外面。如果下雨了，学生还怎么吃饭？

穿过石凳往里走，有一间小屋，好歹放了张桌子，是那么回事。

这桌子……是吃饭的吗？范东林说，这就是吃饭的地方？

条件有限，请大家见谅，这张桌子，也是临时放过来的。陈赛先说。大家都预料情况不会好，但没想到这么差。太意外了！

苏北打量着桌子，桌面裂开了，留下横一道竖一道痕迹，桌腿也摇摇晃晃的。就这种桌子，在城市里找都不好找。几把椅子也是歪歪斜斜。据陈赛先说，椅子都是借来的。苏北笑了笑说，蛮好的。陈赛先尴尬地笑笑，招呼大家坐。苏北还没坐呢，范东林抢先坐下了，只听“咣当”一声，整个身子结结实实地摔倒在地上。

原来椅子腿断了。

大家哈哈大笑起来。

范东林也咧嘴笑了。

陈赛先赶忙扶起范东林，说，范老师，没摔痛你吧？范东林摇摇头说，没事。慢悠悠地站起来。陈赛先换了把椅子，让范东林坐。这回范东林小心翼翼的。

其他人坐时也都很小心。

陈校长，我们食堂里，怎么没看到做饭的工具？苏北奇怪地问道。食堂就这么大，他想不到工具能放哪儿。

这个地方……其实算不上食堂，我们学校没有食堂，也不做饭的。陈赛先说。

不做饭？不做饭学生怎么吃？张思伟说，每顿饭都回家吃啊？他想问以后他们怎么吃，想想刚见面，马上问这个不好，就没有说。

我们这儿离家近的，在家里吃饭，离家远的，中午自己带饭菜。陈赛先说，学校只提供开水。张思伟说，不会开水就冷饭吧？陈赛先无奈地摇了摇头。算是默认了。苏北说，那今晚这顿饭怎么做的？陈赛先说，在吴主任那儿做的，她一会儿就过来。你们不知道，水城这儿吃水难，就是中午一顿开水，也都不容易，要老师轮流挑水。

看来情况比预料的还要糟糕。苏北想。

以后我们住在这儿，吃饭怎么办？张思伟不好意思问，苏北问了出来。

这个待会儿吴主任会告诉你们的，不过既然你们问了，我就先说吧，恐怕得克服克服困难，自己做饭了，学校实在腾不出人手。陈赛先说，锅已经支好了，也准备了少量米、面，可以先做着。不过明天早上就别做了，去我那儿吃。顿了一下又说，当然了，什么时候不方便，可以随时去我那儿。

大家你瞧瞧我，我瞧瞧你，大眼瞪小眼，都不知道说什么好。

陈校长，另外我有个问题，其实刚才也说到的，咱们学校大概有多少老师？有多少学生？苏北问道。

如果所有学生都来上课的话，应当超过三百人，不过很多人辍学了，现在只有二百多。陈赛先说，老师嘛，不用大概，你们来之前，加上我一共八个。人手是不够，你们一来宽绰多了。苏北说，这么多学生辍学？陈赛先说，穷啊，有些人饭都吃不饱，哪还有心思上学？就是上学的这些，每学期也都会走上几个。

八个老师，八个班级，那不是……每人负责一个班？这怎么教？全天都上课，不备课不改作业吗？而且还有初中，语数外，理化生，每科都得有老师呀。他们这一支教，使水城的师资力量提高了百分之五十。苏北没有欣喜，反而感觉酸酸的。苏北说，陈校长，八个老师八个班级，你们怎么分配的？陈赛先说，不能每个班级天天上课，一二年级天天上，小学三年级到初三，这些班级隔一天上一天。平时没有休息。月底集中休息两天。

隔一天上一天，那教学效果能行？张思伟说。

我也知道这样不行，可是有什么办法？缺老师啊。在这儿上课的老师，想调走，其他地方的老师，又不肯到这儿来。陈赛先说，你们过来就好了，补充了力量，班级能正常上课，周末也可以按时休息了。

本来接风是开开心心的，因为谈论这些事，说到教学现状，有些伤感。这时候张文杰和吴雅兰到了。他们手里还端着菜，多少冲淡了忧伤的气氛。两人分坐在陈赛先两侧。陈赛先说，吴主任和张主任都是上海人，你们也是上海来的，可以多交流交流。

这么巧啊，吴主任是上海人？范东林用上海话说。范东林不是上海人，但他家离上海不远，都属于吴方言区，所以也能说上海话。

你好。吴雅兰向他点点头，用上海话回应了一句。

可以吃饭了吗？范东林望着陈赛先说。这么晚还不吃饭，他已经有点受不了了。

马上就吃，马上就吃。陈赛先说，吴主任，你出去看一下，周老师怎么还没来？正说着，进来一个女子，二十出头，端着一小盆米饭。

这位是周西颖老师，也是支教者，上周到的，比你们早来了几天。陈赛先介绍道。

周西颖略微一点头，坐在苏北与吴雅兰之间。

人齐了，菜齐了，陈赛先宣布，晚饭正式开始。总共就张文杰、吴雅兰端来的四个菜。还都是素的。看样子也没什么油。陈赛先说，今晚给五位老师接风，说是接风，这也太简单了，请大家多多包涵。众人都拿起了筷子。范东林瞧瞧左右，见没人吱声，忍不住说，你们这里不喝酒吗？陈赛先愣了一下，说，喝酒？对不起，我们这里没有酒。范东林说，连酒也没有？早知道我带酒来了。

算了吧，今天坐车时间长，都很累，就不要喝酒了。苏北劝阻道，吃完饭早一点休息。范东林见状就说不要了。吴雅兰、周西颖盛饭，也许大家都饿了，也许是因为吃惯了大鱼大肉，觉得土菜挺好的，饭也吃得多。吃饭的时候出奇的安静，竟没一个人说话。四个支教者吃得都很多。吴雅兰、张文杰吃得很少。尤其是陈赛先，几乎就没动筷子。

发现这个情况，苏北犹豫了一下。他们不吃，肯定是怕饭菜不够，是事先交代过，还是自我约束的？无论哪种情况苏北都不好受。

这样想着，苏北也吃不下去了。

吃过饭，陈赛先寒暄几句离开了。吴雅兰带着大家去宿舍。张文杰也要走，吴雅兰叫住他说，张主任，麻烦你等一下。张文杰只得等着。显得很不耐烦。

我们马上去宿舍。因为房屋紧，得两个人住一屋。吴雅兰说，张老师跟张主任住，俞老师跟范老师住一间，苏老师住一间。苏老师那间屋很小，就放得下一张床，这么安排，也是没有办法的，还请你谅解。苏北说，没关系。吴雅兰说话的时候，俞信阳嘴角动了动，动作虽细小，细心的苏北还是发现了。

宿舍就这样安排了，大家有什么问题，可以随时提出来，我们尽最大能力帮你们解决。当然了，也不一定就能解决。吴雅兰说。

别人还没笑出来，吴雅兰自己倒笑了。

如果没有什么问题，现在就去宿舍吧。吴雅兰说，张老师，你跟张主任住一屋，让他带你过去吧。给了他一把钥匙。张思伟接过先走了。

你们三位住得很近，我们一起走。吴雅兰说。范东林跟了上去，俞信阳在后面，苏北故意走慢一点，靠近他。苏北说，刚才分宿舍的时候，我看你好像想说什么，是不是有事？俞信阳看他一眼说，没什么。苏北说，有事就说出来，我们一块来解决。俞信阳竟然笑了。俞信阳说，我本来想跟你住一起的，但是宿舍分好了，那就这样吧。这有些出乎苏北的意料。苏北想着应该跟他说点什么，可是说什么好呢？

来到俞信阳、范东林宿舍，打开门一看，屋子里空荡荡的，连张床都没有。只有两块木板，上面都铺着席子。木板是用两条凳子撑起来的。吴雅兰给他们两把钥匙，说，你们收拾一下吧。带苏北去了他宿舍。

俞信阳的宿舍不好，总算还大些，这间宿舍，实在太小了。好在它还有扇窗户，有张桌子。好在苏北是一个人住。苏北经常要写文章，这样倒是清静些。

吴雅兰没有立刻走，帮苏北整理东西，然后问苏北，累不累？苏北说，还好。吴雅兰说，如果撑得住的话，我想跟你聊聊，不行明天也可以。苏北说，没事的，新到一个地方，我一般都睡不着，也想跟你聊聊。吴雅兰说，那我们出去转转吧。

苏北对水城不熟，又是黑天，吴雅兰去哪儿，他就跟着去哪儿。吴雅兰提议去校外。苏北自然没意见。两人走下小坡，向西走去。今晚的月亮很圆，月光皎洁。照在地上明晃晃的。苏北抬头望望月亮，突然想到了水塘。苏北说，吴主任，我们去水塘边吧，那儿应当很漂亮的。吴雅兰笑道，你还挺浪漫的嘛。苏北也笑了。

苏北坐在水塘边，望着水面，心想这儿真静啊，静得只听到风吹树叶的声音。

苏老师，这儿的实际情况，跟你以前所想象的，是不是不太一样？吴雅兰说道。

有些是没想到，不过这也不奇怪。苏北说。

你是支教负责人，除了自己克服困难，还要带动其他人，任务很重啊。吴雅兰说。紧接着又说，我知道你们过来不容易。苏北瞧了她一眼，没有说话。吴雅兰说，以后有什么困难，无论是你的，还是你们支教者的，都提出来，我能帮忙尽量帮忙，帮不上咱们共同想办法。离开家乡，离开城市，来到水城这地方……说着竟然叹了口气。

谢谢吴主任。苏北说，听陈校长说，吴主任老家是上海的？

是呀。吴雅兰说。

什么时候来水城的？苏北问道。

大学一毕业就来了。吴雅兰说，大学毕业前，我一直生活在上海，除了旅游，几乎没去过外地。

为什么会来水城呢？你父母也都同意？苏北又问道。

那个时候……哎，不说了，以后有机会再告诉你吧。吴雅兰说。苏北见她这样，也不便再问，换个话题说，张主任也是从上海来的？

张文杰啊，确切地说，他不是上海过来的，但是跟那儿也有点关系。吴雅兰说。

噢，那他是……苏北一下子没明白过来。

六七十年代，知青上山下乡知道吗？吴雅兰说。这个苏北知道，上海知青，有的去了云南，有的去了黑龙江。苏北说，知道，张文杰的父亲……那时候也是知青？吴雅兰点点头说，张文杰的父亲来到之后，在这结了婚，后来知青可以回城，他就离婚回去了，一个人走的，张文杰跟妈妈还在水城。苏北说，为什么不带他们走？吴雅兰说，带他们走？哪有那么容易啊，那个时候，这种事情多了，很多人在这结的婚，想回去，就只能离婚了。还有的永远留在这儿了。

噢，原来是这样。苏北点了点头，突然说，周西颖也是过来支教的？吴雅兰说，也算是吧，她是上周过来的，跟我住一屋。苏北说，什么叫算是？

这个嘛……她的情况比你们复杂，接触多了，慢慢你就会知道了。吴雅兰笑着说。

吴雅兰还卖关子！后来苏北知道，周西颖的确是来支教的。本来她联系一个好学校，没能进去，临时找了个学校，又嫌差不想去。于是有人出主意说，让她来支教。支教一年后还算应届毕业生。再找工作会容易些。于是周西颖就来支教了。吴雅兰不说，是怕对周西颖影响不好。苏北想，难怪吴雅兰不肯说。

那天晚上，苏北跟吴雅兰聊了好久，似乎两人特别投缘，有着说不完的话。更关键的是苏北是作家，而吴雅兰也爱好文学。

文学让他们有了更多的共同语言。

在水城不能跟在城里比。在城里多好啊，晚上活动很丰富，可以逛街，可以上网，可以看电视，可以喝酒，可以唱卡拉OK，可以看电影。最差也可以听广播。在水城干吗都不行。没有电视。没有电脑。就是有也没用，这地方经常停电。还有啊，洗澡必须去镇上。待了两天，范东林就不耐烦了，没任何娱乐活动，只能打牌。

要打牌就得找人，俞信阳是现成的，两个不够，再叫上苏北。

苏北来到新地方，心不安定，听范东林说要打牌，有些犹犹豫豫的。苏北说，三个人打什么牌？好歹也得四个。

找人还不容易啊？范东林说，老兄，你去把张思伟叫来，要不叫周西颖也行。他是跟俞信阳说的。俞信阳犹豫了一下。范东林推了他一把，他就去了。

不一会儿，张思伟就过来了。

苏北的宿舍太小，坐都坐不下，范东林说去他宿舍，在俞信阳床上打。

打牌的时候，谁和谁搭档抽牌决定。两张红的，两张黑的，红的和红的一方，黑的和黑的一方。结果范东林和俞信阳一方。苏北和张思伟一方。俞信阳牌技不太好，有时候会出错牌，范东林就呵斥他，俞信阳也不说什么。只是笑笑。苏北看不惯，就说，打牌玩嘛，干吗这么认真呀！范东林说，他老出错牌呀。

很快一局结束了。俞信阳、范东林输了。范东林说，再来一局。又抽牌，仍是范东林跟俞信阳对家。范东林不肯，要求重新抽牌。

这次范东林跟苏北一家，张思伟跟俞信阳一家。

你可得好好打呀，不然我们也会输的。张思伟说。

苏北打牌很厉害，会算牌，相对而言，范东林也就一般般。两人第一把输了。范东林嘀嘀咕咕的，也不好埋怨苏北。第二把，他们立马翻了个身。从实力上讲，苏北这边要强多了，再加上牌顺，很快赢了这一局。张思伟不禁埋怨起俞信阳来。俞信阳也不辩解。范东林兴致很高，说，再来，再来。俞信阳不太想玩了。范东林说，你水平不行，平时就得多打打，提高技术。又抽出四张牌摸。也真巧了，又是范东林、俞信阳对家。范东林说，怎么回事呀！

苏北主动说，我跟俞信阳搭档吧。我还没跟俞信阳合作呢。

俞信阳感激地看看苏北。

这次对局，双方实力相当；基本上相持不下，展开了拉锯战。

范东林、张思伟有时会出错牌，范东林喜欢攻击，指责张思伟，张思伟也不是省油的灯，反过来指责他。两人吵吵闹闹的。俞信阳笑了一下。苏北也笑笑。

四个人边打牌边聊天。通过聊天，苏北也了解到一些情况。张思伟说，跟张文杰住一起不舒服。张文杰这个人是很别扭。怪腔怪调的。张思伟为了跟他交往，都是很主动，即便这样，张文杰还是没反应。苏北说，张文杰是老教师，又是学校领导，得尊重他。张思伟说，我是尊重他，给他面子，可是他也太过分了。

那有什么好说的，不理他。范东林说，我们是来支教的，来支持他们的，这家伙居然还不知好歹。他有什么好傲的？

苏北猛地意识到，这是个危险的信号，想劝劝他，突然停电了。

妈的，这什么破地方，老是停电。范东林说。还好有月光，屋子里不至于太暗。俞信阳说，正好停电不打了。

范东林说，哪能不打？点上蜡烛打，这样才有气氛呢。昨晚买的蜡烛正好派上用场。找到蜡烛点了起来。烛光实在太小了，在风中飘来摇去的。

算了，都睡觉吧，明天还要开会呢，安排咱们上课的事。苏北说。

第二天上午，学校老师都到校了，提前开个会，新老教师见见面。校长陈赛先把大家介绍一下，苏北作为代表发言。

发言之后，陈赛先宣布，苏北担任校长助理，是校领导班子成员。

陈校长，这是怎么回事？苏北愣了一下说。

乡教育办下文件，任命你为校长助理。陈赛先说着，还把文件给苏北看，果然是这样，只是日期是昨天的。苏北就不说什么了。

大家不急着上课，熟悉熟悉学校情况，先听几节课，再来上课。陈赛先说。

张文杰给新教师发了听课本，纸质量很差。

散会之后，陈赛先留下苏北说，苏老师，你担任校长助理，还请多操心些学校的事。苏北说，我会尽力而为的。

这样听了一周的课，倒也清闲。只是有时候太无聊了。苏北带了许多书，可以看书。不看书时写写文章。范东林就不行了，老想打牌。还是叫俞信阳，张思伟，苏北。苏北打了两个晚上，再也不打了。这样缺一个人。范东林又拉上周西颖。周西颖也是不禁劝，叫她打，她就打。这种局面维持几天，张思伟也不玩了。

打牌都没人，还有什么意思呀？范东林自言自语道。

没人陪他玩，范东林就一个人玩，把扑克牌分成四家，一会儿替这家打，一会儿再替那家打。

周五的下午，学校开会做出决定，下周一试讲，试讲之后开始上课。

虽然试讲只是个形式，也不能掉以轻心。周五的晚上，苏北正在看书备课，俞信阳来了，请教苏北怎么上课。苏北经验很丰富。他读本科时曾在中学里实习过半年。

没关系的，只要备课充分，肯定不会有问题，你也看到了，水城这些老师观念落后，课堂效果很不好。苏北说，像你这样的本科生，不会比他们差的。

不过我还是担心。俞信阳说。

不用担心。苏北说。他问俞信阳上什么，帮他梳理一下思路，还让俞信阳给他试讲。讲起来结结巴巴的。苏北说，主要是没有经验，太紧张，放松点就好了。苏北也真有耐心，竟让俞信阳讲了三遍。起初讲得战战兢兢，后来越来越流畅，苏北给他提些建议，内容更加充实了。苏北向他竖了竖拇指。俞信阳露出了会心的微笑。

周一试讲，由苏北先上。苏北上的是小学语文。苏北上课经验老到，侃侃而谈，既生动活泼又内容充实，学生们都很喜欢。把小学的老师都震住了。陈赛先连说几个好。

苏北开了个好头，接下来张思伟上初中英语。那节课，张思伟基本上都用英语讲的，穿插小故事，效果也非常好。俞信阳教历史，训练好几遍，非常成熟，课堂上都不用看书。最后是范东林和周西颖。两个人都教政治的，基础都还算扎实，范东林的课活泼些，周西颖的课沉闷些。

试讲一结束，马上开始分课。水城没有专业英语老师，张思伟是唯一的，全部英语课都由他来上，原来的老师另作安排；俞信阳是历史专业，负责全部历史课。这些都没有争议。在讨论苏北时，意见就不一致了。张文杰说，苏北小学语文课上得好，以后三四五年级的语文课，就由他上吧。言下之意，自己代初中三个班。

因为涉及苏北本人，苏北就没有说话。吴雅兰跟陈赛先互相看了看。吴雅兰说，张主任，初中的课，是不是也交给苏老师一部分？你怕他代不好吗？

我不是这个意思，我想他刚来，先在小学适应一下，这样比较好。张文杰说。

为什么刚来，就一定要教小学呢？吴雅兰说，我觉得道理讲不通。张文杰说，那你认为该怎么分配？吴雅兰说，我觉得苏老师完全可以代初中。张文杰说，小学是基础部分，同样很重要。苏北见状说，吴主任，张主任，我代什么课无所谓，能减轻学校负担就行了，还是请陈校长定吧。吴雅兰望着陈赛先。

陈赛先说，这样吧，小学四五年级，初中一二年级由苏老师代，初三和三年级由张主任代。张主任还要负责教务工作，课时量可以小一些。

他这么一说，再也没有异议了。

最后剩下两个教政治的，周西颖和范东林。张文杰的意见是，范东林教政治，周西颖教别的。周西颖原本就不想来的。苏北坚决表示反对。这对周西颖是个打击。经过一番讨论，还是陈赛先一锤定音：初中政治课由范东林上，周西颖教小学。

最后讨论班主任的事。陈赛先和一位老师不代班主任，有两位老师代两个班的班主任，把他们的班分出一个来，给支教者。

结果苏北任小学五年级班主任，张思伟任初中一年级班主任。

学校的情况很糟糕，这从听课时就能感觉到。真正上课感觉更真切。学生素质不行，三四年级的学生，只有一二年级的水平，很多常规字都不会写。

这也难怪，用范东林的话说，这些老师素质太差，如果在他的老家早就下岗了。

苏北决定，要给他们打基础，宁愿课上得慢一点，也要把前面漏的补回来。

还好，学生们虽然基础差，学习积极性很高，这让苏北有些安慰。在上海，苏北教的有些学生，生活条件优越，但对学习不用心，上课还爱捣乱。苏北相信，只要愿意学，再差都不怕。就怕那些不想学的。苏北态度温和，学生们都很喜欢他。只不过喜欢的方式不同。有的人是帮他做事，有的是主动给他打招呼，也有害羞的，不好意思跟他说话。

看着这些可爱的孩子，苏北觉得付出再多都值得。

很快地，苏北发现一个问题，在这儿找书很难。苏北带了许多书来云南，但没有带教辅书，按说这种书学校里都该有的，但是没有。学校图书馆几乎是形同虚设，这里就几本教材，有自然书，有地理，看不出它们有什么价值。苏北说，这里的书也太少了。

是呀，学校里穷，最近几年来，从来没有买过书。吴雅兰说。

我带的书，都捐给学校好了。苏北说，不过嘛……

不过什么？吴雅兰说。

我这书也很少，可以多发动些人。苏北说，这样吧，我跟学校团委联系一下，让他们发动学生，给我们学校捐赠一些书。

好啊，这个办法好，吴雅兰说，如果其他老师也能联系，那就更好了。

不错，我跟他们几个说说，马上跟学校联系，能捐到多少是多少。苏北说。

真的吗？如果大家都能捐书，那真是太好了，我替学校谢谢你们。吴雅兰说，学生们基本没书看，这下可以解决了。苏北想，我们五个人，分别来自五个学校，这样大家都发动，五所学校捐书，数量非常可观。苏北把人召集起来，把意思说了，大家没有任何异议，都很赞成，并表示马上写信。捐书的同时，能捐些钱就更好了。

开学一个星期，就要到教师节了。教师节前夕，大家纷纷收到了贺卡，主要是各个学校团委寄来的。

教师节这天，苏北很早就醒了，再也睡不着，等天一亮就起床了。其他人还没起来。苏北出来散散步，还遇到俞信阳挑水。苏北跟他打个招呼，忽然感觉不对劲。五个支教者搭伙吃饭，钱一起凑，饭轮流做，顺序为苏北、俞信阳、张思伟、范东林、周西颖。每个人连续做两天。顺带为学校挑水。俞信阳才做过两天，怎么又轮到他了？

信阳，今天该你做饭吗？苏北问道。

俞信阳笑了一下。

没错，苏北记得，昨天和前天张思伟做的，今天应该是范东林。苏北说，好像是范东林吧？俞信阳就承认了。

范东林呢，苏北说，他怎么自己不挑水？

他还在睡觉呢。俞信阳说，他在家里也没做过饭，我就帮帮他。这点小事，也算不了什么。苏北点点头。

当天晚上，苏北把范东林叫出来，专门谈这个事情。苏北想，应当怎么跟他说呢？想了一下，苏北说，在这儿远离城市，生活还习惯吧？范东林说，还好吧，不习惯又能怎么样，还能马上回去啊？苏北说，你在家里做过饭吗？范东林说，做什么饭，我哪有那工夫啊……看着苏北，说，你究竟想说什么？

苏北笑了一下，说，估计你也猜到了，我就直说了吧，该你做饭，你怎么叫俞信阳做？

这个是他自愿的，他喜欢做饭嘛。范东林说。

这么说就有点不讲理了。苏北说，大家来支教，应当自食其力，怎么可以这样做呢？范东林说，我叫他做饭，也不是白让他做的。苏北说，不白做，你还付他工钱啊？

那倒没有，范东林说，不过我答应他了，回到上海帮他找工作。

苏北突然笑了起来。苏北说，先不管你能不能帮他找工作，就算是找了，大家一起来支教，顺便帮个忙，也不能让他替你做饭。

这明显就是欺负人。我们不是资本家！

一番话说得范东林没言语了。

谈过话之后，范东林第二天真做饭了，但到了下一回，又是俞信阳帮他做了。俞信阳愿意这样做，苏北也没有办法。苏北只能听之任之。

有一天晚上，苏北正在看书，突然听到有人敲门，原来范东林来了。苏北对范东林印象不好，显得也不太热情。范东林就有些尴尬。主动找苏北说话。苏北说，怎么啦？俞信阳不想做饭了？是不是想找我做饭？准备给我多少钱一天？范东林说，苏北，你别开玩笑了，我找你有正经事。苏北说，有什么正经事说吧。把"正经事"三个字咬得特别重。

范东林也不管他话中的讽刺，直接说，我想向你借点钱。

借钱？苏北说，大银行家，你怎么也闹饥荒了？

你别取笑我了，先借我一点，明天我跟我爸打电话，很快就能寄来。范东林说。

在苏北的印象中，范东林挺有钱的。自从教师节谈过话之后，范东林不再白使用俞信阳了，据说俞信阳帮他做饭，他付给俞信阳工资。这让苏北特别反感。而且也决定不再管他们的事。但是，范东林非常大方，经常给学生买东西，而且还垫付过学费。想到这一点，苏北的口气缓和了些，你的钱怎么花得那么快？

本来是没有这么快，我借给张文杰了。范东林说。

借给张文杰了？他怎么向你借钱？苏北说，他自己没有钱啊？他为什么要借钱？没听说他遇到什么事呀。

我也不太清楚，他向我都借过两次钱了，一次一千块，一次两千块。范东林说。

张文杰眼光不错啊，知道你是有钱的人。苏北说。

老兄啊，你就别取笑我了，等我爸寄的钱到了，马上就还你。范东林说。苏北笑了一下。范东林说，明天是周末，我先用着，保证一周之内还你。

五百块钱够不够？苏北问道。

很快到了国庆节。范东林的钱也到了，马上还给苏北。一有钱，范东林又是神采飞扬，买这买那的，大方得很。

国庆前夕，张思伟提议改善生活，去镇上买东西，也让学生们吃得好一点。张思伟的意思是，请学生们大吃一顿。范东林立马表示赞同。当场拿出二百块钱。张思伟也拿出二百块钱。苏北拿出二百块钱说，六百块钱就够了，这次俞信阳和周西颖就别拿了，以后再有这样的机会他们出。周西颖连声说，好好好。俞信阳却没有吱声。

苏北、张思伟、范东林三人出钱，也由他们三个买东西。

买了鸡。买了鱼。还买了好多蔬菜。

这么多菜要做，单靠几个支教者不够，凡是没课的老师都来帮忙，还有些村民也来了。大家像过节一样。孩子们都很兴奋。

范东林、张思伟负责打菜。

苏北、俞信阳负责打饭。

有一个苏北班上的学生，苏北给他盛了一大碗饭，那个学生说，苏老师，你少打点吧，我吃不完。苏北摸摸他的头，笑笑说，好的。刚要铲下来一点，那个学生又说，苏老师，还是留给我行吗？苏北说，你不是说吃不完吗？那个学生低声说，我想留给我爷爷。苏北心里一颤，又给他加了一铲子。那个学生说，谢谢苏老师。一蹦一跳地离开了。

苏北看着他，轻轻地摇了摇头。

十一期间，学校放了几天假。回上海是不可能的。大家商量着怎么过。跟别的学校的同学联欢，这当然好，但联系起来不方便。苏北想去家访。在此之前，他已经走访了一半，十一期间，基本上可以走访一遍。范东林提议出去玩，在这都要闷死了。国庆节还不玩想什么时候玩？张思伟也想出去。说去泸沽湖。反正离这也不太远。

苏北想，那就一起去吧。

统计一下人数，范东林，张思伟，苏北。问问周西颖，她也表示想去看看。范东林表示路费他来出。

最后只有俞信阳不肯去。

这是集体活动，你怎么能不去呀？范东林说。集体活动当然是谈不上，都是自己组织的，范东林希望大家都能去，人多热闹点。苏北使个眼色，范东林就不说了。俞信阳不去，可能是因为经济问题。苏北说，这个先不要定，可以再考虑一下。范东林说，把陈赛先也叫上吧，还有吴雅兰，张文杰，看看他们去不去。

当天晚上，苏北找到俞信阳，说到出去玩的事，俞信阳说太累了想休息。苏北说，来到云南了，离泸沽湖又不远，该去看看，以后还不一定有机会呢。

俞信阳还是不同意。

这样吧，如果你经济紧张，我先借你点钱，以后方便了再给我。苏北说。

这怎么行呢？我哪能要你的钱？俞信阳赶忙推托，说什么也不要苏北的钱。苏北说，怎么不行，我又不是送给你的，是借给你的，等你工作以后还我。俞信阳说，我有钱。苏北说，我知道你有钱，但是你的开销里，没考虑这笔钱嘛。硬是塞给他五百块。俞信阳接过钱，在手里搓来搓去，闭上眼睛，转过脸去。

苏北看到他眼角的泪水，赶忙也转过脸去。

第二天，范东林邀请陈赛先去玩。陈赛先推说还有事。吴雅兰和张文杰都在办公室，范东林一起邀请了，说出去玩，费用包在他身上。张文杰淡淡地说，如果明天没事就可以去。吴雅兰问清楚，知道苏北几个也去，就说，我也可以去，但是不能用你的钱。范东林说，这有什么关系啊……吴雅兰说，那我就不去了。范东林只好答应她。

清晨起来，几个人都到了。唯独张文杰没来。张思伟说，他已经回家了。

范东林说，不是说好一起去的嘛？

张思伟说，他说还是不去了，放假几天，想多陪陪家人。他当时答应，只是不想扫大家的兴。

苏北沉吟一下，说，那咱们走吧。

一路上，大家有说有笑的，玩得很开心，在泸沽湖拍了很多照片。范东林最积极了，付钱也积极，凡是公共的开销，基本上都由他包了。回来时经过县城，在县城里又玩了一圈，大家都欢呼鼓舞。好好把县城看了看。只有俞信阳不太作声。苏北不禁想，把他叫出来会不会是个错误？

苏北明显感觉到，范东林对周西颖很殷勤，却也没有往深处想，男人喜欢表现正常。吴雅兰的一番话，让他意识到并不是那么简单。

从泸沽湖回来没几天，吴雅兰约苏北出来聊天。

两人随便聊聊学校情况，吴雅兰吞吞吐吐的，好像还有什么话说，又不好开口。苏北说，吴老师，到底什么事呀？吴雅兰说，我这么说，也不知道对不对，这几天，范东林老是来找周西颖。苏北说，范东林找周西颖？他找周西颖干什么？吴雅兰说，一个男教师，老是找一个女教师，你说还能干什么？

这个范东林，我会找他好好谈谈的。苏北说，吴主任，周西颖那边，也请你留意一下。

我知道，本来别人谈恋爱，我们是不该干涉的，可是……吴雅兰说，算了，我还是都告诉你吧，范东林曾经找过我。

范东林找你……苏北不解地看着她。

他是想……吴雅兰的脸红了，说，我是单身，他想跟我好啊。苏北愣了一下。吴雅兰单身，这是他没想到的。苏北张张嘴，吁了口气。吴雅兰说，这件事，你知道就行了，不要往外说。苏北说，好的。范东林找你，是什么时候的事？吴雅兰说，就在来学校一两个星期吧。苏北说，当时怎么回事？他没有怎么的……吴雅兰说，那倒没有，他只是表示想和我好，不成就算了。他也是太寂寞了。

吴主任怎么会……苏北停下不说了。

你是想问我，怎么一个人的吧？吴雅兰说，以前你不是问过我，为什么来水城吗？我读大学时，谈了一个男朋友，就是水城的。毕业之后，我就跟着他过来了，有一次学校房舍倒塌，他为救学生……我们有一个女儿，我答应过他，不会带女儿回上海，自己又舍不得女儿，就一直待在水城了。

苏北静静地听着，说，你想回上海吗？吴雅兰说，我父母都在上海，怎么不想啊？我想等女儿长大了，再考虑回去的事。

苏北沉吟片刻，说，我觉得你挺伟大的。

吴雅兰笑了一下。

当天晚上，苏北去吴雅兰宿舍，恰好周西颖也在，就跟她们聊了聊。周西颖身边有个包，苏北说，你的包很漂亮嘛。周西颖拿过来说，漂亮吧？是范东林送的。苏北说，范东林送的？他为什么送你？周西颖说，想送就送啦。苏北说，那送给你就要了？周西颖说，干吗不要呀？人家愿意送我当然要了。

苏北想，得找个机会，跟范东林谈谈，不能再这样下去了。但范东林始终都没给他机会。苏北还没找他呢，他倒先找苏北来了。

范东林过来时，头部受伤了，缠着纱布。

怎么回事？苏北惊奇地问。

你别管，我要离开这儿。范东林。

你要离开，也得有个理由呀。苏北说，头是怎么回事？

范东林磨磨蹭蹭的，终于说了出来。

原来昨天范东林去了趟镇上，买点东西，然后去饭馆吃饭，付钱时对方找的钱掉了一个角。本来这也没什么。范东林想，最好是能换一张。收银员说，钱好好的为什么换？范东林正要指给她看，旁边一个女的说，看是不是你找他的钱，如果不是，就不给他换。范东林当场就火了。不是你们找的钱，要你来换？再说你一个服务员，跟你有什么关系？范东林张口就说，没你的事，你到一边去。那服务员还想说什么，范东林一甩手，钱甩到了她的脸上。旁边一个小伙子，是服务员的男朋友，上来就给范东林一拳。范东林哪肯吃亏，马上还击，结果那小伙子也鲁莽，抓起酒瓶就往范东林头上砸。还好伤得不重，否则就要住院了。

怎么会有这种事？苏北摇了摇头。

我不想待在这儿了，我要回去，我要回上海，我要回家。范东林说，我早就想回去了，本来还努力支撑着，希望能撑到结束，现在看来，实在是撑不下去了。这破地方，要什么没什么，连服务员都欺负人。我天天都在数着日子过，还有几个月，还有多少天，还有多少个小时……

你要走的事，给学校反映过吗？苏北问道。

我跟谁反映？你不就是校领导吗？范东林赌气地说。苏北又问谁还知道这事。范东林说，我跟张文杰说过。苏北说，张文杰什么态度？范东林说，他劝他走，说这根本不是人待的地方。苏北说，张文杰这么说的？范东林说，他就是这么说的。

这件事情……苏北突然说，张文杰借你的钱，还了没有？

还过我一千块，还欠两千块，他说我回去后他寄给我。范东林说，要不要也无所谓。看样子这家伙也不想还了。

苏北沉吟了一下说，还是给陈校长汇报一下吧，还要给团委方面说一下。

汇报什么？我是自愿过来的，又不是高薪聘请的，一个月几百块钱的补助，我才不看在眼里呢。范东林说，我想走就走。

你先等一等，我跟陈校长说一声。苏北说。

陈赛先知道后，做范东林的思想工作。范东林转过脸不理他。陈赛先说，范老师，这只是个偶然，你有其他什么要求，可以提出来，我们尽量满足你。范东林说，我没什么要求，我就想离开这儿。这就是我的要求。话说到这儿，陈赛先也没有办法。陈赛先说，你回去吧，苏老师，有什么事你来处理。说完转身就走了。

还是那句话，回去也不是不行，得给团委汇报一下，等他们批准。苏北说。

他们会不会不批准？范东林问道。

应当会批准的。苏北说。

那不就行了，我回去了，反正他们要批准的，只不过早走一会儿而已。范东林说。紧接又说，算了，如果上面问，你们就说不知道，我自己要走的。有什么后果我负责。反正同不同意我都要走。再在这儿待下去，我会发疯的。

苏北摇摇头。范东林要立刻离开水城。但这时候没有车，苏北说，你就再多等一晚吧。范东林只得再等一晚。

吃过晚饭，苏北来到范东林宿舍。范东林床上堆了一大堆东西。俞信阳也在旁边。范东林平静了许多。范东林说，我知道，肯定大家都看不起我。苏北说，既然你选择了这样，就不要在意别人怎么看了。范东林说，我不是能吃苦的人。苏北说，没有谁不能吃苦的，只是没到那一步，水城的人不也照样活吗？

这一晚，两人谈了好久，大概到了凌晨两点，苏北才回去睡觉。

第二天一早，天刚亮，俞信阳跑过来说，范东林走了。苏北匆匆忙忙穿了衣服，来到俞信阳宿舍。范东林的行李放了一床。

他的这些东西……怎么还在这儿呀？苏北说。

范东林走的时候，说把这些都留下了，捐给学校。俞信阳说。

床上有录音机，有被子，有书包，还有其他生活用品。甚至还有一些钱。范东林的东西基本都在这儿了。俞信阳说，他把东西都捐了，除了留下回去的路费。

苏北看着这一床的东西，没有说话。

因为范东林的离开，此后不久，张思伟搬出张文杰的宿舍，和俞信阳住在一起。

按说张思伟比范东林好相处，时间长了，张思伟也像范东林一样，让俞信阳帮他做事。比如说帮他挑水。比如说帮他洗碗。

俞信阳也是的，别人让他做他就做了。

范东林的离开，对于大家来说，是个刺激，都有点想念上海了。苏北感觉不对劲。还好马上要期中考试了，大家忙着复习，也没太多心思用在别的方面。

忙碌了一个星期，考试，改试卷，成绩出来了。

从整体上来讲，学生的进步很大。全乡范围内，语文从第四名升到第二名，历史、政治方面，也都有了很大的提高。这说明支教者的努力是值得肯定的。

只有外语略有下降。

张思伟情绪很低落。苏北积极地鼓励他。苏北说，一次成绩，也不要看在眼里，具有很大的偶然性。当然了，也要找一找原因。张思伟说，可能还是教得不扎实吧，学生学习积极性高，但没有好好巩固。苏北说，找到了原因就好，该怎么补救就怎么补救。苏北又跟他聊聊，不要有心理负担。

谢谢你，看到成绩确实有些郁闷，不过现在好多了，我也觉得没什么了。张思伟说。

这就对了嘛。苏北说。两人闲聊几句，这时来了三个学生，手里还拎着东西，好像是鸡蛋。他们见苏北在这儿，都往后面缩。苏北看到鸡蛋，开玩笑说，拿鸡蛋干吗，想贿赂张老师呀？三个学生连忙否认，其中一个说，我们这次考得不好，对不起老师，我们是来看看张老师的。苏北和张思伟对视一眼。这些学生真是太懂事啦!

不怪你们，是老师没有教好，老师一定吸取教训，把你们教好。张思伟说。三个学生要留下鸡蛋，张思伟说什么也不要。三个人使个眼色，把鸡蛋放下了就跑。

这些孩子……张思伟提着鸡蛋，目送他们远去。

有句话说云南四季如春，也就是说说而已，进入冬天，还是有些冷。秋天盖毛巾被就有点薄。没有厚被子，冬天更难以忍受。

大家商量着，一起去镇上买被子。

周末的上午，大家都早早起来了，套上驴车，来到镇子上。张思伟买了两条被子，说是为了睡得舒服点。周西颖买了一条。俞信阳买了一条。苏北一下子买了十条。周西颖说，你买那么多被子干吗？想转手卖呀？苏北说，卖倒是不卖，村里很多学生家庭困难，送给他们。张思伟说，这个主意好啊。用剩下的钱又买了两条。

周西颖犹豫着要不要买，恰好被子没有了。

俞信阳松了口气，苏北也松了口气。他真怕俞信阳为难。

咱们给学校写的信，不知收到了没有？俞信阳说，如果书寄来，再请他们捐些棉被，那就可以应付了。没有人说话。苏北说，应当很快了吧。

这话说完没几天，邮递员来了。邮递员是周三来的。平时他都是周五来，提前两天，一定是有重要的事，果然就带来了好消息。邮递员说，从上海寄来两份包裹，还有一个汇款单，请他们去拿。汇款单是苏北的。包裹分别是苏北和张思伟的。寄包裹的是两个学校的团委。看来是他们学校寄来的。

没有自己学校的，俞信阳显得很失望。

这下好了，肯定会有书过来，可以给学生们看了，他们的精神生活太贫乏了。苏北说。俞信阳附和着点点头。苏北留意到，他的情绪不太好。

俞老师，你没事吧？苏北问道。

俞信阳笑着摇摇头。

苏北沉吟了一下。他猜测，也许是两个学校捐赠了东西，而自己学校没动静，让他觉得不开心。本来苏北想叫俞信阳一起去的，也就放弃了这个打算。

把消息告诉张思伟，张思伟兴奋得很，说自己学校很关心支教，学生素质也特别高。这下俞信阳更不吭声了。苏北想着怎么缓和一下气氛。正想着，张思伟说，苏北，明天咱们去镇上，把东西取回来，课先调一下。苏北说，也好。东西太多，邮递员不好带来，只有自己取，所以还得套驴车去。

另外，我再准备点钱，多买几条被子，那些被子发下去他们很高兴。张思伟说。

苏北点点头，在想着怎么安慰俞信阳。说俞信阳的信可能丢了？或者说他们学校正在组织人捐赠？怎么说都不好。

当天晚上，苏北来到俞信阳宿舍。正好张思伟不在。俞信阳正写着什么。看到苏北，赶忙收起来。凭他的眼神，苏北也能猜出来。可能是跟学校团委写的。俞信阳说，你是找张思伟的吧？苏北说，为什么要找他？笑了一下。俞信阳也笑了。两人闲聊了几句，苏北就离开了。

第二天一早，苏北和张思伟赶着驴车去镇上。张思伟争着要赶车。他情绪非常高涨。来到镇上，阳光非常好，两个人心情也很好，来到邮局查收东西。

包裹里有书，还有被子和棉衣，太好了，这样又可以支援一些学生了。

很快就要到元旦了。以前读书时，都要举办元旦晚会，在水城没有这项活动。大家一边忙着期末考试，一边考虑回家的事。张思伟表示一定要考好。其他人也在努力。

在回家这个问题上，张思伟首先表示不回去。

你不回去啊？俞信阳惊讶地说。

不回去了。张思伟说，回家多麻烦呀，从这儿到镇上，再从镇上到县城，再从县城到丽江，再从丽江到昆明，再从昆明到上海，再从上海到我家，在家待不了几天，就该回来了，从我家到上海，再从上海到昆明，再从昆明……时间都花在路上了，不值得。我准备今年在水城过年，过一个特殊的年。

苏北，你呢？什么时候回去呀？俞信阳问道。

苏北也有些为难。张思伟说的是实情，回去是麻烦，而且他还没考虑到，春节买票难的问题。

我再看吧，还不一定呢。苏北含含糊糊地说。这个回答让俞信阳大失所望。俞信阳再问周西颖，周西颖摇了摇头，也表示不回去了，反正她老家比这强不了多少。

四个人中，两个表示不回去，苏北虽说还没定，看那情形多半不回去了。

现在，就剩下俞信阳一个人了。

这怎么办，难道自己一个人回去？说出去倒也没什么，回家过年，天经地义的，可是一个人走……俞信阳犹豫不决。

你们……你们都不回家了？俞信阳说，你们都不想家吗？让他一个人回去，再一个人回来，那么长的路，他也会觉得很寂寞。苏北说，没关系的，信阳，你要想回家的话，那就回去吧，我就是懒，不想回了。俞信阳说，我考虑一下吧。苏北说，你要是觉得买票麻烦，我跟团委联系一下，请他们帮忙订票。

算了，你也别回家了，大家就在云南过年，多热闹啊。张思伟说。

当天晚上，俞信阳找到苏北，征求他的意见，自己该不该回去。苏北说，还是你自己拿主意吧。俞信阳说，我不回去……苏北说，怕你的父母担心？那可以打电话呀。俞信阳说，不是，怕我女朋友不高兴。苏北从未听俞信阳提过女朋友。苏北说，你女朋友？她现在在哪儿？在你老家吗？

她在上海，是我的校友，也是我的同乡，学对外汉语的。俞信阳说。

你们怎么认识的？苏北说。

以前勤工俭学，我们一起发广告，见过几次，后来就有了联系了。再后来，就做了男女朋友。俞信阳说。苏北笑了笑，突然想到个问题。苏北说，不是你追她的吧？俞信阳说，是她主动的。苏北早就猜出来了。苏北说，她在上海干什么？俞信阳说，她跟我一起毕业的，没找到合适的工作，户口还在学校里，自己在外面给别人上课。

那你呢？毕业时找什么工作？苏北问道。

什么工作都没找到，后来听说有支教的，我就报名了，如果不来可能就要回老家了。俞信阳说，她在上海继续帮我找工作。我明年还可以算应届生。

那你跟女朋友联系一下，看那边情况如何，如果有面试的机会，不要错过了。苏北说。

过了两天，俞信阳说，他给女朋友打过电话了，过年不回去。因为那边没有面试机会。苏北说，那你毕业了怎么办？俞信阳说，不知道。如果找不到工作，就回老家吧。苏北说，你女朋友跟你一起回去？上海工作不好找，外地可能还好一些。你们两个都是本科，回到家乡，总归好一些。俞信阳说，她不会回去的。她说死也要死在上海。

先别想那么多了，回到上海，工作上的事，我能帮你一定帮你联系。苏北说。俞信阳点了点头。

大家都不回老家过年，不再考虑买票的事，也都安心了，可以专心致志好好上课。

半个月后开始考试。因为是期末考试，比较正规。小学生还在本校考，三个初中班，全部到镇中学去考，早上去晚上回。学校要安排两个老师去送考。由吴雅兰和苏北去。苏北对这个没经验，吴雅兰说，没事的，我去过好多次，你尽管放心。因为送考早，吴雅兰让苏北早点睡觉。

第二天六点钟，天还没亮呢，吴雅兰叫醒苏北，说该出发了。苏北出门一看，学生们都到齐了。

这次考试，是对支教者教学的检验。学生们也都憋足了劲。经过努力，所有的成绩，无论是小学还是中学，都有了进步。英语上回不如镇上中学，这次反而超过了它们，在县里也排得上名，除了县重点中学外，张思伟所教的班级是最出色的。语文排在全镇第一，这是从未有过的。

因为考得好，整个学校洋溢着欢快的气氛。

考完试离过年还有几天，大家主动为村里的学生补课。补课补到农历二十六放假了。也要让学生好好玩一玩。补课是自愿的，并不是每个教师都要到。

张文杰就回镇上了，没参加补课。

吴雅兰一直坚持到补课结束。

二十七那天，吴雅兰邀请他们去镇上她家玩。吴雅兰说，在我那儿方便，还可以看电视。苏北说，那怎么行啊？吴雅兰说，大家都是同事，怎么不行啊？苏北说，这离过年还有好几天，不能都住你家里呀。再说了，我们几个商量一下，准备在学校过年，过一个远离电视的年。

这样也很有趣。吴雅兰说，你们怎么安排的？

明天二十八，休息一天，二十九逢集，去采购物品，三十写春联吃饺子。苏北说。吴雅兰笑笑，就先回镇上了。

这样过了一天，二十九赶集，还没进集市，就遇到吴雅兰了。吴雅兰跟大家打了招呼。张思伟说，这么巧呀。吴雅兰说，巧什么巧，我专门在这儿等你们的，跟你们回学校过年。苏北说，那你女儿怎么办？吴雅兰说，跟她爷爷奶奶过，在县城呢。吴雅兰已经买了东西，又陪他们买了一些。

吴雅兰果然跟他们回水城了。大年三十，大家写春联，吃饺子，过得热热闹闹的。

春节后开学，苏北发现，他的班级有两个学生没来上课，回到办公室一说，其他班级也有，而且不止一个。

这很正常，每学期开学，都有人不来上课的，他们穷啊。一位老教师说。

因为穷上不了学，这太不公平了。苏北说，他们不上学，都去干什么呢？老教师说，在家里干活呗，或者出去打工。苏北说，这些学生，也就十来岁，大的不过十四五岁，能干什么活？老教师说，干什么活不行，就算什么都干不了，还可以帮忙看看门，少交一份学费。说着叹息了一声。

不行，不能让他们失学！苏北想。

他发动其他几个人，劝孩子们来上学。

晚上开会，大家都垂头丧气的。让孩子们来上学太难了。有些人饭都吃不饱。苏北说，大家都说说，看看能有什么办法，让孩子们上学？

能有什么办法？无非是经济上资助他们，可是哪有那么多钱？苏北想，还得联系企业赞助。原本想通过团委联系的，可是这样程序复杂，速度慢，还是自己联系吧。

苏北首先想到的，是那个老板。如果求稳妥，自然是写信好，在信中可以把情况写得很充分，以打动老板。但是信件太慢了。老板又不用电子邮件！发手机短信，情况又说不清楚。如果打电话，又不能打得太久，匆匆几句话，可能事情都说不清。苏北思索着，突然想可以给他发传真。想到这一点，苏北感觉很兴奋。

苏北拟了一份信件，情真意切，让吴雅兰带回家输入电脑，周末去县城里发给老板。等了一天，苏北给老板打电话。心里忐忑不安的。

我看到你的传真了，决定先捐两万元，抽个时间，我去你那儿看看。老板说。

太好了！我代表这里的学生感谢您！苏北说。感谢之后，苏北说出了自己的想法，想成立一个基金会，专门帮助这里的学生。由老板来担任基金会理事长。

这个基金会通过媒体的报道，也是对您的企业的宣传。苏北说。

也好，你先做个方案，我看看，再找几个朋友一起来做。老板说。

苏北得到这句话，心里踏实了。

老板做事很爽快，没过几天，两万块钱就过来了。在苏北和老板的努力下，基金会也顺利地成立了。

苏北把这件事写成文章，发在校报上，又通过朋友关系，发在上海的一家媒体上。

基金会的成立，暂时解决了水城小学的失学问题。苏北名气突然大了起来。整个镇子，整个县里，都知道有个叫苏北的支教者，给水城小学引进十几万块钱。

不知为什么，苏北竟隐隐有些不安。

是怕其他几个支教者会有想法吗？

直到有一天，陈赛先把苏北叫到了办公室。陈赛先给他倒杯水说，苏老师，上面来通知，决定免掉你的校长助理职位。

说实话，苏北对这个校长助理，一点兴趣也没有，免掉了没什么。问题是，凭什么要免掉他？任命时莫名其妙，免掉更是莫名其妙。看看陈赛先表情，笑呵呵的，免掉苏北，他还这么高兴啊？苏北点了点头，什么都没说。陈赛先说，你不想知道为什么吗？苏北说，上面这么做，必定会有原因的。

免掉你的助理，是要提你担任副校长。陈赛先说。

副校长？这比免掉他的助理更加令人惊奇。苏北说，陈校长，你知道的，我毕竟要离开水城，为什么还要担任副校长？不如提拔别人了。这是苏北的心里话。

上面这么做，是对你来到水城后工作的肯定。陈赛先说。

因为我为水城小学引来十几万块钱？苏北说。

不仅仅是这个，但也是一个方面，上面这么做另一个原因，是希望你能为这里做出更大的贡献。陈赛先说。

其实不当副校长，我也会尽力帮助水城的。苏北说。

那也就是说，不管你当不当副校长，区别都不大？陈赛先盯着苏北说。苏北点点头。陈赛先说，既然你觉得无所谓，那当不当副校长，对你也没有什么影响了？苏北笑了。苏北说，陈校长，想不到你这么狡猾。陈赛先也笑了，苏北发现，他笑的时候，还真像只狐狸。苏北不说了。再说就显得自己矫情了。

两个星期内，陆续又收到两笔赠品，一笔是苏北学校的，一笔是周西颖学校的。主要是书和一些日用品。苏北跟周西颖把东西取回来，分给了学生和村民。

分发完之后，周西颖叫住苏北说，苏校长，我有封信请你看看。

什么信？苏北愣了一下。

信是从周西颖老家寄来的。信中说，周西颖的父亲病了，生命垂危，希望女儿能回去一趟，陪陪老父亲。苏北看看日期，两个星期前写的。苏北说，要不你回家看看吧。看她这样子，待下去也没法安心工作。周西颖点点头。苏北说，你身上还有多少钱？周西颖说，回去路费还是够的。苏北说，路上多带一点。

苏北摸了摸口袋，还有三百块，塞给周西颖，周西颖推辞一番接着了。

你准备什么时候走？苏北问道。

我也不知道，希望能越早越好，周西颖说。

苏北把事情告诉陈赛先，把课程安排一下，让她早点回去。

周西颖这一回去，也不知道来不来了。苏北也没有问她。苏北跟张思伟、俞信阳商量，给她送个行。张思伟和俞信阳不太喜欢她，但总归同事一场，要分别了，好歹得表示一下。苏北特意买了菜，一起好好吃了一顿。张思伟还拿出点钱，请苏北转给周西颖。他自己就不出面了。苏北把钱给了周西颖，说，你把东西收拾一下，这两天就走吧。

第二天，周西颖跟陈赛先告别。陈赛先拿出一叠钱。周西颖说，陈校长，这是……陈赛先说，这是大家的一点心意。周西颖默默地接了过来。

你一个人回去，学校不放心，学校决定了，安排一个人送你。陈赛先说。

能送周西颖的，最好是支教者，支教者中，苏北最合适了。

周西颖老家也在这个县，只不过跟水城相反，一个在西面，一个在东面。他们要先赶到县城，再从县城去她家。来到镇上时，周西颖说，苏校长，你忙就回去吧，我可以自己走。苏北说，你不想让我送你回家，那就送你到县城吧，送上车就不送了。周西颖瞧瞧苏北，猜测他这话是什么意思。苏北把脸转开了。

两人搭车去县城，一路上，周西颖不说话，苏北也不说话。

苏北只是看着窗外的风景。

到了县城，周西颖突然说，苏校长，我想打个电话。

是应该打个电话问问，周西颖父亲的信是两周前写的，这两周内，不知又发生了什么情况。

打过电话，周西颖哭了一阵。苏北突然有种不祥的预感。周西颖说，苏校长，我不回家了，我们回水城吧。苏北说，你不回家了？你父亲的情况……周西颖勉强笑一下，说，我父亲的身体好了，我就不用回去了。苏北说，你真的没事吧？周西颖说，你看我像有事的样子吗？两人又坐车回到了镇上。

周西颖没有着急着回去，而是在镇上买了些笔和本子，说是要带给学生。苏北愣愣的，不知在玩什么把戏。

到水城村口，周西颖突然停住了。

苏校长，我有件事想告诉你，周西颖说，你能帮我保守秘密吗？如果你说出去的话，我就没脸在这待了。苏北还没有说话，周西颖接着说，其实我那封信是假的。苏北说，你父亲生病是假的？周西颖点点头说，我是不想在水城待了，我想回去，才让父亲写了这封信。苏北说，那你现在还回去？

我知道，我这样做很不对，所以想弥补些过失，苏校长能帮帮我吗？周西颖说。

好的，这件事情，我可以保证，不会告诉任何人的。苏北说。周西颖甜甜地笑了。苏北突然间发现，周西颖笑起来也很好看。

上面突然传来消息，说要在水城提拔一位副校长，至少大专以上文化，而且要年轻。

按说水城有校长陈赛先，有副校长苏北，没必要再提拔了，但谁都清楚，苏北是要离开的。所以得提个副校长。另外有一种说法，镇小学的校长到了退休年龄，陈赛先即将过去接替校长的位子，提拔副校长，是要接替陈赛先的工作。那这副校长就不仅仅是副的了，很快还会转正的。

因为这样，副校长显得更重要。

水城小学里，能做副校长的，张文杰和吴雅兰最合适。提拔以上级考核为标准，也要听取校长和老师们的意见。

没过两天，陈赛先找到苏北，说要跟他说点事，苏北就有种预感，可能是副校长的事。

果然，陈赛先说的就是这个事。陈赛先说，苏校长，学校准备提个副校长。苏北点点头。陈赛先说，看来你已经知道了。苏北说，听别人说过，不知道真假。陈赛先说，是真的。要提副校长，你看谁合适呢？苏北说，从学历、资历和水平来说，吴主任和张主任比较合适。陈赛先说，我是这么考虑的，我很快就走了，由你来接任校长的职务。

陈校长……苏北还没说完，陈赛先打断他说，苏校长，你先听我说，我这么做，是有道理的，一是为了学校，同时也是为了你。

苏北疑惑地望着陈赛先。

如果你做校长，不管时间的长短，也不管我们学校的大小，这都是个资历。对你以后的发展有好处。而且你现在是副校长，做校长最合适。你要走可以随时走。这不会成为你的阻碍的。从学校来说，你来做我最放心，换成别人，不一定能做得下来。你主持工作期间，可以提个副校长，以后接你的工作。陈赛先一口气说了很多。

苏北没有考虑到这一层。苏北仍然说，其实做不做校长……

我知道，做不做这个校长，对你来说是无所谓，既然是无所谓，那就是说做也可以。陈赛先说，现在的问题是，谁适合接你的工作？刚才提的两个人，只能有一个。

当然是吴雅兰最合适了。苏北直言道。

在人缘方面，吴雅兰显然更胜一筹。

陈赛先没有作声。苏北说，陈校长怎么考虑的？陈赛先说，本来就该是这样的，可是……你想过没有，如果吴雅兰当校长，张文杰能安生吗？这个学校就乱套了。苏北说，你的意思是提拔张文杰？陈赛先说，这也是没有办法的。提拔张文杰，什么事都没有，但如果提拔吴雅兰，张文杰就会故意捣乱的。他本来就想调走了。苏北说，这对吴雅兰不公平。

陈赛先叹了口气。

陈赛先的叹气，表明了他的态度。

在此之后，苏北听说，张文杰主动找很多老师谈话，主要是水城的老教帅。还找了俞信阳。找了周西颖。没有找张思伟。更加没有找苏北。

陈赛先会上宣布了提拔的事，很快上面来人了，分别找人谈话，结果都倾向于吴雅兰当副校长。

谈完话之后，过后好多天一直没结果，后来传出消息说，张文杰要当副校长。这是上级综合各方面考虑的。再后来又听人说，张文杰镇上有人。他的舅舅是副乡长。还有的人说，肯定吴雅兰当副校长，因为张文杰已经联系了学校，准备调到县城去。更神奇的传说是，张文杰要去上海了。反正各种说法都有。至于到底谁当副校长，一直没宣布，

不久陈赛先调到镇小学，由苏北担任校长，吴雅兰仍当主任，张文杰也当着他的主任。

作为校长，苏北明显感觉压力很大。不过再想想，其实也没有什么，只要教学正常进行，就没有事。经济上越来越好。苏北的任务是还要多找些钱。

当苏北将一切刚刚理顺，正准备松口气时，张文杰找了过来，说想请几天假。张文杰没当上副校长，心里不舒服。苏北说，张主任，请假有什么事吗？张文杰说，我身体不好，想去上海看病。苏北说，看病？什么病非要去上海？张文杰说，不知道。就因为不知道，才要去上海检查。

苏北几乎可以肯定，张文杰是在装病。

周西颖就曾经做过这种事情。

好吧。苏北说。

一连几天，张文杰都没有动静。这时候倒是苏北家里出了件大事。一天晚上，苏北在办公室看书，准备回宿舍，电话嘟嘟响了起来。苏北感觉很不妙。拿起电话当场就愣住了。

苏北的奶奶去世了！

苏北必须得回一趟上海。苏北找来吴雅兰，让她主持工作。由张思伟帮助她。语文课暂时停一下，上其他的课，以后再补。

张文杰知道苏北回上海，跟他一起去。

两人从水城走到镇上，从镇上到县城，再到丽江，再到昆明，直至来到了上海。这一路上的开销，都是苏北的。张文杰也没有说话。似乎是理所应当的。苏北也没有计较。苏北说，我先去看看奶奶，然后陪你看病。张文杰说，我根本就没有病。苏北想不到他这么坦诚。苏北说，这样也好。

在苏北家里参加完葬礼，张文杰提出想去找他的父亲。

我要找我的父亲，这个要求不过分吧？张文杰说。

不过分。苏北说，我会帮着你找的。

上海那么大，要找一个人多难啊。张文杰说，我想登个寻人启事。苏北说，这个办法恐怕行不通，有多少人看寻人启事？苏北通过朋友，找到派出所的熟人，通过派出所，可能还有些希望。张文杰知道父亲的名字，还知道他的出生年月，这就足够了。在电脑里，派出所调出了几份资料，还有照片，张文杰仔细辨认着。

有一个人住在浦东，看照片，感觉跟张文杰长得很像，苏北抄下了他的地址和电话。

先给老伯打个电话吧？苏北建议道。

张文杰摇了摇头。苏北明白，张文杰不想打电话，是害怕遭到拒绝，直接过去他就逃不了了。苏北说，那我陪你去吧。张文杰点了点头，终于说了一句，谢谢！

苏北没想到，居然会遇到范东林。

从派出所出来，张文杰想直接去浦东。张文杰说，从这儿去浦东，得多长时间？来到上海，他真的就转向了。不知道哪儿是哪儿。苏北说，用不了太长时间，咱们先去吃饭吧。来到一家小饭馆前，刚要进去，里面出来一个人，刚好与苏北撞到了一起。苏北一看，居然是范东林。

你们是……苏北，张文杰？范东林显然也非常惊愕。苏北也没有想到。范东林上来给了他一个拥抱。也跟张文杰拥抱了。

你们来吃饭的吧？走，走走，我请你们吃饭。范东林说着，把他们往里面拉。

你不是刚刚吃过吗？张文杰说。

吃过怎么啦？吃过也可以喝点酒。范东林笑着说，见到老朋友，开心啊，再吃一遍也无妨。苏北也笑了。

吃饭的时候，范东林问到水城的情况，知道苏北担任了校长，也说起了自己的事。离开水城后，范东林直接回家了。他是不愁工作的。即使不工作父亲也能养着他。但范东林不想这样。他的档案还在学校里，必须把这事交代清楚。范东林不好意思说，要请团委领导喝酒，人家自然不肯去，他只得把情况说了。学校也没怎么样，就把他当待业看了。

如果想找个工作，范东林完全没问题，他父亲的厂子就能接收，或者可以找别人。但范东林没有。范东林还是在上海找了工作。

现在做得开心吗？苏北问道。

还可以。范东林说，只是常常想到水城的事，哎，太失败了。苏北笑了，说，每个人选择不同，你也不要想太多了。范东林说，有机会的话，我还想再去水城，继续把学生们教好。苏北说，会不会中间跑回来？范东林说，肯定不会了。对了，我跟学校联系过，请他们给水城捐些物品，他们已经答应了。我自己也准备再捐些钱。

那我代表学校谢谢你了。苏北说。

分别时，范东林跟苏北互相留了电话。他们约好了，无论是在上海，还是在水城，方便一定要多联系。

喝过酒后，张文杰继续找他的父亲。苏北全程陪同。

在浦东，根据民警提供的地址，苏北敲响了一扇门。开门的是个老人，坐在轮椅上。苏北不能断定，这老人是不是张文杰的父亲。张文杰也不能确定。老人说，你们找谁啊？张文杰没有说话，都是苏北帮他问的。苏北通过一种委婉的方式，问了他的名字，年龄，都跟张文杰提供的一样。

苏北说，老人家，您去云南插过队吗？

云南？插队？老人似乎陷入了回忆之中。

水城，您知道水城这个地方吗？苏北说。

你说什么？水城？老人身子明显抖了一下，似乎很欣喜，又似乎非常害怕，说，你们……你们到底是谁呀？

苏北基本可以断定，这老人是张文杰的父亲。

我叫张文杰，马春花是我妈妈。张文杰冷冷地盯着老人说。老人“啊”了一声，眼泪渐渐出来了。

苏北退了出去。这种场合不适合他在。

紧接着听到一阵噼里啪啦的声音。可能张文杰在砸东西。很快声音就没有了。苏北决定出去走走，再回来时，张文杰跟老人都很冷静，好像已经交流过了。

苏北了解到，老人家单独住一屋，有一个孩子，偶尔过来看看他。

老人的身体很不好，已经瘫痪几年了。他表示对不起张文杰的母亲。张文杰说母亲已经去世，他一直想来上海，找他的父亲，也在上海找个工作。老人说，在上海找工作不容易啊，很多人都下岗了。但他表示，一定会帮张文杰留意的，但是看他这个样子，又怎么帮得上呢？张文杰说，我现在不想留在上海了。

我真的很希望再去水城看看，这辈子恐怕没有机会了。老人摇着头说。

走的时候，老人给了张文杰一笔钱。

自从见过父亲，张文杰整个人似乎变了。回去的路上一句话不说。快到昆明时，张文杰拿出一笔钱，递给苏北。苏北说，干什么？

从水城到上海，再从上海到水城，不花钱啊？张文杰说，你还真以为我傻呀？

苏北笑着接受了。

张文杰向苏北要范东林的电话号码。苏北说，你想跟他联系？张文杰说，我还欠他的钱呢，我得还给他。

回到水城，苏北还没来得及休息，吴雅兰就过来了，汇报了一个重要情况。

周西颖得了白血病！

怎么回事？苏北马上坐不住了。

据吴雅兰介绍，这几天周西颖脸色苍白，感觉不舒服，到医院一查是白血病。白血病要做手术。手术费昂贵。吴雅兰想用基金会的钱，又联系不到苏北，不敢乱动，着急得要命。

这是救命的事，不用那个钱从哪找钱去？苏北说，这个还用问我吗？吴雅兰说，不光是钱的问题，做手术要有匹配的骨髓，医院里没有。苏北想想说，那医生是什么意思？吴雅兰说，医生让我们找匹配的骨髓，我让学生都抽了血，还是没有合适的。有些村民也抽了血，仍然找不到。

现在村里还有多少人没抽血？苏北问道。

也就是一些老人和幼小的孩子，他们的就算是匹配，因为年龄的关系，也不适合手术。吴雅兰说。

这样吧，我马上去医院，看看我的行不行。苏北说。

那么多人都不行，你一个人……吴雅兰摇了摇头。

我有种预感，我的应当可以。苏北说。他马上要去医院。张文杰知道后，也跟他去医院抽血。抽完血，苏北知道，自己的任务完成了。骨髓匹配的可能性太小太小，哪里就那么巧啊？真那么巧，就不是生活，而是电影了。苏北之所以抽血，也不过是寻求个心理安慰。估计张文杰也是这么想的。

化验结果出来，苏北根本不抱希望，然而医生居然说合适，苏北心想太神奇了，电影中出现的情节，生活中也发生了。

什么时候能做手术？我马上就做。苏北急切地说。

不是你的匹配，是张文杰的。医生说。

张文杰？苏北转向张文杰，实在不敢确定，他是否愿意做手术。张文杰来抽血时只是来抽血，根本没想到他的就合适。也许他就抱着配不上的心理来的。

让苏北感到安慰的是，张文杰同意做手术，而且希望马上就做，毕竟这是在救命。

周西颖的事过去了，俞信阳又出了事。

各个学校都有了捐赠品，唯独俞信阳的学校没有。因为这事，俞信阳始终觉得低人一等。就在前几天，范东林学校寄来赠品，张思伟还调侃俞信阳，让他把物品当成自己学校的。搞得俞信阳很尴尬。俞信阳想，我跟学校写了三封信了，难道连一封都没收到吗？还是收到了不重视？这样想着，他学校的捐赠品也过来了。

俞信阳兴奋得很，收到包裹单，一刻也不愿耽误，马上向张思伟炫耀一番。然后驾上驴车就去镇上。他下面还有两节课，也找人来代上了。

也该俞信阳出事，这条路不好走，两边都是大山，俞信阳却没有放在心上。在拐弯的地方，突然一辆汽车撞了过来。俞信阳再想让开却迟了。驴车被撞翻了，滚了几下，勾在一棵树上，这才停住。俞信阳头撞到了石头上，当场昏过去了。

汽车停住了，车上像开了锅似的。司机吓坏了。有人喊道，赶快救人呀。司机这才反应过来，立刻把俞信阳送往医院。

俞信阳出事的事，学校没人知道。一位乘客傍晚时来到了学校。正是苏北接待的。乘客说，你们学校有人赶驴车去镇上吧？苏北说，驴车？一下子想到了俞信阳。苏北说，是有这么回事，怎么啦？乘客说，他出车祸了，现在正在医院里。把情况大概说了一下。苏北着急了，马上向医院赶去，等他来到医院时天都黑了。

苏北说明自己身份，要看俞信阳，护士告诉他在哪儿，说是希望不大了。

来到俞信阳病房，俞信阳缠着纱布。看到苏北他还笑了一下。俞信阳说，苏校长……苏北说，你好好休息，尽量不要说话。

我想跟你聊聊，再不聊，以后就没有机会了。俞信阳说。苏北点点头。

你是不是觉得我很窝囊？俞信阳说，我自己也觉得很窝囊！猛地咳嗽了两声。苏北说，信阳……俞信阳摆摆手，说，我给你讲个故事。

在我们乡下，村长是非常厉害的，那就是土皇帝，谁也不敢得罪他。谁得罪了他，就不会有好果子吃。有一户人家，因为老实，常常被村长欺负，欺负了也不敢说。夫妻两个都很老实。他们家有两个儿子。大儿子当兵去了，回来后，就不服气村长，就要跟村长理论。后来发生了争执，大儿子跟村长打了起来。村里的人向着村长，从中劝架，劝架的时候，就拉着大儿子让村长打。结果大儿子被打得鼻青脸肿。父亲母亲哭着，求他不要跟村长斗。大儿子心中堵得慌，半夜里把村长杀了，还把他家其他人都杀了，被判了死刑。他的父母哭哑了嗓子。父母对小儿子说，以后不要跟人斗气，就算被别人欺负，也要忍着。

苏北静静地听着，眼睛盯着俞信阳的眼睛。

也许你已经猜出来了，那对老实的夫妻是我父母，那个被判刑的大儿子，就是我哥哥。俞信阳说。

苏北点了点头。

你说回去帮我找工作，现在是不可能了，我还是要谢谢你，我死后把我葬在水城吧。俞信阳说。俞信阳说话时似乎还没什么，说完话就不行了。

生命真是太脆弱了！一个活生生的人，就这样离开了。苏北握住俞信阳的手，许久，许久，一直到天黑下来才松开。

跟苏北预料的一样，俞信阳去世后，获得了很多荣誉，可是这些东西，对于俞信阳来说，对于他的父母来说，又有什么意义呢？任何荣誉，再多的钱财，也换不回俞信阳的生命。各地开始出现关于俞信阳的纪念文章。苏北没有写。但他留意着这些文章。苏北还看到了俞信阳女朋友的文章，暗暗地冷笑了一声。

苏北没想到，范东林会寄钱来。范东林还给苏北写了信。

范东林说，他知道俞信阳的事，很是后悔，没有珍惜以前的岁月。这些钱，表示对俞信阳的敬意，也是对水城的支助。范东林在信中说，他正在通过各种关系找赞助，充实基金会，把这个做大，真正能对水城起到帮助作用。范东林还建议，把已有的基金会改名为“俞信阳基金会”，一是为了纪念信阳，二是为了基金会的发展。

在信的最后，范东林说，他已经决定了，下半年会争取再来水城支教，如果团委不同意，他就自己来。义务为水城的学生上课，不需要任何的待遇。这总没人能拦住他吧？

收起信，苏北陷入了沉思之中。

他决定把范东林的信读给大家听。听完之后，没有一个人说话。

此后不久，张思伟做了一个重要的决定。张思伟找到苏北说，我准备留在水城了，等待范东林过来，跟他一起战斗。

留在这儿？苏北惊诧地问道，你考虑清楚了？苏北愿意来支教，可以支教一年，可以支教两年，但从来没考虑过要留在这儿。当然，也没想过别人会留在这儿。要永远离开自己生长的地方，那需要多大的勇气？张思伟说，我考虑很久了，自从俞信阳出事，我就在考虑这件事。俞信阳的事，给我很大的感触。

当然了，说实话，我也喜欢这里的孩子，我舍不得离开他们。张思伟又说。

我也喜欢这里的空气。张思伟接着说。

苏北说，你的父母会同意吗？

现在跟他们说，也许他们暂时不会理解，但我相信，迟早总会理解的。张思伟坚定地说。紧接着又说，有人可以留在上海，有人可以留在北京，我为什么不能留在云南？

苏北说，既然你决定了，我会坚决支持你的。

期末考试一结束，支教者就将离开了。范东林已经走了。俞信阳永远地留了下来。张思伟要留在这儿。

所谓的支教者离开，其实也就是苏北一个人。

苏北辞去了校长的职务，很快张文杰、吴雅兰同时被任命为副校长。张文杰主持工作。张思伟担任教导主任。张文杰主持工作，本来大家还有意见，自从他从上海回来后，大家对他的印象整个变化了。他当校长也算顺理成章。期末考试后，张文杰请来陈赛先，搞个活动，给苏北送行。

这次活动本想在镇上举行的，苏北说，还是在水城吧。陈赛先，苏北，张文杰，吴雅兰，张思伟，周西颖，还有些一些老教师，全都参加了。

只是少了俞信阳和范东林。

椅子排了一圈，还是在一年前给他们接风的屋子里。

再多放两张椅子，给信阳和东林留着。苏北说。

说话的时候，苏北眼泪慢慢溢了出来。

周西颖也在暗暗抹眼泪，出去悄悄找椅子。吴雅兰也跟她一起去了。只找到一把好椅子，还有一把断了腿，一年前，正是范东林把它坐断的。

这把还是留给东林吧。苏北说。

陈赛先拿出一瓶酒，说，范老师呀，你来的时候说喝酒，当时没有酒，现在我这儿有酒了，请你好好喝一杯。给范东林面前的杯子满上了。

范东林下学期就过来了，你们还可以喝酒。苏北说。

也好啊，走了两个，又来了一个，我们这儿还不错嘛。陈赛先说，周老师什么时候走？

我不会离开水城的，我要申请留在这儿工作。周西颖说。大家都惊奇地看着她。周西颖说，我不是开玩笑的，我已经决定了。如果没有水城，可能我也不在了。

好，好！陈赛先首先举杯向她表示感谢。敬完周西颖，陈赛先又敬俞信阳。陈赛先说，俞老师啊，我也敬你一杯。给他面前的杯子满上，然后倒在了地上。苏北平时不喝酒的，也喝了一杯。喝着喝着，苏北竟泪流满面。哭了的不光有苏北，还有张思伟，还有吴雅兰，最后还有陈赛先。

很快就要到火把节了。火把节是农历六月二十四，一连三天。过完火把节，苏北就要回上海了。

火把节那天，苏北提议，去俞信阳的坟地看看，凡是在水城的老师都去了。

他们是在傍晚去的。苏北突然想，第一次看见水城的天空，也是傍晚。夕阳斜挂在天边。仿佛在微笑着俯视大地。今天的夕阳似乎比那天的要冷一些。夕阳照在坟头，闪着光亮。苏北在坟头添了一抔土。其他每个人都添了土。俞信阳的坟上光秃秃的，太孤单了，苏北从别处移来一棵树，种在俞信阳坟前。

那是一棵杉树，据说代表着自信。

有这棵树陪着你，你就不会寂寞了。苏北说。

身后传来嘤嘤的哭声。

那是周西颖的声音。

当天晚上，水城庆祝火把节，村里面到处是火把，灯火通明。大家拿着火把迎风奔跑。或者是围在篝火边唱歌跳舞。苏北带着竹笛来的，纵情地吹奏起来。

那一夜，苏北没有睡觉，其他几个也没睡，一直闹到天亮。

苏北要回上海了。坐着牛车晃晃悠悠来到镇上，来到县城，又来到丽江，最终抵达昆明站。一路上浑浑噩噩的，不知道想些什么。坐在昆明开往上海的列车上，苏北凝视着窗外，突然感觉不对劲，好像丢了什么东西。又好像哪件事情没办好。心里有种空荡荡的感觉。苏北想，到底是为什么呢？越想越觉得乱。

一夜没睡，这样情况从未有过，苏北眼皮在打架，靠在后背上很快睡着了。火车轰隆轰隆的，似乎把苏北拉到了上海。苏北在徐家汇的一座教室里给学生们上课。突然之间，高楼不见了，竟变成一座座土房，一处处竹林，教室里听课的学生，也变成了水城的孩子。坐在下面的，还有张思伟，还有范东林，还有周西颖，还有俞信阳，还有张文杰，还有陈赛先……苏北把课本一扔，走下讲台，跟他们一起歌唱，一起欢呼，一起跳跃，笑声爽朗而响亮，几乎穿透整个天空。

父亲的天安门

1

唐文河正在河滩上割草，就听到一阵轰隆隆的声响渐次逼近。火车每天这个时候进站，停上几分钟，然后驶出站台，驶向不知道哪里的远方。这在平时是很正常的。今天不知怎么了，唐文河却有一种异样的感觉。似乎刚刚意识到火车的存在。唐文河直起身子，向火车站望去。

站台很小，平日几乎没什么人，只有火车进站时，才会热闹那么一会。却也不会很热闹。待旅客散去，站台又恢复了冷清。

若不是逐渐消失的轰隆之声，唐文河甚至以为那些旅客并不曾出现过。

唐文河突然觉得没意思，把镰刀一扔，索性坐在河滩上，拔根草衔在嘴里。

此时正是傍晚，夕阳照在水面上，竟有些晃眼，让人感觉像在做梦一般。唐文河凝视着水面，偶尔望一眼夕阳。这样一直坐到太阳落山。然后收拾家伙回家。

走过“杨四小店”时，遇到几个学生放学回家。蹦蹦跳跳的。有说有笑的。唐文河眉头一紧，心想好像忘了件什么事，思索片刻，才想起今天是周末。弟弟唐文江该回家了。弟弟在邻镇读高中，半个月回一趟家。读书很辛苦，所以每次弟弟回来，唐文河都要买点肉，改善一下生活。

正好杨四站在门口，笑眯眯的。

四叔，麻烦帮我割点肉。唐文河犹豫一下说。

杨四仍是笑眯眯的，进屋割了一块肉，称也不称，包好递给唐文河。唐文河通常只买半斤肉。肉块很大，半斤肯定挡不住。唐文河接过来，摸摸口袋，什么都没摸出来，便有些尴尬，四叔，下回给你吧。杨四说，没事，不着急，什么时候给都行。唐文河感激地笑笑。杨四又说，文江该考大学了吧？唐文河说，快了。又说正在读高二。杨四说，噢，文江从小就聪明，肯定能考个好学校。唐文河就笑笑。杨四顿一下又说，好久没看到文敏了，不知道这周末回不回来。

唐文河沉吟一下，什么都没说。提着肉默默地走了。他不想别人跟他提文敏。即便是杨四，唐文河知道他没恶意的，但是一提到文敏，心里仍难免怪怪的。

杨四一怔，然后摇了摇头。

2

一块肉四个人吃，每个人吃不到几口。大家都挑青菜吃，尽量少吃肉，稀稀疏疏几片肉，仍是一点一点少了下去。最后就剩下一片了。唐文江挟起肉，送进父亲的碗里。父亲说，你吃吧，你读书要补充营养。唐文江说，我饱了，再吃撑得难受。他怕父亲不相信，还故意打了个饱嗝。父亲也不再坚持，把肉挟给了唐文河。

一小片肉，其实算不了什么，但父亲给了他，竟让唐文河有些感动。不过唐文河也没吃。妹妹唐文沛最小，应当留给她。

唐文沛看看其他三个人，低着头把肉吃了。

唐文河与父亲默默地吃着饭。

唐文江站起身说，我先回屋看书去了。

唐文河笑了一下，说，我也吃好了。把碗一放准备起身。

文河，你先别走，陪我在这坐一会，我跟你说说话。父亲说。父亲说这话时，还显得有些不太好意思。唐文河就又笑了笑。

在唐文河的记忆里，父亲从来没主动跟他聊过天。

唐文河给父亲倒了碗水，然后坐在他旁边。

唐文江回自己屋了。唐文沛还在吃饭。父亲不说话，只是偶尔喝口水。似乎在努力掩饰着什么。唐文河也不说话，心里却在想，父亲要是抽支烟就好了，这样会自在一些。同时他又担心父亲抽烟。父亲抽烟叶，对身体损害很大。果然，父亲喝完水之后，找张旧报纸，包上烟叶卷了起来。这时唐文沛吃完饭，想收拾碗筷。父亲摆摆手，说，你先出去玩吧。唐文沛一声不响出去了。父亲拿出火柴点烟，手有点发抖，连划几次，都没点着，唐文河要帮忙，遭到了父亲的拒绝。父亲又划了两根，终于划着了，猛抽几口，发出一连串咳嗽声。唐文河说，爸……父亲说，没事，这都老毛病，不用担心。唐文河说，你少抽点不行吗？父亲说，我知道。

唐文河不再劝说了。

昏黄的灯光里，父亲手中的烟头一闪一闪的，唐文河心头刹那间“怦”地一下，像是鬼火在跳跃。

文河……父亲抽完烟，叫了唐文河一声，叫过之后，又不知道说什么好。唐文河太了解他了。以前父亲多活跃呀，现在不同了。唐文河就喊了一声“爸”。唐文河说，爸，今晚月亮挺好的，咱们去外面转转吧。

3

月光是很好，皎洁，明亮，涌进了半间屋子。就是显得有些清冷。父亲点点头，来到外面。他们住在村北面，往南走是村庄，往北走，则离村庄越来越远。先是一片打谷场，过去就是大片田地。走过打谷场，唐文河抬头瞧了瞧月亮，想起小时候在这儿玩捉迷藏，似乎是昨天的事。

父子俩走过打谷场，来到田地边。一路上谁也不说话。在田头站了片刻，唐文河说，爸，咱回去吧。父亲就说，回吧。

回头再经过打谷场，唐文河想去转转。父亲就说好。

打谷场本来很大的，因为有人要盖房子结婚，不断地挤占，现在还没有以前一半大。月光下，稻草东一堆西一堆的。唐文河真想躺上去睡它一觉。这样做会显得有些可笑。他已经不是小孩子了。

走过稻草堆，唐文河随手扯一根稻草，放在嘴里嚼着说，爸，好像你心事重重的，是不是有什么事？

父亲说，没事。我能有什么事？紧接着又说，就是想跟你说说话。父亲是那种内向的人，平时沉默寡言的，母亲在世时就很少说话，自从母亲离开之后更难见他开口了。

文河，我们去看看你妈吧。父亲说。

好啊，唐文河说，好久没去了，我正好也想去看看。

沿着打谷场往西走，有一片坟地。母亲就埋在那儿。母亲的坟孤零零的，上面长着几根草，一阵风吹过，哗哗作响。

父亲上前轻轻拔去坟上的草。

爸，别拔了，唐文河说，让它们陪着妈吧。

是呀，你妈也太孤单了。父亲停住手说。

爸……唐文河叫了一声，还没把话说完，父亲说，文河，最近还写东西吗？唐文河说，有时候写一点，不过，我也觉得没意思，白白浪费时间，不想写了。

唐文河挺聪明的，学习也用功，高中毕业，可惜大学没考上。他语文、历史都非常出色，就是英语太差了。这该死的英语！唐文河想这辈子是学不会了。家里经济差，不可能让他复习的。下面还有弟弟妹妹。因为交不起学费，妹妹唐文沛只读到小学。弟弟唐文江总算读到了高中。唐文河毕业之后，没有像很多人一样出去打工，而是留在村子里，跟着父亲种地。对于外面的世界唐文河有种本能的恐惧。种地收入低，不过时间上充裕些。唐文河喜欢写点小东西，写完往外寄，隔个十天半个月在报纸上发一发，挣些小稿费。但是不多。唐文河不满足这些，就写长文章，一写几万字，不像豆腐块好发表，常常会收到退稿。因为稿费单和退稿，送信的老张都跟他熟了。

在写作这件事上，父亲几乎没过问过，唐文河猜测，父亲应当不会支持他的。写来写去有什么用？不当吃，不当穿。偶尔挣点小稿费，还不够稿纸邮票钱。因为写作，村里人都在嘲笑他，说他脑子不正常，鬼迷心窍。唐文河实在想不通，这就叫鬼迷心窍？

为什么不写了呢？既然你喜欢写，那就写吧。父亲说。父亲这么说，让唐文河很感动，这种感动，跟父亲给他夹肉不同的。

只是，别耽误其他的事了。父亲又说。父亲说的其他事，唐文河明白。

村里不读书的人，年龄跟他差不多的，都结婚了，甚至还要了孩子。

我知道。唐文河郑重地点了点头。父亲叹口气说，家里太穷了，不然的话，你复习一年接着考，上了大学，情况就不一样了。唐文河说，爸，上不上大学对我来说无所谓，我现在不也挺好吗？文江嘛……能上还是让他上吧。父亲说，文江……哎，你妈病了那么多年，加上我身体不好，让你们兄妹受累了。唐文河说，爸，别这么说，其实这没什么。

父亲轻轻摇了摇头。

4

回到家，父亲先回屋去了，唐文河站在院子里，怔怔地望着自己家。越看越觉得心酸。别人家都是楼房，只有他家还是瓦屋。三间屋根本不够用，堂屋一间不住人，妹妹住一间，弟弟和父亲住一间。幸亏东侧还有一间土屋。否则的话，唐文河要借宿了。唐文河乐意单住，清静，没人打扰，可以安心地写作。

唐文河站了一会儿，正要进屋，听到一阵火车的鸣叫声，便又多待了片刻。

火车站离唐文河家不远，也就几百米。出门向东南走几分钟就到了。火车站不大，却是有些年头了，打日本鬼子那时候就有，为赶走小日本出过力的。只是年久失修，有些破破烂烂的。车站每天过四班车，往东两班往西两班。凌晨火车进站时，唐文河跟着起床；夜晚火车出站时，唐文河熄灯睡觉。另外午后、黄昏各有一班。对于火车站，唐文河有种奇特的感觉，每次火车过往，他都会特别留意。唐文江坐火车回家。戴文敏也坐火车回家。本来唐文河以为，只有他留意火车。其实并不是这样的。父亲也很留意火车。每次火车一鸣笛，唐文河只要在父亲身边，都会发现他凝视火车站方向，久久地出神。

火车，火车站……唐文河想，哪天有时间有情绪，写写火车站，应当挺有意思的。

最近几天，唐文河刚写完一篇小说。他是手写的，在稿纸上涂涂抹抹，定稿之后，再抄一遍寄出去。原稿是绝对不可以寄的。万一寄丢就糟了。谁都知道，手写稿看着没有打印稿清楚，但对于唐文河来说，打印太难了。唐文河没有电脑，也不可能花钱找人打字。或许自己真不是吃这碗饭的。他都想好了，今晚把小说誊写一遍，明天寄走，然后休息一段时间。

誊写很简单，与创作相比轻松了许多。甚至可以说是一种享受。唐文河有台收音机，虽然破旧些，但还能收到几个台，可以听听歌。边誊写边听着音乐，感觉很不错。

正誊写着，听到有人轻轻敲门。

爸，是你吧？唐文河叫了一声。这个时候，只有父亲可能过来。

还没睡啊？父亲推开门关切地问道。

还没呢，我不困，爸，你进来吧。唐文河说。

父亲轻轻关上了门。

唐文河说，爸，你先在床上坐一会儿，我这边马上就好了。

说是一会儿，仍眷写了两个多小时。这篇小说他特别地珍重，不仅作品比较满意，还有个重要原因，故事跟他的经历很相似。唐文河写这个东西，有鼓励自己的意思。

他特别渴望得到别人的认可。

将稿件大概浏览一遍，唐文河认真地写好信封，装上稿件仔细粘好，轻轻抚摸着。此时已将近凌晨两点钟。全村的人都睡了吧？闹钟嘀嘀嗒嗒地响着，更显出夜的静寂。回过头来，父亲已经睡着了。唐文河没有叫父亲，而是盯着他的脸，看了许久，感觉父亲明显苍老了。是呀，以前怎么没发现呢？父亲的手也很粗糙，跟树皮似的，唐文河想握握父亲的手，终于没有握。他想父亲一定睡得很香，不想吵着他。

凝视着父亲，一种伤感的情绪突然间涌上心头。父亲心底藏着一个愿望。想去北京看天安门。这个愿望，唐文江不知道，唐文沛不知道，只有唐文河知道。

父亲有个本家爷爷是地主，“文革”期间，被斗来斗去的，也牵连到唐文河父亲家里。

闹红卫兵那阵子，父亲也想当红卫兵。可是不够格。谁叫他是地主的本家呢？

红卫兵时代，唐文河虽然没有经历过，但是通过小说和电影，对他们还是有所了解的。那个时候红卫兵牛得不得了，可以任意批斗人，还可以搞大串联，坐火车去北京，去上海，一路走到哪吃到哪，可热闹呢。而且一分钱不花。坐火车、吃饭都免费。更让人激动的是，毛主席还亲自接见他们。没见过毛主席他老人家，真是太遗憾了。当然了，好多人都说见过毛主席，还跟他老人家握过手，谁知道是真是假？但他们应当去过北京，也应当看过天安门。父亲没去过北京也没看过天安门。于是父亲就有个心愿，去北京看天安门；于是唐文河也一直有个心愿，陪父亲去北京看天安门。而且要坐火车去。最好要唐文江、唐文沛一同去。但这是需要钱的。去一趟北京花费不高，也就几千块，但对于唐文河来说，却是一个天文数字。家里先是母亲生病，母亲去世了，父亲身体又不好，还有自己读书，弟弟读书……即便这样，唐文河还是很乐观，并不觉得怎么样，但一想到去北京，要花很多钱，就觉得钱是如此的重要，恨自己钱太少了。

不管怎么样，一定要陪父亲看天安门。唐文河暗暗发誓。

这一晚，更确切地说，是这一天凌晨，唐文河感触至深。最终趴在桌子上睡着了。睡梦中忧心忡忡的。

5

早上六点多，唐文河在火车的鸣叫中醒来，瞧瞧自己，身上披了件衣服。父亲已经起床了，正在打扫院落。唐文河起来把饭做上了。

匆匆吃过饭，唐文河去村口等邮递员老张。这是进村的必经之路。如果有他的信件，或者是汇款，老张会直接交给他，顺便再请老张将稿件带去寄。唐文河不想老张来找他。尤其有退稿的时候。

别人看到是退稿，都要嘲笑他。次数一多，老张就明白了，有汇款走到唐文河门口，退稿就悄悄给他。有时图方便，稿费也直接带过来。只要唐文河签个字就行。唐文河心存感激。再后来，唐文河跟老张约好，隔个四五天，在村口碰一次头。

老张比往常来得晚一些。唐文河都等着急了。唐文河喊声“张师傅”，迎上前去，老张停下车，笑呵呵地跟他打招呼。递过来一封信。信鼓鼓的，看上去四五页纸。唐文河看一眼信封，将信塞进口袋里。老张说，还有你一张稿费单。唐文河接过来一看，是晚报寄的，八十块钱，就请老张代他领。老张说，我早就准备好了。给他一张一百块钱的。老张说，今天家里有点事，来得急，也没准备零钱。唐文河说，我没钱找你呀。老张说，你先留着好了，以后我从稿费里扣。唐文河点点头，笑了笑，拿出稿件给老张，说，张师傅，你看我贴的邮票够不够？老张用手掂了掂，说，够了，够了。将信郑重地放入另一只口袋。

老张是个好人啊，爱开玩笑，每次给唐文河送稿费单，都喊他作家，而遇到对方收到退稿时，就很少说话。今天老张很轻松，问他那封信谁写的。

字很娟秀，显然出自女性之手。

唐文河笑笑没回答。

回去慢慢看吧。老张说着，跨上自行车走了。

看着老张走远，唐文河松了口气，好像终于完成了件大事，心中多了一份希望。

回到家，唐文河才把信拆开。信是戴文敏写的。戴文敏是村主任戴爱民的女儿，唐文河同学，从小跟唐文河投缘，现在正在读大学。唐文河没考上大学，有点怕跟她联系。戴文敏不管，一直坚持给他写信。有时候一周一封。有时候半个月一封。戴文敏每个月都会回家，两个人经常能见面，还写信，不白白浪费钱吗？再说也耽误时间！不过写信感觉不同。起初唐文河不回信，后来也隔三岔五回一封。

戴文敏写信没什么特别的事，不过是说说最近的情况，劝唐文河不要气馁，在她心里，唐文河是最优秀的，只要坚持一定能成功。

唐文河把信仔细收好了，然后去地里干活。家里四个人，父亲年龄大了，身体又不好，干不了什么体力活，唐文江还在上学，唐文沛还小，一切都得靠唐文河。今天还好，唐文江在家，可以帮忙干干活。本来他不想叫唐文江去，这时候农活也不多，再想想，学习不在乎这一会儿，出去转转，可以放松放松脑子，就叫他一起割草了。

将近中午，唐文河叫住唐文江说，今天别割了，回去吧，吃完饭，你还得去学校呢。

唐文江“嗯”了一声。

唐文河瞧着唐文江，犹豫一下说，文江，你一定要考上大学。

唐文江使劲地点了点头。

回去经过杨四小店，拐进去，唐文河还了昨天的肉钱，又割了半斤肉。杨四笑呵呵地说，不急不急。顺手割了一大块肉。唐文江自豪地说，我哥的稿费。杨四说，文河，行啊，写写字就能来钱，以后会大有前途的。唐文河突然有种想哭的感觉。不管怎么说，八十块不能不叫稿费。这样一想，心里便好受了些，接过肉，感谢杨四的照顾。

杨四仍是笑呵呵地，说，谢我什么，我还感谢你照顾我的生意呢。

唐文河知道，杨四做他的生意，根本不可能赚钱，恐怕还得倒贴。但他什么都不说了。有些话没必要说的。他现在的任务是，要让弟弟顺利考上大学。他掏出杨四找回的零钱，抽出一张十块的，又抽出一张十块的，塞给唐文江。唐文江笑着挠挠头。唐文河也笑了笑，拿着吧。

唐文江便接过钱来，说谢谢大哥。

回到家，唐文沛将肉与菜炒了一大盘。一家人吃得很开心。父亲问火车票买好了吗，唐文江就说买好了，父亲说，那我去车站送送你。

爸，不用了吧，我又不是小孩子，还需要你送？唐文江有些惊奇，不由得瞧向唐文河。

唐文河也有些奇怪，父亲平时不是这样的啊。

火车站离得不远，我也很久没去过了，不光是送你，也想去火车站看看。父亲说。唐文江便征求大哥意见。唐文河说，我和爸一起去送你。

下午送走唐文江，父亲没有急着回去，而是站在站台上，出了一会神，感慨道，好多年没坐火车了。唐文河说，有多少年了？父亲说，得有二十年了吧。现在火车真好啊。唐文河说，那时候火车什么样？父亲说，那时候大家都穷，火车也破破烂烂的，有时候挤不上就爬窗户。唐文河说，你经常坐火车吗？父亲说，哪能呢。

唐文河沉吟片刻，又问，爸，你坐火车去过哪些地方？

父亲说，去的地方也不算少，徐州，宿县，南京，再远就没去过了。不知道北京是什么样子。

唐文河想说，他会陪父亲去北京的，犹豫一下，还是忍住没有说。他想给父亲一个惊喜。同时他也隐约担心，说出来兑现不了怎么办？

6

送走弟弟，唐文河又去河滩上割草。割草倒在其次，主要是这一片河滩唐文河非常喜欢。小时候经常来放牛。那时候真是无忧无虑啊。回到家，母亲早已准备好了吃的。后来，母亲生病了，病得越来越严重，再后来离开了他们。也就在母亲去世后不久，唐文河爱上了写作。有时候，唐文河也会想，他最初写作，仅仅想表达对母亲的思念吧？

想到再也见不到母亲，不能为母亲尽孝，唐文河禁不住鼻子发酸，落下泪来。

大哥，大哥……唐文河正沉浸在悲伤之中，突然听到一阵喊声，回头一看，妹妹唐文沛正向他跑来。气喘吁吁的。声音中带着哭腔。唐文河立刻有种不祥的预感。

大哥，爸……爸他出事了。唐文沛终于放声哭出来。

爸出了什么事？唐文河抓住唐文沛双肩，紧张地问道。

爸在切猪草，本来好好的，不知道怎么回事，突然间就晕过去了。唐文沛说。

爸不会有事的！不会有事的！唐文河喃喃自语，脑子里一片空白。仿佛整个身子被抽空了似的，猛地晃了晃。幸亏唐文沛及时扶了他一把，才没有摔倒。唐文河定了定神，说，爸现在在哪儿？唐文沛说，还在咱家院子里，我让别人先照顾着，赶快过来叫你了。唐文河二话不说，松开唐文沛往家跑。一路上，唐文河脑子里乱糟糟的，突然间想到父亲找自己聊天，又想到送唐文江的情景，就想父亲这么做，是不是早有预感了？

回到家，院子里空荡荡的。铡刀和草扎眼得很。还有一只破筐倒在地上。并不见父亲的踪影。唐文河焦躁不安，在院子里转了个圈。过来个邻居告诉他，父亲被送进医院了。唐文河又往医院跑。

你爸病情有点特殊，村医院条件简陋，没法医治，送他去镇医院了。村医生说。

唐文河脸色立马就白了。

你别太担心，你爸估计也没什么……医生正安慰他呢，唐文河转身就跑了。

镇医院离村子十来里路，通公交车，不过半个小时一班，等得人心里发慌。唐文河没那个耐心，直接往镇上跑去。没跑出多远，就觉得腿酸得厉害。唐文河仍坚持着。尽管他也知道，这样坚持其实意义不大。好在车子来了，唐文河上了车，感觉整个人都虚脱了。

来到医院里，很快见到了父亲。父亲正躺在病床上挂水。人已经醒了。吵吵嚷嚷着要出院。两位邻居正在劝他。唐文河说，爸，听医生的，先挂完水再说。父亲说，我没事。一个邻居说，还没事呢，你摔倒都站不起来了，刚才医生说……突然停住不说了。唐文河感觉很不妙。他简单问了问住院情况。住院要预交押金，邻居代交了，唐文河身上也没钱，只能回去再说了。现在，他最关心的是，父亲到底什么病，有多严重？

很严重，必须得住院治疗。医生果断地说。

我爸他……到底是什么病？唐文河问道，平时他都好好的，怎么会突然摔倒呢？

突然摔倒，是因为腿部神经长期萎缩，他目前站都站不稳，时间一长，可能会导致瘫痪，再想治疗就难了。医生说。唐文河忍不住“啊”了一声。医生接着说，这还不是最致命的，更要命的是，病人的肝、肾、肺都有问题，长期透支，不注意休息，身子虚弱，需要全面治疗调养，否则的话……说着摇了摇头。

医生，像他这种情况，要看好病，大概得花多少钱？唐文河又问道。

照他目前情形看，想彻底看好很困难，这个病开销大了，你先准备一万块钱，不过我估计，没有个两三万是不行的。医生说。

这么贵？唐文河顿时懵住了。别说两三万，就是一万块钱，五千块，家里也拿不出来呀。

贵？看病哪能嫌贵？医生冷笑着说，嫌贵就别来看啊。医生哪能这么说话？太没医德了！但唐文河没吱声。进医院不能怕花钱，可是钱从哪儿来？家里没多少积蓄，稍微值钱点的东西，也就一头猪，一只羊，几棵树，一座破房子。这是全部家当。换不了几个钱。卖了猪卖了羊还行，卖了房子住哪儿？那房子又有谁买？唐文河便盘算着能不能借钱，可如今这个年代，一般人哪个会借钱给你？

在这一点上，父亲比唐文河更加清楚。所以他坚持要出院。马上出院！立刻出院！只是病情不稳定，唐文河不敢让他走。

唐文河说，医生交代了，需要住院观察一下，没事了才能出院。

那就观察吧，怕是观察不了多久，明天拿不出钱来，就是不想出院他们也要赶了。父亲说。

第二天下午，父亲坚持要出院，唐文河没说什么，同意了。

7

住院费是邻居垫的，得还给人家，拿不出钱，只有把猪和羊卖了。虽然不情愿，可是也没有办法。父亲敲击着轮椅不住地叹息。

轮椅是唐文河去县城里买的。从住院到出院，父亲没站起来过，医生说没什么意外的话，父亲这辈子都会坐在轮椅上。意外可能会出现。更大的可能是不会出现。唐文河不抱幻想了。只要父亲平平安安，即便坐在轮椅上，也是个安慰。但问题是，父亲的轮椅还能坐多久？医生说，看病要花两三万，再节省也得花个一万吧，可这才花了千把块。要花费两三万块钱的病，能轻易糊弄过去？唐文河感觉似乎亏欠医院些什么。

别担心，我心里有数的，现在已经这样了，再坏还能坏到哪儿去？父亲说。

唐文河也不接话，结了账默默地收拾东西。

因为坐轮椅，乘车都极为不便。唐文河推着父亲，来到大路上，见有车过来，赶忙招手。那车本来要停的，看到轮椅立刻又开走了。气愤的父亲不免又埋怨几句。可埋怨有什么用？唐文河就推着父亲，一路走回去。回到家天都黑了。唐文河感觉很累，真想躺到床上睡它一觉。但他不能这么做。他是妹妹的大哥，他是父亲的儿子，他是一家人的精神支柱，得撑起这个家。

咱们家这个样子，以后你有什么打算？父亲幽幽地说。

爸，其实也没什么，车到山前必有路，总会有办法的。唐文河安慰父亲说。

现在，唐文河心里存有两件事，一是父亲的身体别恶化，二是陪父亲去北京看天安门。父亲的身体是最重要的。只要还活着，心愿总有可能实现。但是，万一父亲……这时候，唐文河就考虑去北京了。在父亲有生之年，必须陪他去趟北京。唐文河原本以为，北京随时可以去，只要自己手里有钱，这事很容易。都不能算一件事。甚至不经意间就完成了。现在的问题是，他没钱。

父亲的瘫痪，给这件事又增加了难度。

唐文河没细算过，去一趟北京需要多少钱。两三千总归要的吧？一两个月之内，唐文河赚不了那么多钱，来钱最快的办法，就是借。

想到借钱，唐文河便有些紧张。

从小到大，唐文河从来没向别人借过钱，这种时候，也由不得他矜持了。他先盘算了一下，谁家里有钱。想到几家条件好的，恐怕不会借给他。村木材厂的门卫老金……唐文河跑到木材厂，在门口转了半天没进去。他跟老金没交情。跑了两家来往频繁点的，吞吞吐吐的，终于把意思说了，人家本来就不想借，再一听他陪父亲去北京，都认为他脑子有病，更不肯借了。

唯一肯借钱给唐文河的是杨四。那天经过杨四小店，杨四叫住他，说自己还有点钱，叫他拿去用。唐文河坚决不肯要。他也就几百块钱，拿走了怎么做生意？

唐文河想来想去，只有靠自己去赚钱。村里好多人在城里打工。听人家说，每个月也能赚个几百块。这样赚钱有些慢，但总比待在家里好。一个月不够，就干两个月，两个月不够，就干三个月，总有一天，能赚够去北京的钱。唐文河并不怕吃苦。他担心的是，自己去打工谁照顾父亲？妹妹怕是不行的。还有一点，也是最最关键的，以父亲目前的身体状况，还能够支撑多久？

唐文河说想去城里打工，探探父亲的口气。父亲很赞成。父亲说，去城里打工也好，多赚点钱，以后结婚也宽绰些。唐文河说，我想打工赚钱陪你去北京看天安门。

父亲一愣，许久之后才说，你去城里打工行，但我不会去北京的。

8

父亲出了这种事，村里很多人都来看望他。戴文敏也过来了。她是周末回家才知道的。看到戴文敏，父亲显得很热情，让唐文河给她倒水，给她搬凳子。

父亲的热情，让唐文河有些不习惯。

我们去外面走走吧。戴文敏说。唐文河家门前有条河，河的南面，有一条大河堰，长满了大树。一到夏天，枝叶葱葱茏茏的。来乘凉的人特别多。现在是秋末，冷清多了。两人来到河堰上，戴文敏说，热闹是一种美，安静也是一种美。唐文河看看四周，感觉心情是好了些。

前几天报纸上发表你的散文，我看到了，写得很漂亮，我都替你收藏着呢。戴文敏说。

唐文河笑了笑，没说什么。

小说还写吧？你的小说很有灵气。戴文敏说。

偶尔写一点吧，这又不能当饭吃。唐文河说。

有时候觉得，写来写去，一点意思都没有，还不如多种两亩地。唐文河又说。

你千万别这么想，这是两回事。我觉得你很有潜力。只是农村文化氛围不好。以前我劝你进城，你不肯去，现在大伯这样了，恐怕你更不肯去了。戴文敏说。

以后有机会再说吧。唐文河说。

两人又聊了聊，戴文敏鼓励唐文河一番，说明天回学校，让唐文河有空过去玩。唐文河应了一声。分别之际，戴文敏掏出二百块钱。唐文河说，你这是干什么？戴文敏说，给大伯买点营养品。唐文河不要，两人推来推去的，戴文敏生气了，将钱往唐文河怀里一塞转身就走。钱飘落到了地上。唐文河默默捡起来，望着戴文敏的背影出神。

对了，唐文河念头一闪，找这个借找那个借，怎么没想到戴文敏呢？向她借个三千块，就可以陪父亲去北京了。唐文河一阵兴奋。再想想，终究不妥。戴文敏哪里拿得出那么多钱？

戴文敏不行，可以找她爸借钱。戴文敏她爸戴爱民，也就是村主任，又兼任木材厂厂长，是村里数一数二的富户。几千块钱，对他来说根本不成问题。只是他不喜欢唐文河。主要是不喜欢戴文敏跟唐文河来往。想从他那儿借钱，难得很。但不管怎么说，这也是一条路，得试试，说不定他发善心呢？

唐文河是第二天找戴爱民的。那时戴文敏已经返校了。唐文河送戴文敏上火车，转身就去了她家。戴爱民看到唐文河，哈哈一笑说，我还以为是谁呢，原来是大作家来了。唐文河说，戴主任……戴爱民突然收起了笑容，说，你找我有什么事？唐文河说，戴主任……我想向您借点钱。戴爱民说，带你爸去北京看天安门是吗？我都知道了，你可真是个孝子啊。唐文河仿佛看到了希望，殷切地说，戴主任，我只借三千块……

我手头是有点钱，也很想借给你，可是厂子还要运转呢，以后再说吧。戴爱民说。

唐文河转过身，默不作声地走了。

身后传来戴爱民得意的笑声。

9

赚钱！钱！钱！钱！一张纸上，写满了“钱”字，因为太用力，笔把纸都戳破了。唐文河狠狠地咬着嘴唇：怎么样才能赚钱？关于这个问题，他从未正儿八经地想过，以前只知道写作，还有就是干农活。这两个都不是来钱的路。相对而言，出去打工倒还好些。每个月都有工资领。然而考虑父亲身体状况，出去不现实，那就退而求其次，在村里打工吧。

听说在木材厂干活，每个月也能拿个几百块。

要进木材厂，还得厚着脸皮找戴爱民，但这与借钱不同，是靠自己劳动赚钱。当然人家要不要，还得看戴爱民高不高兴。

你想来木材厂干活？戴爱民问道。

是呀。唐文河急切地说，戴主任……

像你这样的大才子，大作家，到我这小厂来，是不是太委屈了？戴爱民说。他这么说，不是没有原因的。当初唐文河高中毕业，戴爱民曾有过考虑，让他进木材厂，当会计，唐文河不肯，让戴爱民很不舒服。现在唐文河求上门，戴爱民便乘机嘲弄几句。戴爱民要让他明白，在村里，他就是土皇帝，无论谁，只要不顺从他，都要后悔的。

戴主任，您别取笑我了，还请您宽宏大量，能够接纳我。唐文河说。唐文河能这么说，是需要很大勇气的。

你过来也行，戴爱民说，我的厂子还真招人……唐文河心中一喜，不料戴爱民话锋一转，说，可是你来木材厂，能干什么呢？唐文河赶忙表态说，只要戴主任安排，干什么都行。戴爱民说，干什么都行？摇摇头，以前让你来当会计，你不肯，现在这位子没了。唐文河说，不用当会计，我可以干别的活。戴爱民说，那好吧，我给你个机会，直接去找会计吧。说完戴爱民转过脸，不再理他了。刹那间，唐文河有些后悔来找他。

唐文河说能干活，厂里就安排他干体力活。抬木材。这跟干农活不同。干农活还能歇歇，抬木材不行，两人配合，别人不休息，你也就不能休息，一天下来腰酸腿疼的。

别人都下班回家了，唐文河动也不想动，坐在木板上，愣愣地望着远处。

才一天啊，这要是叫苦叫累，甩手不干了，还不让戴爱民笑掉大牙？

文河，你是书生，这种力气活，不是你干得了的。门卫老金说。

没事，我还撑得住。唐文河勉强笑笑说。

撑得住？哎，我看你撑不了几天。老金叹口气说。老金是外乡人，单身，给木材厂看门，混口饭吃。唐文河不太喜欢老金这个人，说不上什么原因。

不喜欢归不喜欢，还真被老金说中了。干到第三天唐文河就不干了。确切地说是下岗了。唐文河没说要走，但他干活慢，效率太低，厂里就请他离开了。像他这样的生手，还容易出事。这才几天呀，就摔倒了四五次，幸亏只是划破点皮，没出大事。索性赶他走算了。干三天，厂里给他结了五十块钱。也就薄薄的一张纸。唐文河捏着钞票，在手里拍打着。为什么就一张呢？可以结十块一张的，五块一张的，甚至是一块一张的，至少拿在手里还有点厚实感。

唐文河捏着钞票，突然想，如果把手松开，钞票会飞到哪儿呢？

文河，别走啊，你也算是解脱了，咱们俩好好喝一杯。老金见唐文河要走，招呼他说。

我回家做饭了，你自已慢慢喝吧。唐文河说。

那你做完饭过来，我这有酒有菜，你什么都不用带，带张嘴来就行了。老金说。唐文河沉吟一下没作声。老金又叫道，记得千万过来啊。

10

做好饭，服侍父亲吃了，唐文河刚端起碗，突然想起了老金的叮嘱。他没有答应老金，可以不去的。可是他也没有拒绝他呀。犹豫片刻，唐文河还是去了。

老金倒还守信用，真的在等着唐文河。老金说，我就知道，你肯定会来的，酒菜都准备好了。菜也就是花生米，猪头肉。酒是老白干。老金倒上酒说，来一杯？唐文河摇了摇头。老金也不勉强他，自斟自饮。唐文河看着他喝酒。老金抬头瞧他一眼，劝他吃菜，唐文河便挟了片猪头肉，慢慢地嚼着。

想不想赚钱？老金问完便笑了，我这问得真是多余，这种时候，还有谁比你更需要钱？

唐文河笑了一下。

想赚钱，门路也很多啊，体力活你不擅长，可以发挥你的特长。老金说。

我哪有什么特长？要文文不行，要武武不行！唐文河无奈地叹息一声。

写作呀。老金说。

与周围其他人相比，唐文河的确能写，但这一点，几乎没带给他什么好处。带来的只有嘲笑。想到这里，唐文河鼻子酸酸的。

你擅长写作，这一点是肯定的，只不过，你的才华没有用对地方。老金说。颇有点一针见血的味道。唐文河说，怎么叫没用对地方？老金说，你还写什么小说，还写什么散文，还写什么诗歌，还有多少人看啊？你应当写点能赚钱的。唐文河说，什么能赚钱？老金说，你写写我们戴主任，写写他怎么勤劳致富的，来钱肯定快。

唐文河哑然失笑，说，写他？拍他马屁？

拍拍又能怎么样？有时候马屁还是要拍的。老金意味深长地说。唐文河笑着摇摇头。老金呵呵一笑，说，跟你开玩笑呢，不过有份工作，倒是挺适合你的。

唐文河说，什么工作？

老金说，写材料。

写材料？唐文河一时没反应过来。这哪儿对哪儿呀？老金必须解释一下。据老金说，他有个侄子，在市文联任办公室主任，颇有实权。办公室主任要写材料，他侄子以前当驾驶员的，不会写，有时候被领导批评，如果唐文河能写，那就解决大问题了。唐文河说，我也不会写材料。老金说，你文章写得好，搞材料，绝对是小菜一碟。

放心吧，不会让你白写的，写一次，给你三百块钱。老金用手比画着说。

三百块钱？唐文河心想，三百块，若是写个八九次，不就能去趟北京了？

如果写得好，以后文联材料都归你写，在市里租个房子，专门搞材料。老金说，这笔收入也不小呢。至少比你抬木头强。唐文河还在犹豫。老金说，你算算，就算每个月写两篇，也有六百块钱呢。花不了多少时间，还能做些其他的事。唐文河说，可是……我怕自己写不好。老金说，不要紧，真写不好，那就不写好了。反正也没什么损失。唐文河说，那不是耽误人家时间吗？老金说，这个不用担心，他们别的没有，就是时间多的是。

老金这么说，唐文河才勉强同意。

你先挑几篇满意的文章，寄给我侄子看看，可以的话，他过两天会过来的。老金说。又给唐文河抄了文联的地址。唐文河捏着纸条说，要不还是算了吧。

唐文河想能不能成还不一定，何必去搭邮寄费？

这样吧，你把文章整理好，交给我，我负责寄出去。老金猜到唐文河的心思，把事情包揽过来了。

唐文河也不跟他客气，回去找样报，看来看去舍不得寄，准备去镇上复印。复印每张五毛钱。唐文河有些心疼，到底没有复。回去抄了几篇文章。拿给老金看，老金说，你的文章是很好，怎么不拿发的报纸？唐文河说怕原件丢失。老金说，抄写与报纸上发的，感觉就是不一样，这样吧，附三篇文章，两份手写稿一份寄样报，我在信里说明一下。

唐文河心想，都寄手写的，给人感觉确实不好，就同意了。

11

把文章交给老金，起初两天，唐文河还惦记着，很快就把它扔到一边了。主要是觉得希望不大。唐文河想，很可能就没下文了。或者哪天不经意碰到了，老金说，他的侄子看过，还是觉得不合适。这事就算过去了。想不到的是，没过一周，老金找到唐文河，说他侄子周末过来。专门来跟唐文河见面的。莫名其妙地，唐文河竟有些紧张。

别紧张，不就是谈笔生意嘛，成就成，不成也没什么。老金说。唐文河便点点头。老金说，他过来我会叫你的。

周末的上午，老金的侄子果然就来了。老金把唐文河叫到自己屋里。老金的侄子板着脸，很严肃，看上去阴沉沉的，不像是好说话的人。唐文河心想，办公室主任可能都是这样吧。这个也不去管它了。老金的侄子，也就是金主任，上上下下打量着唐文河，说，你就是唐文河？唐文河说，是。金主任说，多大年龄了？什么文凭？这种居高临下的口气，让唐文河感觉很不舒服。但唐文河还是照实说了。后来唐文河想，自己之所以如此地忍气吞声，潜意识里，可能还是很渴望做成这笔生意吧。

以前写过材料吗？金主任又问。唐文河轻轻摇摇头。金主任说，那应用文总学过吧？唐文河就说，学过。金主任说，写材料跟这差不多。

金主任取出些材料，给唐文河说，前两年的工作总结这儿都有，还有今年的简报，具体工作上面也有，你根据这些材料，写一份今年的总结。

唐文河接过材料，匆匆扫了一眼。

价钱老金说过了吧？三百块。金主任说。老金？金主任喊叔叔老金，或许不是他亲叔叔，或许……不容他多想，金主任说，先付一百，完成之后再付二百。唐文河点点头。金主任说，不过，我还有个要求，这件事，除了你、我，还有老金，不能让其他任何人知道。包括你的家人，谁都不能告诉的。

我知道，不会告诉其他人的。唐文河说。

那好，我给你个电子邮箱，写好之后，把材料通过邮箱发给我。金主任说。

邮箱？唐文河说，我寄给你不行吗？

邮寄太慢了，还是用邮箱方便。金主任说。

我没有电子邮箱。唐文河只得老实老实地回答。

这个还不简单，申请一个就行了。金主任说。

用电子邮箱是方便，但问题是唐文河没电脑。除非他在网吧里写材料。这样费用太高了。首付一百块，金主任已经给唐文河了，唐文河还捏在手里，不自觉地看了看。金主任也往那儿看了看。唐文河豁出去了，就在网吧写，费用再高，也超不过一百块。还好，金主任没再坚持。

你写好之后，给我送到市里，过关的话，我送去文印店打字。金主任说。

唐文河心想这样最好了。

材料写好之后，你就给我打电话。金主任说。他掏出一张名片，想了想，又塞回口袋里，给唐文河写了个号码。金主任特别叮嘱不要去单位，到时候告诉他碰头地点。

金主任走后，唐文河捏着那一百块钱，好像在做梦一样，感觉很不真实。

老金说，怕钱是假的呀？

唐文河笑了一下。

老金说，好好干，在木材厂，这一百块钱，够你干一个星期的。唐文河说，可我真怕自己写不好。老金说，你把材料都带回去，好好研究，自然就会了。还有二百块钱呢。唐文河一听也是，抱着材料就走。突然回头问，他为什么会找我写呢？老金说，还不是因为我呀？你得请我吃饭。

吃饭没问题。唐文河说，我就搞不懂，他在文联，怎么还找人写材料？

不是说过嘛，他以前做驾驶员的，给领导开小车，没弄过这个。老金说。唐文河心想，驾驶员都能当主任？又问道，金主任不会写，文联那么多文人，不能写吗？

在文联工作就是文人啦？你太外行了！老金撇撇嘴，文联就是为文人服务的。除了中央和省里的，有的县文联，甚至是市文联，可能一个文化人都没有。

即使文联没人能写，也可以找市里的，多方便呀，为什么要在乡下找？唐文河说。

这就是刚才我侄子说的，要保密，除了我们三个人，不能让其他人知道。在市里找人，很容易泄露出去的。老金说。唐文河“噢”了一声，好像是有点明白了。老金说，我推荐你，也是对你的信任，你可不能到处乱说。唐文河点了点头。

12

唐文河把材料带回家里，准备晚上写。这样不会惊动父亲。唐文河承诺过的，材料的事，不能透漏给任何人，所以父亲也要瞒着。

本来唐文河以为，材料不好写，但只要耐下性子，也不是没有办法的。哪知道回去一看材料，头立马大了。这东西跟写小说根本不是一回事。那又有什么办法？谁让你收了人家的钱呢？硬撑着来吧。唐文河先是看材料，心浮气躁的，磨了一个多小时，这才看出点门道来。看上面一条一条的也没多难，只要把事情说清楚就行。头天晚上，唐文河捣鼓到夜里十二点钟，后面两晚上，更是弄到凌晨两三点，稿子完成了，再一晚上，弄到凌晨四点钟，终于弄得差不多了，长长地舒了口气。

早晨起来，唐文河跑到老金屋里打电话，再晚点别人来上班，就不好打电话了。

这么早找他干吗？他可能还没起床呢。老金说道。

材料我已经弄好了。唐文河说。

这么快呀？拿给我看看。老金说。唐文河就把材料给他看。老金看过也不发表意见，只是说，这么早打电话不好，还是晚上再打吧。老金这么说，唐文河不好再说了。

晚上给金主任打电话，金主任听说材料写好了，倒有些惊讶，给唐文河说了个地方，让他明天十点钟过去。

当天晚上，唐文河回家就睡觉，唯恐第二天起晚了，耽误送材料。约的十点钟，不到八点就出发了。路上才用一个小时。他想给金主任打电话，担心对方烦，又想也还得花钱，就在四周转悠消磨时间。约定时间到了，金主任还没来。唐文河仍然转着，但不敢走太远。

又等了近半个小时，金主任终于到了。唐文河递上材料，金主任接过来瞄他一眼，说，写得这么快？唐文河就有些紧张。金主任看看材料说，你这写得不行啊。唐文河更加紧张了，说，金主任，哪个地方不行？金主任说，写材料，重要的地方重点说，不重要的一笔带过，还有，要使用公文语言，不能使用文学语言。唐文河心想都是些套话，却也不好反驳他。

好的，那我拿回去再改。唐文河说。

也不用太着急，拿回去好好改改，年轻人，一定要耐住性子。金主任说。

唐文河不住地点头。

晚上回到家，正吃饭呢，老金过来打听情况，唐文河把他带到自己屋。情况照实说了一遍。老金要过文章，装模作样地看着。

写得还是挺不错的。老金说。

可是金主任不满意。唐文河说。

他懂什么？他要懂就自己写了。老金说，他说的话，你可以参考一下，没必要太认真。不过有一点你要注意，写好后不要急着送给他。唐文河说，为什么？老金说，为什么？他刚刚给过你材料，马上就打电话，不妥当。你想想，他给你三百块钱，不算多，也不算太少吧？你两天就完成了，他心里会不平衡的。

那应该怎么办？唐文河问道。

你改好之后，先放几天，然后再给他打电话，这样就会稳妥多了。老金说。

可是……这样会不会耽误他的事？唐文河为难地说。

他们有的是时间，听我的话肯定没错。老金说。

唐文河想，也许老金是对的，又认真地改一遍，等两天才给金主任送去。金主任浏览着材料，轻轻叹口气。想必对材料还不太满意。

还是我自己改吧。金主任说，你可以回去了。唐文河站着没动。金主任说，还愣着干什么？唐文河说，不是说……三百块钱嘛，还有二百块呢。金主任说，哪还有二百块？文章写成这样，我改起来更麻烦。唐文河不作声，却也不走。金主任摇摇头说，算了，谁让我找你的，再给你一百块吧。

看金主任这样子，让他再出钱怕不容易了。唐文河接过钱，心想几个晚上赚了两百块钱，还挺划算的，就这样吧。

13

本来唐文河以为，事情过去了，他跟金主任之间，也不会再有联系了。不想很快老金又找来了。唐文河说，你侄子还有事？老金说，他这个周末过来。唐文河第一反应是，不会对材料不满意要钱的吧？老金哈哈大笑道，二百块钱算什么？喝茶都不够。唐文河放心了，说，那他过来，还要写材料？

他这次过来，跟写材料没关系，老金说，主要是陪领导的。

陪领导？唐文河还没弄明白。

他自己是领导，但他也还有领导。领导平时工作太忙，周末嘛，下乡来放松放松，咱们镇长还要作陪呢。老金说。

金主任陪领导下乡，工作也好，放松也好，唐文河心想，老金干吗告诉我？老金说唐文河也要陪着。唐文河说，我陪他？开什么玩笑呀！

没开玩笑，说的都是真的，老金说，我侄子官不小吧？他的领导官更大了。知道为什么镇长要接待他吗？我侄子的领导马上要调到咱们县来了，当县长，你说他县长发句话，还能有你的亏吃？唐文河说，他是县长，有镇长接待，怎么也轮不到我呀。老金纠正说，他还不是县长。他准备过来当县长。他姓林，是文联主席，你见到他，喊他林主席就行了。

管他林县长还是林主席，反正跟我没关系。唐文河说。

怎么没关系？关系大着呢。人家林主席说了，他这次过来，一是散散心，二是专门来找你的。老金说。

真的假的？唐文河根本不相信，他找我干吗？

老金说，给你送钱的。

唐文河笑了。唐文河说，老金你逗我玩吧？

老金说，信不信由你，吃的玩的他都包了。上回那件事，你不拿到了二百块钱吗？

不管怎么说，二百块钱倒是真的。老金说，这回是领导出面，绝对不止二百，你就等着收钱吧。

老金这些话，唐文河是不大信的。人家那么大的领导怎么可能找他呢？既然老金爱说，那就由他说去吧。反正对自己也没有什么损失。想不到的是，林主席很快过来了。唐文河在镇上见到了林主席。林主席白白的，胖胖的，笑眯眯的，很有一副官相。镇长陪在旁边。金主任也陪在旁边。唐文河发现，原来金主任也是会笑的。

小唐是吧？林主席看着唐文河，笑眯眯地说，不错，不错。唐文河有些摸不着头脑，愣愣的。林主席却不再理他，应付其他人去了。

午饭由镇政府招待，镇长陪着，金主任陪着，把唐文河也叫上了。老金自然是没分的。服务员给每个人斟上酒。唐文河不喝酒。也不抽烟。感觉就像个多余人。镇长说，男人哪有不喝酒的？倒上，倒上。唐文河便向林主席求救。他想大领导都好说话些，也许会帮帮他。林主席说，喝吧，烟可以不抽，酒可以少喝点。唐文河捂着杯子，显得很为难。金主任坐在他旁边，低声说，让你喝你就喝，别惹领导不高兴。

唐文河不怕镇长，也不怕林主席，只是金主任悄悄告诉他，林主席让他办件事，只要办好了，会给他一大笔钱。唐文河怕金主任。怕金主任不给他钱。能给多少钱不知道，唐文河判断，赞助他去一趟北京应当没多大问题。不看僧面看佛面。不看佛面还得看钱的面子呢。就因为这个，唐文河也不能再坚持了。

每个人都有酒了，镇长站起身说，感谢林主席来指导工作，我们敬林主席一杯。其他人跟着站起来。

唐文河也站了起来，还把酒喝了，但他确实不能喝，肚子里就跟着了火似的。镇长却不肯放过他。又让服务员倒上。唐文河硬撑着喝了几杯，去卫生间里吐了。

林主席哈哈大笑说，看来他真不能喝，算了，算了。

唐文河心想，你怎么不早说呀？

回到座位上，唐文河感觉不自在，好不容易熬到酒席结束，总算解脱了。镇长想拉林主席去唱歌。林主席摆摆手说算了吧，今天喝得太多了。

林主席开个房间去休息，没唐文河什么事，金主任说，等林主席睡醒再说。下午四点多，金主任通知唐文河过去。林主席向他笑笑，不说话。唐文河便也不说话。林主席说，文章写得不错嘛。唐文河想，要不要谦虚一句，还没想好呢，却听林主席又说，你先出去吧。

唐文河稀里糊涂的，不知道他什么意思。金主任就直接多了。事情很快也弄清楚了。原来林主席爱好文学，想出本散文集子，但因为工作太忙，没时间写作。他以前写了点东西，文笔一般般，想让唐文河给帮忙润色一下，这样还不够一本书，由唐文河补充一些自己没发表的文章。说白了，就是用唐文河的文章出本书，署上林主席的大名。林主席是大领导，自重身份，这些话，不能给唐文河说，由金主任来传达，就比较合适了。

这个……好像不好吧？我的文章……唐文河不知道说什么好。

这有什么呀？就当给领导代笔嘛。那些大作家，什么金庸，古龙，还有人代笔呢。金主任随手拿起张报纸，指着作者说，你看这篇文章，署名是你们镇长，你以为真是他写的？其实都是秘书写的。这种事正常得很。

唐文河瞧瞧金主任，把头偏向了一边。

我听老金说了，你经济条件不好，这本书完成了给你五千块钱，能解决不少问题呢。金主任说。五千块？有了这五千块钱，就能陪着父亲去北京了，可是，这样做的话……

有这种好事，你还犹豫什么呀？金主任说，你不是嫌钱太多吧？再说了，你要真有才华，以后可以再写的，还是可以出名。

好，我愿意做。唐文河沉吟片刻说，什么时候能给钱？

书一完成就给钱。金主任说。

本来唐文河想要定金的，一千也好，五百也好，心里有个底。金主任说不要紧的。文联那么大单位，还能缺你几千块钱？写好一起给，到时候，几千块钱一拿，感觉还像那么回事。唐文河就没坚持。再说要就显得不太好了。唐文河都计划好了，书写完，五千块钱一到手，立刻起程去北京。

五千块，估计得有这么厚。唐文河用手比画着。

最近几年，陆陆续续地，唐文河发表几十篇文章，有七八万字。写好还没发表的，也就万把字。这些都给林主席吧。一本散文集，好歹也得十万字，林主席自己有五万多字，加上他的才六万多。还得再创作四万字。根据林主席提供的素材，四万字差不多。但想到自己的那些文字，有些舍不得，拿在手里抚来抚去的，最终还是放入了林主席的稿子里。

现在，要抓紧创作那四万字的作品，一旦完成编成书，就能实现父亲的心愿了。

关于父亲的身体，一直是唐文河最担心的。好转是不太可能了。只要别恶化就行。苍天有眼，这一段时间，父亲病情还算稳定，没出现大的状况。

紧赶慢赶，春节之前作品都写完了。唐文河松了口气。他本来不关心政治，只因林主席要来当县长，便很留意听广播，知道春节之前领导调动频繁。县委书记任副市长，县长任县委书记，空出一个县长位子，唐文河心想，他们说得没错，看来这是留给林主席的。待赶完稿子，一听广播，说是建设局长来当县长。唐文河一怔，不是说文联主席吗？怎么是建设局长？郁闷一阵子，郁闷之后便想，他不来当县长也没什么，当文联主席，五千块钱照样拿得出来。

唐文河去找老金，请他跟金主任联系。电话打不通。一直关机。老金说，奇怪了，我这几天跟他联系，一直都关着机。唐文河叹了口气，目光扫过电视机，突然间叫道，老金，你看，那不是林主席吗？

老金转过脸，不由一愣。

电视中，林主席被铐上手铐。一个女播音员说道，市文联主席林天成，因贪污受贿，已被逮捕……文联办公室主任金明亮，也已被隔离审查……

我说怎么联系不上，原来都出问题了，文河，你那件事也要黄了。老金摇着头说。

14

林主席出事，文章还是自己的，谁也抢不去，但去北京的费用怎么办？唐文河想不能死守，得主动出击。他再次萌发了去城里打工的念头。父亲说，去打工也好，不过，我怕你不适应。唐文河说，凡事都有个适应的过程，放心吧。父亲点着头说，到了城里，要是有什么困难，就去找文敏，毕竟你们……唐文河说，爸，我知道了，文沛……

唐文沛扑进他怀里，哭了起来。唐文河一阵难过。才十几岁，要独自照顾父亲，太委屈她了，可自己不走又不行。唐文河心想赚了钱马上回来。

唐文河坐火车走的。春节刚过，他就动身了。父亲和妹妹去车站送他。

这火车盼望了许久，终于坐上了。唐文河苦笑一声。

轰隆一声，火车载着唐文河离开了站台。

又轰隆一声，火车将他载入了城市。

对于唐文河来说，这是一座陌生的城市，虽然也来过几次，但每次都行色匆匆。走出火车站，唐文河却不知道去哪儿。就在广场上转悠。他想去师范大学，看看戴文敏。盯着站牌看了半天也没找到师大站。听到有人卖报，唐文河心里一动，报社的单丽是他的编辑，虽然没见过，但打过几次电话，可以去找她试试看。

有一路车直达报社，不用转车，唐文河赶忙跳上车，直接奔报社而去。

报社九点钟上班，唐文河赶过去才八点半，有点早，便在传达室坐着。门卫听说他找单丽，热情地说单老师来了会叫他。

不大会儿，来了个四十多岁的大姐，披着波浪发，门卫说单老师来了。唐文河迎上前去。单丽愣了愣说，你是……唐文河说，单老师，我是您的作者，我叫唐文河。单丽说，唐文河……噢，你怎么来了？单丽这种反应，让唐文河很失望，似乎对他没有多少印象，再想想也不能怪她，她刊发那么多文章，不可能记住每一个作者。

还好单丽很热情，邀请他上楼去。

单丽的办公室不大，坐了三个人，大家显得都很忙，没空招呼他。唐文河自个看报纸。看了半个多小时，单丽才忙得差不多。

不好意思，单丽说，在报社工作就这样，成天忙得团团转。

唐文河笑了笑。

最近在写些什么？单丽问道。

没写什么，家里有点事……唐文河吞吞吐吐的，突然抬头问道，单老师，你们这儿要人吗？问完便有些后悔。这太冒昧了！

单丽倒没觉得什么，微笑地说，你想来报社？暂时不准备要人，如果要人，我给你打电话好吗？唐文河忙说，不是，我只是随便问问。单丽仍笑着，说，我还有点事，要不你再坐一会，到十一点半，我带你出去吃饭。说到吃饭，按说该唐文河请的，但他实在不敢说。唐文河说，不了，我就想来看看您，还要办别的事，下回过来，我请您吃饭。单丽说，那也好，你看我这忙的呀……唐文河不敢待下去，赶忙溜了。

走上大街，打听师范大学，离报社不远，步行过去也就十分钟。唐文河走到师大门口，向校园里看了看。没有联系戴文敏。他不知道跟她说什么好。当务之急得找个工作。

还没来市里，唐文河就听说有个铜牛市场，是本市最大的劳务市场，去那儿招工的很多。唐文河心想，过去碰碰运气吧。到那儿一看不禁很泄气。找工作的人太多了，挤都挤不动，来一个要人的，能围上去十几个。这些人都有些技能，或者会木工，或者会水电，而唐文河呢，几乎什么都不会。在这儿待了几天，天天晚上睡天桥，唐文河明白，他在这儿是不会找到工作的，不如早一点回家，这样还能省两个钱。

唐文河背着个包裹，向车站赶去，路上见有家餐厅要招人，便进去问问。招的传菜员。每个月四百元工资，包吃包住。唐文河觉得还不错，老板也愿意要他。唐文河真想好好干，可惜总没办法集中精神，两天摔了三个盘子，看得老板直摇头。老板也不让他赔了，塞给他二十块钱让他赶快走。

这回唐文河彻底死心了，还是回家吧。回到家父亲没怪他，只是说，每个人有每个人的命，强求不得。

15

唐文河从来没想过，自己会去买彩票，就像他从来没想过，自己会喝酒一样。没想过，并不代表不会。唐文河喝过酒了。所以他买彩票也不稀奇。

广播里经常说，某彩民中了大奖，唐文河不由得有些心动，也想搏一搏。

唐文河决心买彩票，还因为父亲的病情。从市里回来之后，父亲病情变得很不稳定，曾经昏过去两次，唐文河担心不已。

唐文河给金主任写材料，拿到二百块钱，一直没舍得用，现在正好派上用场。能中奖最好，中不了也不觉得多可惜。唐文河想，买什么彩票呢？他得仔细研究一下。买双色球，中大奖奖金固然高，但几率太低，不要抱什么希望。他的目标是几千块，只要能中这种奖就行了。通过反复的比较，唐文河发现，二十二选五中奖率挺高，就买它吧。

二百块钱，原本想分批买的，唐文河想要玩就痛快点，一狠心全都买了。两块钱一注。二百块钱买一百注。每一注都是经过精挑细选的。二十二个数字，唐文河选出出现次数最多的十五个，进行排列组合。五个数字选对三个，是三等奖，奖金五块钱，选对四个，是二等奖，奖金五十，如果五个都选对了，就是一等奖，好歹也得有几千块。

二十二选五每天开奖，第二天上午，唐文河来到彩票站，一对没中到一等奖。二等奖中了两注。三等奖中了四注。总共得到一百二十块钱。

虽然没中到一等奖，唐文河还是很高兴，第一次买彩票，能有这样的成绩不错了。

给你钱还是接着买？彩票销售员问道。

接着买。唐文河迅速计算着，今天买哪几个数？他立刻排出一大堆数字，交给销售员。

次日开奖，唐文河早早地来了。其实当天晚上就开奖了，电视和网上都能看到，唐文河既没有电视，也没有电脑，要看中奖号码，只能到彩票销售站来。唐文河本来满怀希望的，看到中奖号，仿佛被泼了盆冷水。这次他只中了两个三等奖。十块钱。一百二十块钱，突然变成了十块钱。严重缩水！

要钱还是买彩票？销售员又问道。

买彩票。随机打。唐文河脱口而出。他期盼着，就中个一等奖吧，不需要太多钱，够他陪父亲去趟北京就行了。绝处逢生，幸运星总在最紧要关头降临。

再次开奖，唐文河去得很晚。没看到结果希望总还在。但结果总要面对的。唐文河看中奖号，一个数字一个数字看，每看到一个数字，心便凉一截，当看到第三个数字，心凉透了！这次连个三等奖都没中。十块钱打水漂了。十块钱也不算什么，问题是，唐文河的信心被彻底击碎了。幻想彻底破灭了。

我不想要五百万，为什么五千块都不给我？唐文河撕碎彩票向空中抛去。

16

所有能来钱的路，唐文河都试了一遍。也撞得头破血流。如果父亲病情稳定，唐文河倒也不怕，看他的状况，可能随时……所以偷也好，抢也好，他必须尽快弄到钱。偷和抢肯定不行的，只有借还靠谱些。

村里有钱人最敌视唐文河的，是戴爱民，唐文河相信，能借钱给他的也只有戴爱民。

唐文河必须去找他。

借钱干吗？给你爸看病？戴爱民微笑着问道。

唐文河摇摇头，说，我爸的病看不好了，他也不愿意看。

我知道了，不是去看病，还是带你爸去北京，看天安门吧？戴爱民说。

是去北京看天安门，戴主任……唐文河说，戴主任，我求求你，借给我三千块钱，我一定会还给你的。我把利息也还给你。

唐文河说着眼泪出来了。

唐文河说，我爸没看过天安门，一直是他的遗憾，我不想让他带着遗憾走……

这种话，别人不一定理解，唐文河相信，作为村主任的戴爱民会理解的。这也是为什么唐文河潜意识里相信戴爱民会借钱给他的原因。

哎，看你这孩子也可怜，带你爸去北京，也是一片孝心呀。戴爱民说。唐文河猛地抬头望着他。听这话音，还是有可能借钱给他的。唐文河说，戴叔叔……不由自主地称呼都变了。戴爱民说，你都叫我叔叔了，我再不借给你，说不过去。沉吟一下又说，不过，我有个条件……唐文河说，戴叔叔，你说吧，什么条件我都答应。戴爱民却又不说了。唐文河催促道，戴叔叔……

这个条件很简单，以后不要跟文敏来往了。戴爱民说。

唐文河愣了一下。他实在想不到，戴爱民会提出这种要求。如果戴文敏提出不来往，也没什么，但戴爱民把它当作交易，唐文河就不能接受了。这是对戴文敏的侮辱。也是对他唐文河的侮辱。唐文河想，即便戴爱民不阻拦，他和戴文敏也不会有什么的，但他就是不能答应他。

这个我做不到，对不起。唐文河说。

如果你答应，我给你三千块钱，不要说利息，连本金都不要了。戴爱民说。唐文河苦笑一下摇摇头。戴爱民说，你想想，文敏如果跟着你，会有什么好日子过……

唐文河不等他说完，毅然离开了，就在他转身之间，脑子里冒出个主意。

仅仅在一周之后，唐文河突然跟父亲说，准备带他去北京，去看天安门。唐文河推着父亲晒太阳，不经意间说了这句话。父亲显得很惊奇。父亲说，你有钱？唐文河笑笑没应声。父亲说，你不会偷的抢的吧？唐文河说，你看我是那种人吗？父亲说，去不去北京，以后再说，你先说钱从哪来的？唐文河说，去北京非得要钱吗？父亲说，你不是想……这样推着我去北京吧？

你别乱猜了，唐文河说，我自然有办法，五月一，我陪着你去北京，去看天安门。说这话时，距离五一还有一个月。

父亲不置可否，他想一切等到五月一再说。

很快全村的人都知道了，唐文河要在五一陪着父亲去北京。

17

警车开进村子时，已是黄昏时分。唐文沛正收拾院落。唐文河放下笔走出屋子，伸了个懒腰。

哥，你听，是警车声，好像在咱们村里。唐文沛说。

唐文河一听，果然是有警笛声。警笛倒也不算稀奇，常能听到，但来到村子里，却是很少见。唐文河走出院子，就见警车直奔自己家来。停在他家门口。唐文河正纳闷呢，从警车中下来两个警察，一胖一瘦，虎视眈眈地望着自己。胖警察说，你是唐文河吧？唐文河点点头，你们找我有事吗？胖警察拿出手铐，走上前说，有事，没事会找你？跟我们去趟派出所。唐文河退后两步，说，我又没犯法，凭什么要我去派出所？

这边的对话，唐文沛听得清清楚楚。唐文沛跑出来，挡在唐文河面前，我哥是好人，你们不要抓他！

瘦警察伸手一拨，唐文沛倒在了地上，瘦警察冷笑一声，抓住唐文河的手。

文沛！唐文河甩开瘦警察，扶起妹妹。瘦警察大怒，冲上来猛踢唐文河，回头叫胖警察帮忙，两人一阵拳打脚踢，唐文河鼻子出血了，却只是护着唐文沛。

闹了这么大动静，不断有邻居围过来。父亲在屋里，听到声响摇着轮椅出来，气极败坏地叫道，怎么回事？唐文河手被铐住了，回过头说，爸，我没做坏事，你自己当心身体，不要担心。冲着唐文沛喊道，照顾好爸！唐文沛跑到父亲身边，不停地哭。父亲气得不行，大口大口地喘气。警察才不管这些，把唐文河押进车里。

来到派出所，唐文河被关进一间小黑屋里。一关就是三四个小时。直到十点多，那两个警察才过来。

小子，知道为什么抓你吗？胖警察冷笑着说。

不知道！唐文河转过脸去。

这小子还挺硬呢，哈哈，瘦警察说，我们的政策懂不懂？坦白从宽，抗拒从严！把你干的事都说出来吧。

不知道你们要我说什么？唐文河说。

瘦警察抓起皮带，抽了他两下。唐文河疼得直咬牙。瘦警察说，现在想起来没有？

唐文河不吭声。

听说过两天，你要带你爸去北京？胖警察说。唐文河点了点头。胖警察说，哪来钱去北京的？唐文河说，我自然有办法。胖警察说，我知道你的办法，没钱就去偷，你们村戴主任家里失窃，丢了几千块钱，是你干的吧？唐文河莫名其妙地，我偷他的钱？胖警察说，我们了解过，你找戴主任借钱，他没借给你，所以你就想到偷了。唐文河说，我没偷。

我们从你屋里搜出三千块钱，瘦警察说，你说，这钱从哪儿来的？他变戏法似的拿出钱，在手里拍打着。

那是我的钱，还给我。唐文河冲上前就去夺钱。

瘦警察一脚把他踢开了。

说，这钱是不是偷的？胖警察喝斥道。

是我的稿费。唐文河说，我写稿子赚的钱。胖警察说，稿费？我们去邮局查过，你的稿费，今年加起来总共三四百，哪来的三千块钱？唐文河低声说，其他的是找人借的。瘦警察说，就你现在这样子，谁敢借钱给你？你这会出去，如果能借到一千块钱，让我爬着走都行。唐文河摇着头，喃喃自语，这钱是我的，我买彩票……突然间痛哭起来。把两个警察看得一愣一愣的。

唐文河被关了三天。三天后才放出来。他的确没有偷钱。那三千块钱，是他带着弟弟、妹妹卖血赚的。他叮嘱他们不要说，妹妹忍不住，说了出来，警察确认后这才放了他。

唐文河回家时，父亲和妹妹在门口等他。唐文河"扑通"跪下了。唐文河抱住父亲，泣不成声，爸，我对不起你，弟弟、妹妹那么小，我却带他们去卖血……我不是人……父亲捧着他的脸，看到他一脸的憔悴，禁不住落下泪来。父亲把他搂在怀里，说，我知道你很孝顺，回来就好，回来就好。

唐文河回到家已是五月二日。北京是去不成了。钱派出所退了回来，但唐文河被他们带走后，父亲又气又急，昏迷过去，被送进医院，又花了两千多块钱。那笔钱正派上用场。父亲说，我不会去北京的，你就死了心吧，赚点钱好好过日子。你看你结婚要花钱，文江上学要花钱……唐文河点着头说，我知道。

表面应承着，唐文河仍然不死心。他去找戴爱民了。戴爱民比以前客气许多。不管怎么说，唐文河因为他进了趟派出所。戴爱民说，文河……

唐文河一摆手说，戴主任，其他的话不用说，我还是想借钱。

戴爱民说，借钱嘛，也不是说不行，我上回跟你说的……

我答应你！唐文河坚定地说。戴爱民瞧着他，呵呵笑着，说，好，很好，痛快，我就喜欢你这种人。你要是早聪明点，哪还有这些事？立马拿出三千块钱，说，这钱你拿去用，不用急，想什么时候还就什么时候还，不还也无所谓，就当我送给你了。三千块钱嘛，我还是送得起的……

唐文河接过钱扭头就走。

18

父亲最终没有去北京。唐文河把钱带回去，父亲瞧一眼钱说，把这个给人还回去，我不去北京。父亲说，我去北京心会不安的。你妈知道了也会怪我的。

当天夜里，父亲去世了。可以说是钱害了他。

也许从一开始，唐文河就做了一个错误的决定。

唐文河也想把钱还回去，犹豫一番没有还。处理后事也需要钱。父亲一辈子窝窝囊囊的，葬礼不能太寒酸。也是最后一次尽孝了。一切都按常规进行，只有一点，骨灰盒没有下葬，而是放在唐文河房间里。父亲还要看家呢。他得带妹妹去城里打工。父亲的去世，让妹妹突然长大了。

临走的前一天下午，戴文敏来了。唐文河说，我去你爸那儿拿了三千块钱。戴文敏说，我知道。唐文河说，你……戴文敏淡淡地笑着，我明白，如果我是你的话，也会这样做的。

唐文河抱住戴文敏，泪水夺眶而出。

唐文河又来打工了。这是他第二次来城里打工。这次的心态跟以前不同。以前总惦记着父亲，惦记着创作，根本没心思打工，只想赚钱。现在心无旁骛了。一心想把事情做好。业余时间，唐文河还在创作，因为打工地点不好收信，地址还留家里的。有信件老张会帮他收着。身份证号码留给他，稿费也能帮着收。只须两三个月回一趟家，看看父亲，看看老家，看看杨四。当然还要看看老张。

转眼之间，就是一年多。这年秋天唐文河回到了村里。弟弟很争气，考上了北京的大学，他，妹妹，还有父亲，要送弟弟上大学。

唐文河刚回到家，邮递员老张又来了。他前几天刚送过唐文江的录取通知书。这次是找唐文河的。好久不见老张，感觉有些陌生了。老张看着胡子拉碴的唐文河，估计感觉差不多吧？老张带给他八百块钱的稿费，还有一只大信封。信件是北京一家杂志社寄的。撕开信封，有两本杂志。杂志中夹着一封信。信是主编写来的，说他的小说非常好，已经发表了，并客气地向他约稿。

还有这个，我想还是你自己取吧。老张递过来一张汇款单。有三千多块钱。

爸！唐文河抱着杂志，跪在父亲的遗像前。老张拍拍他的肩膀，轻轻吁口气，转过脸去，偷偷抹了抹眼睛。

取了稿费，唐文河买了三张火车票。带弟弟、妹妹一起去北京。他们终于来到了北京！终于看到了天安门！唐文河默默地念着，天安门，天安门……唐文河拿出新买的相机，请别人帮忙拍了张照片。背景就是天安门。唐文河站在中间，虔诚地抱着父亲的骨灰盒，弟弟妹妹站在两旁，像两个忠诚的卫士。

照片中三个人有些模糊，天安门却异常清晰。